RAFFAELLA BOSSI

LA SIGNORA DELL'AVVENTURA

Il Vento Antico

ISBN: 9791280324016
I Edizione giugno 2016 (Niente avventure, solo sesso, grazie)
II Edizione ottobre 2016 (Niente avventure, solo sesso, grazie)
III Edizione gennaio 2021

Questo libro è stato realizzato e pubblicato da
Il Vento Antico by BR Media
www.raffaellabossi.com
brmedia@raffaellabossi.com

Serie
Leggi e Sorridi

I fatti e i personaggi rappresentati nella seguente opera e i nomi e i dialoghi ivi contenuti sono unicamente frutto dell'immaginazione e della libera espressione artistica dell'autore.

Ogni similitudine, riferimento o identificazione con fatti, persone, nomi o luoghi reali è puramente casuale e non intenzionale.

*A Luca e Lapo,
i miei amori*

Di norma odio qualunque suono associato al trillo del telefono. Oggi no, quando lo sento sorrido. Aspetto la chiamata della mia agente letteraria.

«Pronto», rispondo e pregusto quello che mi dirà.

«Ciao cara, tutto bene?»

«Splendidamente.»

«Ottimo, così ti puoi mettere a riscrivere.»

Riscrivere. Suona malissimo.

«Editing di qualche...»

M'interrompe brusca.

«Niente editing, per il momento. Devi aggiungere amore e, soprattutto, scene di sesso.»

I cuscini mi sembrano improvvisamente incandescenti. Balzo in piedi.

«Scene di sesso? Amore?», ripeto senza riuscire a capire.

«Sì, Anita, Morandi è entusiasta della tua storia, ma vuole anche un po' d'erotismo.»

Mi si azzera la salivazione, vorrei parlare ma la lingua si è attaccata al palato. Così rimango qui, pietrificata a guardare fuori dalla finestra senza realmente vedere nulla, solo un baratro che ghigna nella mia direzione.

«L'avventura, la spy, non tirano più. La gente vuole amore e sesso. Cinquanta sfumature di grigio sono il genere, con la g maiuscola adesso.»

Un ribollire di rabbia, disgusto e orrore sale dal profondo, raggiunge l'esofago e straripa nel cellulare.

«Cinquanta sfumature di grigio non sono il Genere, sono la merda», urlo nella cornetta. «Ma gente come Follett, Forsyth, Cussler e Smith dovrebbe mettersi a scrivere porcate perché quei repressi maniaci del marketing si sono svegliati pruriginosi?»

Sono senza fiato, senza forze e senza volontà, così le parole di Carla mi danno il colpo di grazia.

«Anita, puoi gridare, buttarti a terra e strapparti i capelli, ma devi aggiungere sesso e amore, altrimenti...»

Non conclude, non ce n'è bisogno. Altrimenti può stare a significare solo una cosa: fuori. Fuori dalla casa editrice, fuori dalle classifiche e dentro, di nuovo, nel mondo delle firme sconosciute.

«Va bene», mormoro con un filo di voce e chiudo.

Non riesco a pensare, sono annichilita, preoccupata e spaventata. Anzi no, sono proprio terrorizzata. Non ho la più pallida idea da dove incominciare, non so niente dell'amore!

Alzo lo sguardo e osservo le pareti del mio studio. Sono tappezzate di foto. Afghanistan, Sudan, Kurdistan, Vietnam, Tibet, Colombia, Venezuela e poi militari della marina, dell'aeronautica e dell'esercito, mercenari e guerriglieri. Caccia, carrarmati e fucili dell'ultima generazione. Questo è il mio mondo, da sempre. Sono una freelance, ho dedicato una vita intera a viaggiare in luoghi sperduti, a intervistare signori e schiavi della guerra. Dieci anni fa ho iniziato a miscelare realtà e fantasia, a ipotizzare complotti e tradimenti e ora, ora devo scrivere d'amore e di sesso.

Chiamo Alfredo Morandi, l'editore. Lo conosco da quando era un editor in mezzo a tanti, e l'ho sempre reputato un uomo capace e meritevole della brillante carriera. Non a caso dirige la casa editrice numero due in Italia. L'altra, la numero uno, non è una casa, è una porcata di fusione che ha penalizzato scrittori, lettori e, non ultimo, pure gli azionisti.

«Anita, che piacere!», mi accoglie. «Ho appena parlato con Carla del tuo ultimo libro. Favoloso, f a v o l o s o. Quando avrai aggiunto sesso e amore sarà perfetto, vedrai, andrà dritto filato nella classifica dei best sellers.»

Allora non era uno scherzo maligno della mia agente.

«Ascolta, Alfredo, tu che hai letto il libro, dove metteresti queste scene?» Prendo il discorso alla larga.

«E che ne so? A me piace così, è il marketing che lo vuole.

Sostengono che le vendite dei libri sono precipitate nell'ultimo trimestre...», fa una pausa.

So cosa sta per dire, lo sento nel profondo e, infatti, lo dice.

«L'unica a vendere sopra ogni aspettativa è Vanessa Liberti.»

«Forse perché si presenta alle interviste in foglia di fico.»

Sono acida, aspra e più acre di un limone acerbo.

La Liberti ed io ci siamo incontrate un paio di mesi fa a un talk show. Non mi sono mai vergognata tanto in vita mia. La signora, oddio, signora non è proprio il termine adatto, ha sproloquiato a raffica sulla liberalizzazione dei costumi, manco fossero droghe leggere, sul sesso aperto, in quale senso non si è capito, e sulla censura che limitava il genio e l'estro creativo. Io e gli altri intervenuti al dibattito, un capitano d'industria di una certa età, un chirurgo plastico e la direttrice di un centro sociale, ci siamo trasformati in litografie mentre il moderatore, invece di scaraventarla fuori dallo studio, cercava d'arginare il fiume d'idiozie con sacchi di banalità moraliste. Il pubblico era in delirio, non so se per overdose di cazzate o perché fosse d'accordo con l'ambasciatrice della trivialità.

«Hai ragione, Anita, ma io cosa posso fare?» si rassegna lui.

«Opporti? Non ti è venuto in mente? Sei il direttore, il gran capo, la Parca che taglia con un colpo di forbici il destino di un autore, tu puoi dire no a queste schifezze.»

«No.»

«Nel senso che non devo aggiungere scene di sesso?»

Un filo di speranza.

«No, nel senso che non posso. I bilanci parlano chiaro. Dobbiamo aumentare le vendite e per farlo dobbiamo adeguarci.»

La scure si abbatte sul collo della mia illusione e la decapita.

«Amore?» Un sussurro stremato.

«Amore e sesso, soprattutto sesso.»

Fine della telefonata.

La sensazione è quella di essere finita sotto una valanga. Decine di metri di neve mi sovrastano e mi gelano fino in fondo all'anima. Il sangue non scorre più, sento solo l'ansia strisciare come una serpe per raggiungere il mio cervello e avvelenarlo con il suo morso letale.

Yoga, devo fare yoga. Cerco di respirare correttamente prima di cadere in crisi di panico. Metto un CD di mantra tibetani e inizio i miei asana. Inspiro ed espiro, seguo il ritmo dell'aria che entra ed esce dai polmoni. Il mondo si acquieta ed io sprofondo in uno stato di benessere. Sento le labbra piegarsi all'insù. Ah, lo yoga, come potrei vivere senza quest'iniezione di pace interiore che fa sì che io dia il giusto peso alle cose. La posizione del cobra, quella del cane e poi del coccodrillo in un susseguirsi di animali più o meno domestici.

Sesso e amore.

Il pensiero torna al problema, lo allontano arrotolata su me stessa.

Pace, serenità, amore, sesso.

Di nuovo. E di nuovo riporto l'attenzione sull'aria che inspiro.

Drin, il cellulare.

Ho dimenticato di spegnerlo. Rispondo a occhi chiusi, nella posizione dell'aratro rovesciato, in sanscrito, o del toast, in italiano.

«Se vuoi un motivo in più per aggiungere del sesso ai tuoi libri, eccotene uno. Vanessa Liberti è appena entrata nella Top Ten del Corriere. Buon lavoro, Anita.»

Carla Bassetti potrebbe fare il killer per la mafia, un colpo in testa e via. Un'esecuzione perfetta.

La signora dell'avventura si uccide buttandosi dal terrazzo del suo attico. Ecco, sarebbe un bel finale, degno di me e del titolo che la critica mi ha cucito addosso. Ma non trovo alcun istinto suicida dentro di me. Rimango piegata in due, con ogni singolo muscolo in tensione. Inspiro ed espiro, una, due, dieci volte, poi mi lascio scivolare a pancia all'aria.

Sono pervasa dall'odio, profondo, nero, livido, meschino e devastante. La rabbia lo accompagna, bruciante e ringhiosa. Vanessa Liberti. Nella Top Ten. Dio Santissimo, ma cosa si è messa a leggere la gente? Se un popolo si giudicasse dalle sue letture, gli italiani farebbero la figura degli sporcaccioni malati di sesso. Sarà mai venuta a nessuno l'idea di mettere in correlazione la letteratura e il degrado sociale? Rimango con gli occhi chiusi e respiro con la pancia. Trattengo con tutta la volontà il senso di benessere che provavo poco fa. Un'impresa titanica che non mi riesce. Sospiro e apro gli occhi.

Amore e sesso.

Va bene, mi dico, amore e sesso, non c'è modo di svignarsela dalla nemesi. Tutto ciò che ho fuggito nel corso della vita, mi piomba ora addosso come una sentenza definitiva. Mi pare di vederla, lei, la vendetta del destino, che sogghigna: e ora, signora dell'avventura, scrivi di avventure di sesso. Ho bisogno di bere, ma non i miei succhi di frutta centrifugati, o forse sì, ma con una correzione. Più che una correzione è una revisione completa, quattro dita di gin in un salutare succo di mirtilli spremuto al momento. Sorseggio e medito.

Sesso. Che cosa sarà mai? Lo fanno tutti.

Quasi tutti. Io, per esempio, no, da qualche tempo.

Quanto?

Devo pensarci. Avevo appena pubblicato *Un cliente particolare*, no, *Il Doge*, quindi due, no, tre anni fa.

Tre anni? Se lo sapesse Vanessa Liberti terrebbe una conferenza in proposito.

Bevo un sorso del mio centrifugato. Il gin brucia lo stomaco e subito dopo mi ripaga con un calore confortevole. Comunque sia, praticante o no, ho fatto sesso, quindi so di cosa si tratta: l'unione carnale di due esseri umani. Non mi viene in mente altro. Fisso lo sguardo sulle montagne in lontananza, le cime sono avvolte in nubi grigie e minacciose. Prima di sera pioverà.

Sesso, unione corporea di due esseri umani.

Altro sorso.

Lussuria, vizio capitale, abbandonarsi ai piaceri del sesso.

Bene, mi elogio, vedi che non è così difficile.

Piaceri del sesso.

Mi gratto la testa. Di tutti i piaceri che la vita può offrire, quelli del sesso mi sono sempre sembrati di serie B.

Vuoi mettere un volo in elicottero, un'immersione a quaranta metri, una cordata sul versante sud del K2, partecipare a un'esercitazione dei Parà o una cavalcata nel Grand Canyon?

Forse confondo piacere e adrenalina. Ma no, alla mia età non è possibile.

Perché? A quarant'anni si ottiene in automatico la verità universale?

La verità è che non so un accidente sul sesso. Sorso. Devo documentarmi. Quando scrivo un nuovo romanzo, c'è sempre un argomento da approfondire. Il gin truccato da succo è evaporato. Ne verso altre quattro dita, i mirtilli sono finiti, in fondo ai miei pensieri.

Sesso.

Mi siedo alla scrivania, piedi appoggiati di fianco alla tastiera. La guardo con sospetto. Mi permetterà di scrivere zozzerie? Poverina io e poverina lei, l'accarezzo con affetto. Tanto di quel tempo passato insieme in giro per il mondo a raccontare storie d'azione, di guerra di spionaggio e ora, ci dobbiamo rinchiudere in uno squallido motel, con il letto sfatto, le lenzuola sporche e il rubinetto del bagno che gocciola a ritmo con gli scarafaggi che passeggiano nella doccia. Sorso.

Perché faccio certe associazioni? Non ho avuto esperienze traumatiche a tal proposito e nei miei viaggi ho dormito in posti ben peggiori. Gli scarafaggi passeggiavano su di me, l'acqua gocciolava dalla tettoia aperta ai quattro venti e la doccia si faceva buttandosi addosso una secchiata di melma, previo controllo sanguisughe. Sorso. Il gin mi ha rilassata, non c'è che dire, il cervello galleggia nell'alcol e va a ruota libera.

Sesso.

Dove metto il sesso nell'ultimo libro, il Papiro?

Random.

Proviamo. Prendo carta e penna. Prima di tutto chi fa sesso con chi. Tenendo conto che sono due vicende parallele, una ai giorni nostri e l'altra che si dipana lungo duemila anni di storia, la scelta è ampia. Anna, docente di storia, e Antonio, il poliziotto. Loro sono i più papabili per il ruolo di pornostar, in fondo si piacciono e alla terzultima pagina si baciano perfino.

Perfino! L'ironia non mi ha mai fatto difetto.

Seguono l'imperatore Costantino, Elena, sua madre, Jacques de Molay, il gran maestro templare, il druso Fakhr ad Din, il sultano Mohamed IV, Alessandro VI e... la penna s'inceppa sulla carta. No, il Borgia no, e nemmeno la Bolena ed Enrico VIII, troppo inflazionati, meglio Thomas Cromwell, il primo ministro. Dovrebbero bastare.

Bene, i Chi ce li ho, adesso devo decidere Quando e Dove.

Apro il file e scorro a caso fino a un punto.

Terra Santa. Sidone, 1191, battaglia campale per i Templari. Non va bene, anche a far una cosa veloce, con quello che si portavano addosso i cavalieri del Tempio in combattimento, solo a svestirli per metterli in grado di... di...

Come si dice senza essere volgari? Spogliarsi?

Non proprio, ma al momento lascio correre. Per metter a nudo un templare ci vogliono almeno due pagine, tremiladuecento battute.

Troppe.

E per la scena di sesso? Quante battute? Sorso, pausa, sorso. Tremila?

Tremila! Ma sto scherzando? Quasi due facciate di sesso? Ecchecavolo devono fare?

Fa niente, vado avanti. Scorro col cursore. Milano, giorni

nostri. Potrebbe andar bene. A casa di Anna Chiaravalle. Promettente. Con lei Antonio Speroni. Sempre meglio, forse il Dove è a posto. Il Quando, invece, non potrebbe essere peggiore. Lei è in crisi di panico perché ha appena scoperto che hanno svaligiato la casa dei genitori.

Proseguo. Cipro, 1482. Isola mediterranea, romantica. Rabbino morto, sesso defunto. Passo avanti.

Istanbul, giorni nostri. Sì, mi piace, anche James Bond ha avuto un'avventura sul Bosforo, esattamente nel faro sulla minuscola isoletta che divide il canale di mare tra Europa e Asia. Anna e Antonio sono nel Gran Bazar. Non va bene. Se anche fossero presi da incontenibile passione, non riuscirebbero a consumare, solo a farsi lapidare. Però, una lapidazione non ci starebbe male, climax, pathos, azione e sentimenti. Prendo un appunto e la mente è partita per l'Afghanistan. Quando sono stata laggiù, ho conosciuto diverse donne e ho testimonianze dirette.

Sospiro. L'avventura e le spy story non vanno più.

Mi accascio con la fronte sulla scrivania. Non ne vengo fuori, nemmeno con una bottiglia di gin.

Prendo l'iPhone, il salvaschermo è un'immagine che mi ritrae a bordo di un Tornado dell'aviazione militare italiana. Mi viene un groppo in gola e chiamo Giulia.

«Ciao, tesoro», esordisce brillante.

«Sono morta. Devo scrivere scene di sesso.»

«Tu?» La sillaba è così secca che pare una fucilata.

In quel tu è racchiusa tutta la mia e la sua incredulità.

«Io, la signora dell'avventura, proprio io.»

«Carla è passata dalle Marlboro al crack?»

«Non solo lei. Devono aver fatto un festino a base di droga alla mia casa editrice. O aggiungo il sesso o sono fuori.»

Silenzio, sulla linea telefonica e nella mia testa.

«Devo pensarci. Ci vediamo questa sera.»

Chiamo Paola e la telefonata è un déjà vu.

Incredulità, sgomento e appuntamento a questa sera.

Piove. Visto? Le nuvole del pomeriggio intorno alle montagne lo dicevano. Non un'acquerugiola autunnale, viene giù a catinelle e, quando arriva una raffica di vento, sembra che ci sia qualcuno appostato sul marciapiede a tirare secchiate d'acqua ai passanti. Alla passante, perché in strada ci sono solo io. Ho preferito uscire a piedi, così magari affogo e non devo più scrivere un romanzetto rosa. Però non muoio ed entro grondante e moribonda da "Vuoi aver fatta la pizza?".

Il nome non è quello con cui la pizzeria è registrata alla Camera di Commercio, ma quello con cui la identifichiamo io e le altre. Una sera d'estate, sedute all'aperto, un tizio ci si è avvicinato per farci una foto. In fondo siamo le tre penne più celebri della città. Uno dei camerieri, iperprotettivo nei confronti dei clienti, lo ha allontanato con un: le signore non vogliono aver fatta la foto. Costruzione mirabolante, grammatica iperbolica, effetto indimenticabile.

Le altre sono già sedute, quando lo faccio anch'io mi piazzano davanti un calice di bianco frizzante e in mano una *zeppola*, un bignè salato il cui tempo di ingestione varia dai sei ai dieci minuti. Inutile aggiungere che in quel lasso di tempo le comunicazioni sono interrotte. Ovviamente Paola se ne frega.

«Ho parlato con Carla dopo averti sentito. Non ci crederai!»

Le faccio cenno di continuare e mastico.

«Anche a me ha suggerito d'infilare del sesso qua e là.»

Risponderei che anche l'uso del prezzemolo ha un limite, ma le mascelle sono impegnate a fare altro.

«Lo stesso ha detto a me», parte Giulia, «e ha aggiunto che il noir e il giallo, come l'avventura e la spy story, non vendono più.»

Il bolo che ho in bocca è diventato cemento a presa rapida, le mandibole fanno male.

«L'avrei uccisa quando ha detto che la Liberti era nella Top Ten.»

Mi strozzo. Ci vorrebbe una pacca ben assestata sulla schiena, ma le due sono troppo impegnate a lanciare maledizioni all'agente letteraria che abbiamo in comune. Non mi resta che bere quello che c'è sul tavolo: un bicchiere di vino bianco. Sospiro. Già avevo un cerchio alla testa per via del gin, ora ho i quattro anelli di Giove.

«E tu? Tu non dici nulla?» Paola mi tira dentro la discussione per i capelli.

«Che cosa devo dire? Non mi vedi? Ho avuto la notizia sei ore fa e sono già col fegato spappolato dall'alcool.»

Richiamo il cameriere con un gesto e lascio in sospeso fino a che tutte ordiniamo.

«È un problema come un altro», mento perché mai avevo contemplato l'idea di buttarmi dal terrazzo. «Risolviamolo. Quando iniziamo un nuovo libro studiamo, quindi...»

«Studiamo sesso!» La conclusione di Giulia è una decina di

decibel sopra la norma.

Qui, bisogna dirlo, vige quell'italianità che adoro, burlona, bischera e guascona, dove qualunque spunto è buono per ridere e prendere in giro. Difatti, uno dei camerieri applaude e parte la musica. O' surdato 'namurato a tutto volume. Cantiamo e ridiamo, come tutti, fino a che la canzone finisce. Il morale che ha volato spensierato precipita e si schianta nel boccale di birra.

«Va bene, studiamo, ma chi?» Cerco di essere pratica, problem solving e non depressa. «Quando voglio sapere di una nuova arma, vado al poligono militare e m'informo, se devo programmare nei dettagli un attentato, vado sul posto e faccio una ricognizione. In questo caso dove vado, a fare il puttan tour?»

«Perché no? Le strade del sesso o la provinciale erotica», mi fredda Paola.

«Come no, la statale del piacere, ma per favore!»

Servono la pizza. Non ho fame, sono sazia di alcool e di disgusto.

«Seriamente, ragazze, non mi va di andare a chiedere informazioni a una prostituta.»

«Peccato, basterebbe che tu facessi pochi passi», dice con gli occhi fissi alle mie spalle. Giulia e io ci giriamo, tempo di un'occhiata e i bulbi oculari per poco saltano fuori.

Siamo tre scrittrici, viviamo con le parole, le parole sono il nostro mondo, che al momento è vittima del blackout universale causato dalla mancanza di semplice buongusto.

«Ma non è...», bisbiglia Giulia.

«Sì, è lei», conferma Paola.

«Quella che...», puntualizzo io.

«Lo ha rovinato», sentenza unanime.

La suddetta, avvocato, ha avuto con un giudice una love story infuocata, così infuocata che la carriera di lui si è carbonizzata e lo hanno sbattuto a raffreddarsi in un posto non ben identificato della Lucania. Quella di lei, invece, non sembra averne risentito. D'altra parte fa la divorzista, i clienti se li procura da sola e senza fatica. Questa sera deve esser a caccia, perché tra trucco, capelli, unghie e abito (forse un tovagliolo) scintilla come un diamante falso. Osservo il suo accompagnatore, un signore dall'aspetto distinto, un po' troppo abbronzato per la stagione. Mi spiego. Se il viso è scurito e le mani no, o si è andati in montagna o alle Lampados. Al sei novembre, scommetto vincente sui raggi UV. Tra i due c'è del tenero, lei fa aria con le ciglia e ridacchia da quindicenne, lui ha inalberato un'aria da super macho che mal si adatterebbe anche a Marlon Brando. Questi due dovrebbero essere oggetto del mio studio. Mi viene il magone.

Sesso e amore.

Inghiotto un boccone per cancellare l'amaro dalla bocca. Mangiamo in silenzio, immerse in questo senso di decadimento che ci avvolge. L'intera società sta degenerando in una poltiglia televisiva che insegue lo share maggiore, il senso critico langue in fin di vita e la logica è fuggita su Plutone. Allontano il piatto, dove la pizza giace assassinata.

«Da dove partiamo?» Mi sento sconsolata, su una strada sconosciuta e deserta, di notte, senza luci e con un tornado in arrivo.

Sono cavalcioni della palla che uso come sedia da scrivania quando rimango al computer per molte ore. Sembrerebbe assurdo, ma stare in equilibrio qui sopra evita che la sera mi ritrovi con le vertebre dislocate a scala musicale.

Le ragazze, o ex ragazze vista l'età, sono allungate una in poltrona e l'altra sulla chaise long di fianco al cammino che scoppietta.

«Smetti di saltare», mi rimprovera Paola.

È un effetto collaterale. Quando la tensione sale, inizio a rimbalzare sulla palla. Se sono sola, me ne accorgo solo quando ho la nausea. Mi fermo contrita.

«Dove scriverà i suoi libri Vanessa Liberti?» Chiedo a nessuna in particolare.

«In un bordello.»

«Sul set di un porno.»

«Potrebbe essere, trascrive quello che vede», ipotizzo.

«Vuoi provarci?» Il suggerimento.

Alla sola idea arrossisco. Eccheccavolo, la guardona no, proprio no.

«Ricordi», propone Giulia sbadigliando. «Attingiamo ai ricordi di gioventù.»

«Passo la mano, i miei ricordi sono svaniti, dovrei sottopormi a ipnosi per richiamarli.» Paola si chiama fuori e si alza.

Due minuti e rimango sola.

Seduta sulla palla guardo le fiamme nel camino e rifletto. Giacomo, il primo amore, buono come testimonial di un sonnifero. Giuseppe, compagno di studi e di ribellione, ma del sesso con lui non ricordo quasi nulla. Forse perché non c'è nulla da rammentare, tranne i sedili della sua auto, sempre troppo scomodi. Pietro, ho scordato l'inizio a causa della fine. Mike. Beh, con Mike effettivamente è stato esplosivo. Baghdad, io ero lì a caccia di notizie, lui al seguito dell'Esercito Americano. Ci conoscevamo da qualche mese, quando seguii come giornalista il suo reggimento destinato a pattugliare una zona vicino ai pozzi petroliferi. Una notte, complici le stelle della Persia, Mike ed io ci ritrovammo in un'intimità quasi biblica. Lui chiuse la zip della tenda e, a meno di cinquecento metri, la prima bomba esplose. La nostra passione finì come un carico di fuochi d'artificio sotto un temporale.

Rimbalzo sulla palla della schiena felice e ricordo l'affetto che provo per quest'uomo. So che ci lega qualcosa, anche se non abbiamo consumato, abbiamo condiviso un pezzetto della nostra anima e i ricordi più brutti che ti lascia la guerra. L'ho sentito, vicino, simile, amico. Una notte in Bosnia, un tenente dei Carabinieri mi disse che l'amore è semplice, sono le relazioni amorose a essere difficili. Vero. Se Mike ed io avessimo avuto vite diverse, forse saremmo andati fino in fondo.

Se. Ma con i se non si va da nessuna parte. Se Vanessa Liberti... odio questa donna, solo un poco meno di E. L. James, quella delle cinquanta sfumature.

Rimbalzo nervosamente come se sotto di me ci fossero quelle due. Non ho niente contro i romanzi d'amore, ce ne sono alcuni che mi hanno lasciato senza fiato dallo struggimento che trapelava dalle loro pagine. Lo stesso vale per qualche film d'amore. M'incupisco e analizzo. Mi piacciono le storie dove l'amore è una delle componenti della narrazione, l'amore che intendo io è rispetto, comunione di spirito e d'intenti, affinità intellettuale. Nella mia esistenza sono stata attratta solo da uomini con cui instauravo un'empatia immediata. Un uomo o una donna non possono essere solo belli fuori, non sono statue o dipinti di cui si giudica il muscolo definito dallo scalpello del maestro o il seno prosperoso uscito dal suo pennello. C'è un'anima che parla dietro agli occhi e, anche se fosse il David di Michelangelo, perché io ne sia attratta, deve parlare la mia stessa lingua. A giudicare dalla mia vita sessuale, ho dei meccanismi di scelta un tantino restrittivi.

Ho la nausea, non so se per i ragionamenti o per il continuo rimbalzare. Metto un ciocco di legna nel camino e mi preparo una tazza di latte caldo con il miele. La gola è irritata e non per la pioggia che ho preso questa sera. Le tonsille si sono gonfiate alle dimensioni di una pallina da ping-pong perché vorrei urlare: non voglio scrivere di sesso!

Però non posso, e la tonsilla si gonfia.

Il risveglio è apocalittico. Sono sudata fradicia e piena di brividi. La gola è carne viva, quando deglutisco brucia come se ci avessi messo sopra il sale. Fatico a reggermi in piedi, ciondolo fino al bagno e la mia faccia allo specchio è un fotogramma horror. Raccatto l'iPhone in soggiorno e provo la temperatura con una di quelle applicazioni che ti dicono anche quante volte hai sbattuto le ciglia in un giorno. Trentanove e cinque. L'effetto di un semplice numero è devastante sulla psiche. Sulle spalle mi sono piombati trent'anni, i dolori si sono moltiplicati e di sicuro i capelli si sono ingrigiti. Preparo una scorta di tisana, butto giù due tachipirine e torno a letto sotto tre strati di piumino. I denti battono e tremo da far pietà, rimango in uno stato comatoso, e sono sopraffatta dal mio incubo: il sesso.

- Che fai, ragazza mia? Perché t'adombri come una puledra?

- Come una puledra? O come parli? Siamo nel duemila, non sanno nemmeno cosa siano le puledre.

Guardo le donne sedute sul mio letto avvolte dalla nebbia. Sbatto le palpebre, ma le signore rimangono lì a fissarmi. Quella più anziana delle due, capelli grigi da coiffeur, trucco ricercato ma leggero e un sorriso dolce sulle labbra appena colorate, allunga una mano e mi tocca la fronte.

- È calda, povera gioia, ha la febbre -, e soffia sulle mie palpebre.

È un refolo sottile, profuma di violetta, chiudo gli occhi e mi rannicchio ancora di più.

- Bambina, tu riposa e ascolta. Non si può vivere la vita senza amore, ogni donna ha bisogno di un uomo a fianco, solo così potrà essere completa.

- Che fesserie vai dicendo? Non è così che funziona.

- Vuoi dirmi che tu non hai mai amato? Non mi risulta, anzi, a parer mio tu hai amato più di tante altre. Non ricordi più il tuo Alekos, i suoi baci, il desiderio bruciante di lui?

La donna scuote la testa, il viso si nasconde dietro i capelli scuri che ricadono dritti e lucenti sulle spalle. Gli occhi anneriti col kajal bruciano di una luce che potrebbe essere odio, oppure dolore, corrosivo e divorante come le fiamme dell'inferno.

- L'amore come lo intendi tu è stato rimpiazzato da altro.

Dal sesso, mormoro scossa dal tremore della febbre.

- Il sesso fa parte dell'amore, cosa c'è di più bello dell'unione di due anime e due corpi?

- Prima di tutto devi trovare un'anima con cui fonderti, e già non è cosa facile. Ci vuole tempo per conoscere, ci vuole tempo per costruire e ci vuole tempo per vivere. Ma il tempo non lo si ha mai. Anita non lo ha mai avuto, la vita è sempre stata più veloce di lei.

Apro gli occhi quel tanto che basta per fissare la donna che ha parlato. Mi è familiare, fa discorsi che riverberano nei miei pensieri come se li avessi pensati io stessa. La Fallaci. Il mio mito, la giornalista che mi ha ispirato e guidato, che in tutti questi anni ho cercato di emulare, sapendo che mai ci sarei riuscita. Vorrei dirle grazie, per i suoi pensieri affilati come rasoi, per la sua capacità critica e visionaria, per quel suo essere stata Cassandra, per aver aperto strade che nessuna donna aveva mai percorso prima. La gola è un incendio che ha prosciugato la salivazione. Riesco solo a piagnucolare frasi senza senso.

- Stai buona, bambina, non ti agitare. So che cosa provi per Oriana, anch'io la stimo molto. Peccato che non abbia mai pensato di scrivere un romanzo su di lei.

- Ma per favore –, ride la reporter di guerra, ride di gusto. – E che avresti scritto su di me? Sentiamo un po', m'avresti vestito di trine e merletti e sposata a un colonnello dell'Aeronautica?

- No, sciocca, avrei scritto della donna che ha amato la libertà più di se stessa, che ha amato la verità tanto da inseguirla in capo al mondo. E degli uomini che non hanno saputo o potuto trattenerla più del tempo necessario a un amplesso.

È Amalia Liana Negretti Odescalchi, alias Liala, che parla, ne sono certa. Le parole hanno lo stesso tocco leggero anche sulle pagine dei suoi libri. Li ho letti da ragazza, me ne vergognavo e dicevo che erano spazzatura, invece mi piacevano moltissimo, e la notte sognavo che un ufficiale mi portasse all'altare. Dovrei scusarmi, dirle che le sue storie facevano bene al cuore, che il romanticismo non è quella poltiglia zuccherosa che sostengono, ma è una pennellata di rosa su di un mondo per lo più grigio. Lei ride, di me, lo so.

- Voi donne emancipate e libere, vi adoro! Siete così atrocemente misogine.

- Misogine? Ma che dici? Le nuvole del paradiso ti hanno dato alla testa?

- Misogine ho detto e misogine ribadisco. Quelle come voi non hanno pietà per le donne, voi rispettate solo chi vi è simile, chi si vota a una missione e più la missione è maschile, meglio è.

Oriana ed io ci fissiamo. Tra di noi corrono migliaia di giudizi mai espressi, eppure lapidari. Misogine e lapidarie. Sappiamo con certezza che quello che ha appena detto Liala è vero, io so che è vero e i ricordi si affacciano al mio dormiveglia febbricitante.

Giacomo non era soporifero, lo ero io, con i discorsi più grandi dei mei diciassette anni, con la voglia di essere qualcuno, qualcuno che avrebbe lasciato un segno seppur piccolo nella distesa della storia. Lui era un ragazzo normale, con una sana voglia di divertirsi e gli ormoni pieni di vita, io non sapevo neppure di averli. Sospiro. Lo rivedo alla stazione, era in partenza per Parigi, progetto Erasmus. Sarebbe stato via un anno e sapeva che al suo ritorno non ci sarei stata io ad accoglierlo. Il pomo d'Adamo andava su è giù e gli occhi erano lucidi, se versava una sola lacrima io mi sarei chiusa in un silenzio sdegnato, da eroina. L'ultima cosa che ricordo di lui è lo sguardo triste, di chi è cosciente d'aver sprecato tempo.

Piango adesso, per me, non per lui. Per essere stata tanto impaziente e indisponente, per non aver saputo bere alla fonte della gioventù, perché io volevo dissetarmi solo con il vino dell'età adulta, non immaginando che il più delle volte sarebbe stato aceto.

- Piangi, tesoro, piangi che ti vengono gli occhi belli -, cantilena Liala e sorride.

Sorride perché lei di amori ne ha avuti molti, lunghi, brevi, ufficiali, ufficiosi e segreti. Lei l'amore lo conosce, ne conosce ogni sfaccettatura, lo ha saputo cogliere, vivere e descrivere. Io no. Ne ho avuto solo paura. Paura, perché amore fa rima con dolore. Giuseppe, l'asfissiante, penso e guardo Oriana, nei suoi occhi è riflessa la mia bugia. Dividevamo libri e chiacchierate fino a notte fonda, qualche spinello con gli amici e la tensione degli esami. Lui mi aveva aperto la sua anima, io avevo a mala pena sbirciato. Non volevo spartire tanta intimità con nessuno. Mi dicevo che non c'era nulla che m'interessasse, invece vi avrei trovato alcune risposte, ma io non volevo sconti. Io mi ero posta le domande ed io dovevo trovare le risposte. Non avevo avuto il coraggio di lasciarlo guardandolo negli occhi. Glielo avevo scritto in una lettera imbucata dall'altra parte del mondo. Ero partita per uno stage di sei mesi in un giornale di Los Angeles, cosciente che fosse l'unica fuga possibile dall'abitudine morbosa che avevo di lui.

- Non sei stata la prima e non sarai l'ultima. - Oriana legge nei miei pensieri. – L'amore crea legami difficili da rescindere, legami che t'impediscono di volare.

- Che sciocchezze! L'amore è il carburante per volare più in alto di quanto fareste da sole.

Sono scossa da un brivido che mi trasforma in una maracas e i pensieri sono confusi, ne acchiappo qualcuno prima che si dissolva. Ma dove vai se ti leghi a una persona? Potevo partire per il Laos dalla sera alla mattina se avessi avuto un compagno? Mi sarei potuta fermare due mesi al posto di due giorni in Thailandia con un marito a casa? Mi avrebbe lasciata andare a Baghdad con una guerra in corso?

- Tuo padre l'ha fatto.

Non è Liala, è Oriana, non me lo aspettavo da lei. Papà ha sempre benedetto le mie scelte. Papà è anche un generale di brigata dell'Esercito Italiano e se non fossi nata troppo presto, ne avrei seguito le orme, ma ai miei tempi le donne non potevano fare il soldato. Il giornalismo è stata la scelta che mi ha permesso di rimanere nel campo d'azione delle forze armate senza farne parte. E poi nessun uomo è di larghe vedute come papà.

- Mike lo era. Era un soldato lui stesso.

Liala sorride sorniona e affonda una domanda nella carne viva dei miei ricordi.

- Lo amavi perché in lui c'era la disciplina che hai sempre avuto per amore.

Amore e disciplina.

Sudo e ho un freddo terribile. Mi alzerei a prendere un'altra coperta, ma non credo di riuscire a reggermi in piedi.

Amore e sesso. Disciplina.

La disciplina è stata una variabile costante e determinante nella mia vita. Alle elementari ero l'unica bambina che aveva sempre le scarpe lucide e il grembiule inamidato. Riuscivo a rotolare a terra senza sporcarmi, altrimenti l'allora tenente colonnello avrebbe detto: questo è il rispetto che hai della tua uniforme? All'epoca, un rimprovero del genere mi gettava in uno stato di devastazione morale cui rimediavo studiando con precisione da cecchino e lustrando scarpe con zelo maniacale.

Mi rivolto nel letto, dentro ho qualcosa che preme per uscire, ma deve superare tonnellate di rispetto che pesano sopra come una montagna. Papà. Papà, lo so che volevi che io fossi pronta alla vita e in grado di cavarmela sempre, ma Dio Santissimo, un abbraccio ogni tanto potevi anche darmelo, no? Sei un ottimo soldato non è la stessa cosa che ti voglio bene. Per te sì, ma per me no. Nemmeno per la mamma e, infatti, si è risposata con un lord inglese, dal sex appeal di un baccalà, ma manieroso come un cicisbeo.

- Bimba, e anche qui non sei certo l'unica col complesso di Edipo.

Oriana, che non si piange mai addosso, anche lei ha avuto un padre come il mio, un faro nel mare di una società in burrasca, un colosso di Rodi di dignità e onore.

- E allora voi due non avete capito nulla. Non è la ragione con i suoi principi a guidare l'amore e il cuore, è l'istinto, la sopravvivenza stessa.

La Fallaci ha una ruga stampata tra le sopracciglia, pare stia fissando l'ayatollah Khomeini.

- Liala, la vita non è un romanzo rosa. Nella vita la gente muore di morti orribili, i deboli soccombono a forti che non hanno idea che esistano i diritti civili. Le donne e i bambini vengono stuprati e i matrimoni durano meno di una vacanza al mare.

- Ma la gente scopa ancora e si riproduce.

Sobbalzo nel letto. Il cuore batte al ritmo del virus che festeggia nel mio sangue. Scopare. Sto delirando. Liala, la regina del romanzo d'appendice non può aver usato un termine del genere. Eppure anche Oriana la fissa con un sorriso divertito e gli occhi da gatta socchiusi.

- Scopare, ho proprio detto scopare. Se avessi detto far l'amore o congiungersi carnalmente avreste riso e non mi avreste prestato attenzione. E invece ho detto scopare che è esattamente la stessa cosa, solo orribilmente volgare, violento anche, ma non importa, il concetto è quello.

- E che vuoi dire? Che si dovrebbe andar in giro a scopazzar qua e là come bestie in calore?

- Ovviamente no. Voglio dire che qualunque essere umano ha bisogno di un abbraccio, di calore, di sfogare passioni ed emozioni, condividerle con qualcun altro, di concedersi anima e corpo e vedere cosa ne viene. Non sempre funziona, ma a volte...

Lascia la frase in sospeso e sul volto segnato dagli anni, ma non dalla vita, appare un sorriso che sa di avventure e di fuoco, di magia e di passioni travolgenti.

A volte?

Cerco nella memoria qualcosa che possa stare al passo di quel a volte. È un lampo del passato che appare su una spiaggia chilometrica, con una tavola da surf sotto il braccio e il sole alle spalle che lo investe come un'aureola. Brad, il ragazzo che girava il mondo per cercare l'onda giusta. Un corpo da far perdere il dono della parola. Comunque con lui non sarebbe servita, aveva i neuroni a galla, o nell'oceano o nella birra. Mi ero presa una cotta pomeridiana sulla battigia. In quel particolare punto sembrava un dio greco, bello e sfolgorante nella sua armatura di neoprene gocciolante salmastro. La sera, intorno al falò, i miei ormoni avevano cantato insieme all'allegra brigata, il DNA paterno, invece, aveva elaborato comportamenti, atteggiamenti e sensazioni. Chissà come sarebbe andata, sessualmente intendo, cerebralmente lo so perfettamente, se non avessi reagito da degna figlia del generale di brigata Marco Aurelio Palladio e nipote del compianto generale di divisione Augusto Palladio. Brad si era avvicinato, alito da coma etilico e andatura delirante. Che ne dici di una sveltina? Era stata la proposta in lingua inglese ubriaca. Slam! La risposta in italiano manesco.

 - *Quello era un cafone* – interviene Liala nei miei ricordi. – *Josè no.*

- El macho latino!

Oriana ride e rincara la dose.

Ridacchio anch'io, la febbre scalda sangue e fantasia. José meriterebbe un premio solo per il fatto di essere nato. È uno di quegli uomini dotati uno charme naturale, che pur stando zitto si farebbe notare in mezzo a una folla. Lo avevo notato proprio lì, tra il codazzo che seguiva Castro. Non so se per merito del caso o della mia forza di volontà ma, mentre il barbuto straparlava al microfono, i nostri occhi si erano agganciati e, Dio Benedetto! Ero stata travolta da una tempesta ormonale. Dopo la conferenza stampa si era avvicinato per invitarmi a bere qualche cosa. Avevo solo annuito con il cuore suonato dal batterista degli ACDC. Sulla terrazza dell'Hotel Nacional de l'Havana mi aveva offerto un rum invecchiato venticinque anni, un liquore da intenditore, e con una vista sul Castello del Morro che levava il fiato, avevamo parlato e bevuto fino alle ore piccole, danzando un minuetto di parole, pensieri e ideologie, che accendeva i miei sensi. Arrivato il momento di passare dalle parole ai fatti, avevo chiesto graziosamente il permesso di andare alla toilette. Invece ero uscita in strada, preso un taxi e tornata al mio albergo, la mattina dopo ero volata in Italia. Perché? Perché all'improvviso mi ero sentita ridicola, fuori luogo e assolutamente schifata di me stessa. Quante donne aveva irretito in quel modo? Io che numero ero?

- Ne sei così certa?

Oriana mia, quoque tu? Proprio tu, la cacciatrice solitaria, mi fai questa domanda? Però so anche il perché lo fai, mia mentore. Tu ti sei lasciata travolgere dalla passione, almeno una volta lo hai fatto. Io no. Non posso, non riesco, non voglio. Che ne sarebbe di me se fossi travolta da un fiume? Dove verrei trascinata senza che io possa oppormi al flusso della corrente? Oddio no, non posso perdere il controllo della mia esistenza, anche solo per poche ore. Basta un secondo perché la vita cambi e ci sia un prima e un dopo. Non voglio, non voglio prima e non voglio dopo, voglio la sicurezza di un sempre uguale, che non sarà il massimo, ma neppure il minimo, basta sapersi accontentare. Basta trovare surrogati, la cui mancanza non infligga una sofferenza che ti piega in due e ti leva aria dai polmoni e la voglia di vivere dalla mente.

Pietro. Maledetto bastardo. Aveva demolito le mie difese, i muri che avevo eretto per difendermi, tenere al sicuro quella sensibilità che non avevo potuto sviluppare nella caserma che era stata la mia famiglia. Pietro, che discorreva dell'amore con la stessa semplicità con cui guidava l'auto sulle piste. Pietro, che parlava come un cioccolatino Perugina. Ti amo più di ieri, mi aveva ripetuto per quattro anni. Poi, una mattina mi aveva spedito un'e-mail. Ti lascio per non impazzire. Tuo Pietro. Dio, mi fa ancora un male da piangere. Sento le lacrime che premono dietro le palpebre, pungono e bruciano, adesso come allora. Ero caduta in pezzi poco per volta, mentre l'incredulità lasciava sempre più spazio alla consapevolezza. Quando anche l'ultima pietra del castello dei sogni aveva seppellito la mia anima, era arrivato il dolore. Lancinante, insopportabile, indimenticabile. Una ferita aperta che aveva suppurato dopo un tentativo di riavvicinamento, infettata dalla confessione che se ne era andato perché si era innamorato di una maestra d'asilo. Dolore e umiliazione. Io giravo il mondo come reporter di guerra, e lui mi preferiva una che insegnava ai bambini. Mestiere ammirevole, inutile dirlo, ma perché mi aveva ripetuto che adorava la mia indipendenza da gatto selvatico? Il mio essere sempre in partenza o in arrivo? Bugiardo, bastardo e codardo.

- Un passo alla volta, ma sempre un passo avanti.

Liala m'incoraggia, Oriana annuisce, ma a me fa ancora un male del diavolo. L'odio non è ancora riuscito a prendere il sopravvento sulla sofferenza, prima o poi ce la farà. Allora sarò libera. Adesso no, non posso pensarci. Sono travolta da ondate di malessere, sudo ricordi malati e piango, senza volerlo ma piango. Le lacrime s'infilano nel pigiama e inumidiscono la federa. Sono infelice e febbricitante e infine mi sveglio. Oriana e Liala non ci sono più. Era un sogno. Era tutto un sogno. Provo la temperatura. Trentanove. Se scende di questo passo, guarirò in un mese. Ma io non ho un mese per poltrire a letto. Devo scrivere di sesso. Un conato di nausea mi costringe ad alzarmi. Due tachipirine dopo, sono di nuovo rannicchiata come un feto in un grembo accogliente di piume. Mi addormento con un bombardamento nelle orecchie e negli occhi immagini di corpi aggrovigliati in un'orgia.

«Ragazza.»

Una parola perfora il mio sonno. Un colpo di fucile che ho sentito così spesso da aver installato un riflesso condizionato. Scivolo fuori dal letto e mi trascino in soggiorno.

«Papà», biascico con la bocca arida.

Lui mi fissa. Un metro e novanta di sessantacinquenne, dritto come l'asta di una bandiera e prestante come un divo del cinema anni Cinquanta. Si china per fissarmi negli occhi e mi appoggia una mano sulla fronte. Si risolleva con una smorfia in volto.

«Feriotti», tuona con le mani intrecciate dietro la schiena.

Il suo attendente si materializza alle sue spalle, berretto sotto il braccio e divisa che pare di cartone tanto è perfetta.

«Ferriotti, abbiamo un malato. Procurati il rimedio.»

Il ragazzo saluta da manuale e si dilegua. A me viene da piangere.

Boia, il rimedio no!

«A letto» e il genitore è già sparito in cucina a dare ordini.

La procedura è questa. Due volte la settimana, il generale Palladio controlla che sua figlia viva secondo i sani principi che le sono stati instillati fin dalla più tenera età. Pulizia, ordine, movimento e alimentazione equilibrata. Le sue visite sono sempre accompagnate da due attendenti carichi di borse della spesa colme di frutta, verdura, carne e pesce. Se trovasse una busta di Quattro salti in padella nel mio frigorifero mi manderebbe davanti alla corte marziale.

M'infilo sotto il piumone e lo sento che ordina a Santoro di preparare una spremuta d'arance, ma i miei neuroni sono in fissa per il rimedio. Un cocktail in dotazione all'esercito, una miscela di antibiotici, antidolorifici e salamadonna che cosa d'altro, da inoculare in caso di qualunque tipo di malessere, dall'influenza all'epatite. In meno di due ore rimetterebbe in piedi un cavallo bolso, ha una sola controindicazione. Il liquido provoca un edema dolorosissimo nel punto d'ingresso, la natica. Tremo, per la febbre e per il dolore che proverò.

«Bevi, ragazza. Vitamina C.»

Mi sollevo su un gomito e inghiotto a fatica sotto il suo sguardo. Sudo per lo sforzo di deglutire acido sulla carne viva. Termino e mi accascio sul cuscino. Il bicchiere vuoto sparisce in un lampo insieme a Santoro, restano solo gli occhi del generale, che si è accomodato sulla poltrona.

«Ieri ho letto un articolo sui best seller del Corriere.»

Ti prego, Signore Onnipotente, fa che non la nomini.

«Vanessa Liberti.»

Il nome rimane ad aleggiare tra di noi, sento una vena pulsarmi sulla tempia. Prima o poi quella mi farà saltare un embolo.

«Tu scrivi decisamente meglio.»

«Grazie, papà.»

«E allora perché è solo quattro posti dietro di te?»

Grazie, papà.

«Perché sta seguendo la moda del momento» e non aggiungo qual è.

Non voglia il Cielo che il generale si indisponga e mi metta a far flessioni.

«Il sesso.»

Strabuzzo gli occhi e tossisco un pezzetto di polmone. Mio padre ha detto sesso! Prima Liala e la Fallaci, adesso questo. Ho le allucinazioni da febbre alta.

«Hai intenzione di farti battere da una scribacchina del genere?»

«Come faccio a combattere una che scrive quella roba lì? Papà, non hai idea di quello che ha messo in quel libro.»

«Lo so eccome, l'ho letto ieri sera. Come saprei che tu scrivi meglio, altrimenti?»

Sono sconvolta, ma il generale non ha mai avuto pietà per nessuno. Con lui o sopravvivi o muori.

«Leggilo e imposta la strategia», ordina come parlasse al suo battaglione.

«Che strategia devo approntare? Non sono capace di scrivere di...», esito e mi salgono le lacrime agli occhi. «Non riesco nemmeno a pronunciare la parola in tua presenza, come diavolo faccio a scriverne?»

Si alza e mi lascia sola con un groppo sul cuore. Torna con il rimedio e un libro. Un cenno della testa e sono già fianco sinistr con un lembo di pelle scoperto. Cotone che strofina freddo di alcol, m'irrigidisco e stringo gli occhi. Zac. Un bruciore da puntura di vespa si espande e ingloba la mia natica in un nucleo di fuoco e dolore.

«Fatto. Un paio d'ore e sarai pronta per la battaglia.»

Sul piumone la mia copia de L'arte della guerra di Sun Tzu. Sospiro massaggiando la parte lesa.

«Non crederai...»

M'interrompe sovrastandomi con la sua imponenza fisica.

«Io non credo, lo so, ne sono certo. Non v'è sfida che non possa essere vinta con un'adeguata preparazione. Qui sono in gioco anni di fatica e sacrifici, la signora dell'avventura si arrende così? Davanti a una sciantosa? Scopri i suoi punti deboli e scendi in campo.»

La testa mi ciondola sul petto, non ho la forza di reagire.

«Bambina», si siede sul bordo del letto e mi costringe a guardarlo. «Il tallone d'Achille della Liberti è che descrive atti di pornografia, non il sesso e tantomeno l'amore che c'è dietro. Tu hai scandagliato l'animo di uomini in guerra, hai visto la morte, l'adrenalina e lo sfinimento. Adesso guarda la vita e l'amore.»

Mi piego in due e lui mi accoglie tra le braccia. Un momento di tenerezza infinita che ci imbarazza e rallegra nella stessa misura e che mi dovrà bastare fino al prossimo decennio.

«Ricorda che sei una Palladio e i Palladio non si tirano mai indietro davanti a niente. Fai il tuo dovere, soldato».

Si alza e mi schiocca un bacio in fronte.

«Ti chiamo fra quattro ore. Dovrebbero bastare, sia per la febbre che per la strategia» e se ne va seguito dai suoi attendenti.

Chiudo gli occhi, la natica mi fa un male d'inferno, agguanto il libro e lo fisso.

Sun Tzu, aiutami tu.

L'arte della guerra è consunto. Lo possiedo da più di trent'anni. Me lo regalò il generale per l'ottavo compleanno, al decimo lo conoscevo perfettamente e al dodicesimo ne potevo recitare dei brani a memoria. Ora lo potrei ripetere dalla prima all'ultima pagina. Il cinese che lo scrisse era del quinto secolo avanti cristo, il linguaggio è arcano, ma gli uomini più potenti del mondo sembrano considerare il suo libro più della Bibbia. Ostico, difficile, a tratti incomprensibile. Eppure, eppure il general Sun Tzu sapeva quel che diceva. L'argomento è la guerra, in realtà le sue parole tratteggiano la natura dell'essere umano, maschio o femmina che sia, davanti a una sfida. Sprofondo nel cuscino, la febbre pulsa nelle tempie e il rimedio nella natica, chiudo gli occhi e stringo il volumetto nelle mani.

Se conosci il nemico e conosci te stesso, nemmeno in cento battaglie ti troverai in pericolo.

Se non conosci il nemico ma conosci te stesso, le tue possibilità di vittoria sono pari a quelle di sconfitta.

Se non conosci né il nemico né te stesso, ogni battaglia significherà per te sconfitta certa.

Conosco il nemico? E, soprattutto, conosco me stessa?

Sì, mi conosco e mi guardo bene dal frequentarmi. Se lo facessi, di sicuro mi convincerei a cambiare vita. Non è facile, devo stare sempre all'erta, evitare se stessi non è come evitare gli altri, richiede un impegno costante, devi vivere in prima linea senza mai abbassare la guardia, mai. Se lo fai, devi scendere a patti e se scendi a patti, la fine è già lì, bella che pronta a inghiottirti, e non lietamente.

Conosco me stessa, ho una fottuta paura di soffrire, di essere tradita, di essere gettata in un angolo come roba vecchia. Ho paura di lasciarmi andare, di esprimere i miei desideri e di essere in balia di un sentimento che fa rima con dolore.

Non mi fido di nessuno, non potrei mai dormire nuda tra le braccia di un uomo, non l'ho mai fatto. Mi sono sempre alzata e infilata i vestiti, nemmeno il pigiama. La scusa che usavo era quella di essere figlia di un generale e a casa si dormiva così, per essere pronti a qualunque evenienza. Se ci credessero o meno, questo non lo so.

Quindi, per tornare a Sun Tzu, io rientro nella seconda categoria. Conosco me stessa, ma non il mio nemico, le mie probabilità di vittoria sono pari a quelle di sconfitta. È già qualcosa. La febbre scende e l'ottimismo sale. Non mi resta che conoscere il sesso.

Dio Benedetto, cosa tocca fare per campare!

Il rimedio ha fatto il suo dovere ed io sono già alla scrivania, seduta sulla natica sana, computer acceso e dita sulla tastiera: Google.

Digito sesso e il cellulare squilla. So chi è, sono passate quattro ore e tre secondi.

«Buongiorno signore.»

«Strategia?»

«Conosci il tuo nemico. Sto studiando l'argomento.»

«Ottimo. Prossimo contatto tra dodici ore da adesso. Buon lavoro.»

Normale conversazione tra padre e figlia.

Di nuovo il cellulare, rispondo con gli occhi strabuzzati e un senso di vertigine. Sullo schermo immagini assurde, gente nuda aggrovigliata in ogni posizione possibile, membri maschili e organi femminili esposti come frutta fresca al mercato, liquidi organici a lordare... Oddio, sto per vomitare.

«Pronto», rantolo trattenendo un conato.

«Anita? Ma che voce hai?»

Non posso dire a Paola la verità, meglio la morte, chiudo la pagina incriminata e mento.

«La voce di una con la gola squartata e quaranta di febbre.»

«Ancora con la storia della somatizzazione?»

«Ma che somatizzazione, sono malata.»

«Appunto. Visto che devi scrivere di sesso e non vuoi, meglio ammalarsi, no?»

«Vaffanculo, Paola.»

«Dopo, dopo ci vado. Ti ho chiamata perché ci ho pensato su. Sai che ti amo, anche se non ti toccherò mai le tette, che tra l'altro non hai, e ho concluso che lo studio è ciò che ti serve. Devi studiare e mi propongo di aiutarti, anzi ci proponiamo.»

«Ho appena provato a studiare», mormoro deglutendo l'ultimo fiotto di acidità.

Lei non mi ascolta e prosegue diretta come un Freccia Rossa.

«Siamo tre scrittrici, no? Abbiamo studiato storia, attualità, galateo, cucina, sport e tutto ciò che poteva essere utile a descrivere il mondo scritto nei nostri romanzi, tranne uno. Tutti i mondi possibili, tranne quello del sesso. Quindi, sono stata in edicola e ho comprato un po' di riviste. Naturalmente sono andata in provincia a comprarle, non vorrei che la mia amica edicolante si facesse strane idee su di me e poi le riferisse in giro per la città. Beh, per farla breve, su questi giornali ci sono indirizzi di posticini niente male dove prendere appunti. Una sorta di biblioteca del sesso, una membro teca o sesso teca, chiamala come vuoi. Ho preso nota di quelli nei dintorni, cioè non proprio vicini, hai visto mai che facciamo qualche incontro imbarazzante, per esempio il mio dentista o il tuo farmacista, perché quelle facce lì mi sanno di sporcaccioni eh! Hai capito, no? Cioè...»

Ho paura di quel cioè e della pausa che segue. Lo so che il suo ragionamento ha portato allo stesso punto del mio, documentarsi. Solo che io la prendo alla larga, in modo asettico, lei no. Lei mi prende per i capelli e mi trascina nella mischia.

«Cioè?» Domando e aspetto la condanna che sarà la mia

ancora di salvezza.

Il primo salto con il paracadute è stato così. Mille metri dal suolo, le unghie infilate nella carlinga. Un sergente maggiore mi ha gridato nell'orecchio: scusi, signora, e mi ha mollato una pedata nel sedere. Salto nel vuoto. Sono atterrata e sono andata a stringergli la mano e a implorarlo di farmi lanciare ancora una volta.

«Cioè, domani è già giovedì, l'inizio del week end, cioè il pre-inizio del week end, hai tutto il tempo per alzarti da quel letto di lacrime. Abbiamo da fare domani, venerdì, sabato e domenica. Ci aspettano in ordine: il film Figa per la vittoria, l'aperitivo al Nude Look, il dopocena al Scintilla di fuoco. Per venerdì decidiamo domani. Magari ci buttiamo sui locali cinesi: massaggi e roba così. E poi non può mancare un bello spettacolo di strip maschile. Portati qualche banconota da infilare negli slip dei maschioni! Ho solo una domanda: cosa mi metto? Jeans e camicia larga allontanerebbero anche il più arrapato degli uomini, tubino nero?»

Rido, che altro dovrei fare? Adoro questa donna.

«Di pelle, però... ma che cavolo!»

«Piantala e suggerisci. Tu sei bell'e pronta, i tuoi stivali neri alti al ginocchio e il vestitino rosso aderente, modello Pretty woman, e sei a posto. Ma io? Camicia scollata? Con la mia quarta di reggiseno basta un attimo per assomigliare a una balia svizzera... abito aderente? Ho la pancia, non posso. Un vedo non vedo, magari abito in voile? Meglio il non vedo, magari posso mettere sotto una bella canottiera.»

«Guarda che il vestito rosso e gli stivali li avevo indossati a una festa in maschera e poi mi sento male, più male di prima.»

«Guarda che lo so che fingi. Oggi è mercoledì, è passato il generale e scommetto che ti sei beccata una dose di rimedio. Quindi, non rompere, ci vediamo domattina per lo shopping, mio, non tuo, ma devi consigliarmi. E niente di mimetico, mi raccomando! Vedrai, ci divertiremo! Tre guerriere nel regno dell'eros. Occhi e orecchie spalancati! Non vedo l'ora. Stanotte non ci dormirò. Diventeremo esperte di seduzione, maestre nell'arte del bacio alla francese, filosofe dell'abbraccio, professoresse del sussurro all'orecchio...»

«Paola, non credo che ce la farò. Nemmeno se fossi sana come un pesce e non invece a un passo dalla morte.»

«Tu non ce la farai? Cos'è, hai paura? Tu che hai visto guerre e devastazioni, che racconti di uomini dilaniati dalle bombe e donne seviziate a morte? Tu che nei tuoi romanzi descrivi fuoriuscita di budella e materia cerebrale ti fai spaventare dallo spettacolo di una fellatio? Ma piantala, va! E poi non dimenticarlo, sei una scrittrice e hai bisogno di riferimenti esatti. Una delle regole di un ottimo scrittore è quella di scrivere di ciò che si conosce. E tu di sesso non sai niente.»

«Parla l'esperta.»

«Esatto. Proprio perché non lo sono voglio sapere, conoscere, imparare. Per ora non ho intenzione di descrivere copule e coppie ansimanti nei miei libri, ma ammetto, a differenza di te, che avrei bisogno di condire con un po' di pepe le mie storie. Serve a tutte noi. Quindi non ti puoi tirare indietro. Un fine settimana, non di più. Ci basterà, credimi.»

«Anche troppo. Va bene, andiamo. Fine della storia.»

«Così si fa, amica. Vedrai che domani sarai in forma smagliante. Non vedo l'ora, non vedo l'ora.»

6–LO SHOPPING

Il sole filtra dalle tende tirate. Un raggio mi colpisce in fronte. Sbatto le palpebre e apro gli occhi. Mi sento bene, il rimedio ha fatto il suo effetto. Potrei quasi credere di non essere mai stata influenzata, se non fosse che la natica pulsa al ritmo del mio sangue. Mi alzo e m'infilo sotto la doccia. Il pensiero del sesso mi segue e mi tormenta.

Alla tua età, che vuoi imparare sul sesso e sull'amore?

Alla mia età posso fare ancora quello che voglio. Se salto da un aereo a tremila metri dal suolo, cosa vuoi che sia un po' di sesso?

Beh, allora chiama qualche uomo e invitalo per fare sesso.

Asciugo i capelli e rifletto. Posso chiamare decine di uomini in ogni parte del mondo e chiedere loro di poter partecipare a un addestramento militare, a un salto col paracadute, a un'immersione in spot sconosciuti o a una scalata in cordata, e nessuno mi direbbe di no. Ma non conosco nessuno cui chiedere una lezione di sesso.

Sì, invece.

No.

Sì, solo che non ne hai il coraggio.

Bevo un centrifugato di frutta appena fatto e intanto preparo i corn-flakes. È vero, non ne ho il coraggio. Un uomo ci sarebbe, Mike. Ogni volta che ci siamo incontrati dopo Baghdad, la scintilla era sempre stata lì, pronta a degenerare in un incendio. Per non correre rischi, io le ho sempre buttato sopra una cisterna d'acqua, ghiacciata.

Chiamalo.

Nemmeno morta.

Codarda.

Codarda, io? Ma se sono stata nei posti classificati nella Top Five dei più pericolosi al mondo!

Però non chiami l'uomo di cui sei tutt'ora innamorata per

dirgli che vuoi stare con lui.

Vaffanculo.

Sbatto la porta ed esco da casa. Al diavolo anche la vocina interiore, che mi ricorda Vanessa Liberti.

Paola e Giulia mi aspettano al Bar del Duomo. Sono di umore tempestoso e nemmeno due espressi di fila lo rasserenano.

«Cambio di programma», mi comunicano. «Mattinata di shopping e weekend ad Amsterdam. Partiamo oggi alla una.»

Vorrei obiettare che magari ho qualcosa di meglio da fare, tipo suicidarmi perché mai riuscirò a superare lo shock di dovere scrivere di sesso, ma sarebbe inutile. Le ragazze mi conoscono troppo bene.

Incasso la testa tra le spalle e, mesta, le seguo per negozi.

Paola si compra un abito di lana leggera che le lascia scoperte le gambe. Lei non ha pudori, le mette in mostra senza farsi il benché minimo problema, nonostante Giulia ed io la bombardiamo di amichevole e acido sarcasmo. Aggiunge un paio di decolté bordeaux, colore che, a suo dire, va su tutto. A me ricorda il risultato di una notte di gozzoviglia in osteria.

Giulia s'impossessa di una maglia che per essere indossata necessita un libretto d'istruzioni, di un paio di pantaloni in pelle nera e, per concludere, un paio di tronchetti, a metà tra una serata di gala e una spedizione in giungla. Lo stilista che li ha disegnati andrebbe giustiziato.

Io acquisto pantaloni cargo, quelli con tasche ovunque, un maglione di due taglie più grande e un colbacco che sembra un burka. Sento la disapprovazione delle altre su di me, ma oggi sono in guerra col mondo e nemmeno loro osano contraddirmi.

Il campanile batte undici tocchi, tempo di fare i bagagli e poi all'aeroporto.

In fila per il check-in, Paola mi osserva con le sopracciglia a metà fronte.

«Come diavolo fai ad avere solo uno zaino?»

«Per due notti fuori casa ho portato già troppo.»

«Ma scusa», le fa eco Giulia, «pigiama, ciabatte, biancheria intima, quattro paia di scarpe, tre di pantaloni, due vestiti, tre camicie e altrettanti maglioni. Necessaire da toilette e da trucco. Come ci entrano?»

Allungo biglietto aereo e documenti alla hostess di terra. Lei prende tutto e osserva con aria schifata il passaporto. È vissuto, molto vissuto, e se potesse parlare racconterebbe di situazioni che nemmeno nei film si vedono.

«Bagaglio?»

«No.»

Rispondo alla signorina che questa mattina deve avere bevuto una spremuta di limone e le altre m'incalzano.

«Ecco, com'è che non hai una valigia?»

Ritiro la carta d'imbarco e mi sposto.

«Perché non mi serve. Un paio di scarpe, pantaloni maglietta e maglione. Spazzolino e pettine. Il resto lo trovo in albergo e la biancheria la lavo ogni sera.»

Tutte le donne nel raggio d'udito si voltano e mi fissano. Un'aliena? Un essere soprannaturale? Pensano. No, sono figlia di un soldato e ho vissuto tutta la vita tra i soldati, il cui imperativo è: porta solo ciò che sei in grado di trasportare. Provate a scappare sotto un bombardamento trascinandovi dietro una Samsonite di quindici chili.

Generale docet. Avevo tredici anni e partivamo per il mare. Ero uscita da casa con la mia bella valigia e in quel preciso istante lui aveva urlato: attentato! I suoi ragazzi avevano fatto esplodere una decina di petardi che per me erano state bombe. Ho polverizzato ogni record mettendomi in salvo dietro la jeep dove mi aspettava papà. Il bagaglio non ce la fece, finì dilaniato da una raffica. Lezione imparata in meno di tre secondi. Non ho mai più avuto una valigia e, salvo che io mi sottoponga a terapia psicologica intensiva, non ne userò mai più una.

Sorrido imbarazzata dalla curiosità che ho suscitato e un signore mi riconosce.

«Anita Palladio! Che onore, mi fa un autografo, per favore?»

«Volentieri», rispondo di cuore.

All'improvviso i curiosi si spiegano il perché dell'assenza della valigia. Io sono la signora dell'avventura, giro il mondo alla ricerca dello scoop che poi diventerà un romanzo, vivo in mezzo a militari e guerriglieri. I bagagli sono roba da turisti.

Le ragazze mi strappano dai fan e m'imbarcano su uno di quegli orridi voli low cost. Non ce l'ho con il servizio tirato all'osso, sarei d'accordo anche sul pulire personalmente l'aereo prima di sbarcare. Ma la buona educazione del personale a bordo avrebbero dovuto lasciarla compresa nel prezzo.

Compro caffè per tutte che mi costa quanto l'acconto per il bar più elegante di Milano. Sorseggio l'immonda bevanda e fisso le alpi innevate scorrere sotto di me, mi isolo in un mondo di luce e di azzurro fino a che capto parte del programma elencato da Giulia. A essere onesti è solo la parola sesso ad attirare la mia attenzione.

«Sexy shop, quartiere a luci rossi e spettacolo di strip.»

«Piazza Dam e il Rijksmuseum?» Rilancio speranzosa.

Non mi degnano di uno sguardo e proseguono nella programmazione del porno week end. Medito strategie di fuga, scuse improbabili e tattiche di evasione, ma so che non metterò in atto nulla di ciò che ho escogitato. Le seguirò, ovina, alla ricerca della perdizione. Gesù, cosa tocca fare per vivere.

Lasciamo le valigie in albergo e partiamo per la missione sesso. Ad Amsterdam il tempo non sa che siamo ancora in autunno, è convinto di essere già in inverno e, perfezionista, si esibisce in una tormenta siberiana. Tira un vento che taglia la faccia e schegge acuminate di pioggia ghiacciata ci investono come i frammenti di una granata esplosa in una ferramenta. Ho il colbacco calato fino agli occhi e le mani sprofondate nel giaccone. Seguo le altre due che, occhi fissi, alla cartina proseguono a zig-zag. Camminiamo in fila indiana tra canali che spumeggiano al vento, superiamo ponticelli investiti da raffiche di gelo e ci inoltriamo in un dedalo di viuzze. La luce già scarsa qui è svanita. Il crepuscolo se n'è andato ed è arrivata la notte. La modalità romanziere è scattata e sono su un altipiano in Nepal. Puntiamo a un villaggio sperduto tra le cime più alte del mondo e la tempesta ci ha sorprese isolandoci dal resto della squadra. Non abbiamo con noi l'equipaggiamento adatto per poterci fermare in simili condizioni, sarebbe morte certa, quindi siamo costrette a proseguire, testa bassa e forza di volontà alta.

Le labbra si sono congelate, tento di parlare, ma la muscolatura irrigidita non me lo permette.

«Ho n frdo cne», biascico.

«N m lo dre.» Anche Giulia ha il mio stesso problema.

«Ancora un centinaio di metri e ci siamo.» Paola no, nelle sue vene scorre sangue vichingo, la sua energia è inversamente proporzionale alla temperatura esterna. Roba da non crederci.

Però è di parola, dopo una svolta ci troviamo in un altro mondo. Il buio è diventato rosso. Rosse sono le luci che illuminano le facciate delle case, rosse quelle che filtrano dalle finestre, rossa è l'acqua del canale e rosso è il sottile strato di ghiaccio che ricopre il selciato. Il cuore parte a un ritmo sostenuto. Tutto questo rosso insieme l'ho visto solo in guerra, quando la battaglia infuriava e il mondo esplodeva di bombe, shrapnel, traccianti, raffiche e sangue, sangue e ancora sangue. Non è vero che per vedere l'inferno si debba morire. Basta andare in guerra e poi l'inferno te lo porti dietro dovunque vai. Eppure qui siamo in pace, ma per me l'atmosfera è la stessa. Sbircio le ragazze dal sorriso di plastica affacciate alle grandi finestre. Sono mezze nude e parlano tutte al cellulare. Chissà con chi parlano e cosa dicono. Che cosa spinge una ragazza a prostituirsi? Soldi facili? Racket? Che cosa?

In giro per il mondo ho visto centinaia di donne, dai sette anni in su, prostituirsi, ma lo facevano per fame, per sopravvivere e sfamare famiglie intere. Regole da terzo mondo, le chiamo io, niente a che vedere con quello del nostro, comodo e sicuro. Ma qui, ad Amsterdam, dove il tasso di civiltà è altissimo, perché degli esseri umani devono vendere il proprio corpo? Sono in loop negativo. Inspiro ed espiro per lasciar andare la tristezza che mi ha assalito e mi ripeto che sono qui per imparare. Seguo le ragazze in una strada dove le vetrine di un caffè ristorante guardano la facciata di un palazzo interamente adibito a supermercato del sesso. Entriamo senza metterci d'accordo, d'altra parte la sopravvivenza è un istinto comune a ogni essere umano. Ci sediamo a un tavolino che offre una vista pulita sull'edificio di fronte e prima di proferir parola aspettiamo che il ghiaccio che ci ha bloccato in statue si sciolga. Quando lo fa, le dita delle mani si riempiono di spilli e la faccia brucia da ustione.

«Mangiamo qui?» Paola, la pratica.

«Perfetto, così possiamo osservare l'andirivieni», conviene Giulia.

Annuisco e controllo di avere penna e Moleskine, un'idea si è fatta strada nel mio cervello.

«Ordinate per me» e prima che le ragazze possano fermarmi, esco dal tepore del locale, attraverso l'inferno rosso di ghiaccio ed entro nella sede della Perdizione SPA.

Mi accoglie una signora sui settant'anni. Gentile e sorridente. Da ragazza doveva esser una che fermava il traffico, ora sì e no un taxi. Le dico chi sono e cosa voglio, lei mi fissa con gli occhi azzurri bistrati da tanto di quel cajal che paiono due laghetti in una valle di ossidiana.

«Perché lo fa?»

Potrei dare mille risposte, non ultima perché voglio vedere Vanessa Liberti morta strangolata dalle porcate che scrive. Ma rispondo con la verità che mi viene dal cuore.

«Voglio capire.»

Ride la signora, ride, ma nella sua voce non c'è allegria.

«Le chiamo le ragazze libere.»

Ringrazio con un cenno e mi accomodo in una saletta arredata con divani e tappeti, ovviamente rossi. Non mi siedo, si sa mai che una malattia venerea mi aggredisca di sorpresa. Passeggio e passo in rassegna i quadri appesi alle pareti. Donne nude in posizioni che una signora non potrebbe neppure immaginare e un gruppo di persone. Strano soggetto. Mi avvicino per guardare meglio. Oddio Santissimo! Non credo ai miei occhi. Uomini, donne, animali ed esseri mitologici sono avvinghiati, uniti, innestati, incastonati e arrotolati insieme in un'unica bestia che m'inorridisce più di un kraken.

«Voleva parlare con noi?»

Una voce giovane, con un inglese pulito e fluente.

Mi giro ancora sconvolta dal quadro e per poco rimango secca. La morettina che ha parlato è vestita con un pitone che le scivola addosso. Arretro, occhi sul rettile, e annuisco.

«Sono Anita Palladio, una giornalista...»

M'interrompe una rossa, gambe infinite e denti abbaglianti.

«So chi sei, la signora dell'avventura, ho letto tutti i tuoi libri.»

«Veramente?» Mi scappa detto. Non avrei mai pensato che una..., una donnina, ecco, mi piace il termine, una donnina leggesse i miei libri.

«Sì. Ho adorato *Terra infuocata*, ma *l'Avvocato e il colonnello* è il mio preferito.»

Sorrido. Ecco quel che succede a essere vittima di pregiudizi, vediamo solo una parte del mondo, quella che vogliamo noi, l'altra la classifichiamo come indesiderabile e la gettiamo via.

Faccio cenno alle due donne, vestite come Eva dopo la fuga dal paradiso e belle da levare il fiato, di sedersi. Io rimango in piedi, ben lontana dal pitone che ogni tanto solleva l'orrida testa e mi guarda. Lo ignoro per quel che posso e parto con l'intervista. La rossa è la figlia di un pastore protestante, ha deciso di fare il mestiere per pagarsi l'università, facoltà di filosofia. Ovviamente suo padre non sa nulla di tutto ciò. È un lavoro come un altro, sostiene, lei non ha mai avuto pudori col suo corpo, si piace e non la disturba affatto che altre persone lo ammirino e lo tocchino. Ho perso il controllo di un sopracciglio, lo sento sollevato a metà fronte e non posso far nulla per riportarlo in sede. Lo stupore mi fa questo effetto. Un mestiere come un altro la prostituzione? Così, di primo acchito, non si direbbe. Le chiedo perché non ha fatto la cameriera e la risposta è quella che mi aspettavo. Faticoso e poco pagato. Se il generale Palladio fosse qui, per prima cosa sparerebbe al rettile. Poi tuonerebbe: generazione di smidollati! Aborrite la fatica e cercate solo la strada in discesa. Ma così non salirete mai in vetta, rimarrete per sempre a farvi divorare dalle zanzare e dalle sanguisughe che infestano le paludi dei fannulloni.

Sono d'accordo con lui. Posso giustificare e comprendere la prostituzione per la sopravvivenza, non per il superfluo. La mia opinione s'indurisce, la sento irrigidirsi e arroccarsi su sani principi, ma non per il pregiudizio, ma per un giudizio cosciente e documentato.

La morettina prende la parola e con una mano dalle unghie lunghe quanto un altro dito carezza quello schifo che le si avvolge intorno. Lei è figlia di un commerciante di tulipani. È cresciuta tra bulbi e fiori, in un posto dove la casa più vicina era a trenta chilometri. Odia la campagna, odia il lavoro manuale e le piace moltissimo fare sesso.

Va che bel modello di virtù! L'unico pensiero sopravvissuto alla devastazione di antichi valori. Domando se ha mai preso in considerazione un'altra professione e lei spalanca gli occhi verdi. Nessuna ambizione, nessun fuoco, occhi da cyborg. La risposta è anche peggio: nemmeno per sogno! Dove guadagnerebbe così tanto divertendosi?

Non riesco più a continuare. E dire che nella mia carriera non è che ho parlato solo con madre Teresa di Calcutta. Ho intervistato uomini per cui la vita valeva meno di una cicca di sigaretta, che non si erano fatti scrupolo di sterminare donne e bambini. Li avrei uccisi tutti, dal primo all'ultimo, con le mie stesse mani, ma sono comunque riuscita a mantenere un certo distacco, a comprendere, non a giustificare, intendiamoci, quello che avevano fatto. Le leggi del terzo mondo sono diverse dalle nostre. Questa sera, però, non ci riesco. Prenderei queste due a calci, le metterei a far flessioni e poi a lavare le pentole di un battaglione di soldati. Ti piace far sesso? Bene, adesso rimani in cucina per dodici ore di fila e poi vediamo se vuoi far sesso o vuoi qualcuno che ti abbracci e ti dica ti voglio bene. Cretina che non sei altro! Studi filosofia e fai la puttana? Ti sbatterei fuori a calci da qualsiasi università al mondo per buttarti in un bel full immersion in fonderia, dalla nove alle cinque, e poi vediamo se fare la cameriera ti pare ancor così faticoso.

Esco come una furia, dentro di me ribolle un'ira atavica, sale dallo stomaco, supera l'esofago ed esce in un urlo silenzioso.

Vanessa Liberti, ti odio. Ti odio perché vai raccontando al mondo delle gran balle: il sesso senza amore è una cosa da dinosauri. Dinosauri? Sì, dinosauri, sono folgorata. Torno dalle ragazze che mi aspettano e non lascio loro il tempo di dire una parola.

«Sapete che abbiamo tre cervelli?»

«Conosco gente che non ne ha nemmeno uno», risponde Paola.

Giulia ride e mi fa segno di proseguire.

«Primo, cervello rettiliano, circa duecentocinquanta milioni di anni. Capace solo di pulsioni elementari: fame, sesso e paura. Ci siete?»

«Ci siamo», rispondono.

«Secondo, cervello limbico, circa venti milioni di anni. Capace di provare emozioni e affettività. Si sviluppa con i mammiferi. Terzo e ultimo, cervello neocorticale, la sede del pensiero vero e proprio, con questo possiamo pensare al futuro. Mi spiego, un leone mangia quando ha fame, non si preoccupa di fare dispensa per i tempi duri. L'uomo sì. Ci siete?»

«Ci siamo», rispondono di nuovo, incuriosite.

«Ebbene, questi tre cervelli devono lavorare all'unisono, tutti e tre destinati a funzioni ben specifiche. Guai a lasciare il sopravvento a uno o all'altro o, peggio, ancora a usarne uno solo. Ci siete?»

Sguardo vacuo. Le ho perse.

«Ok, facciamo un esempio. Bar, entra un ragazzo e vede una ragazza. Gli piace molto. A questo punto inizia un dialogo tra i tre cervelli. Rettiliano: sesso, sesso, sesso. Limbico: amore! Neocorticale: avvicinati, sorridi e presentati. Fai conoscenza, poi le chiedi il numero di telefono. Domani o dopo la chiami e la inviti a cena, quando la riaccompagni puoi darle il bacio della buona notte. Nel frattempo, il rettiliano, che è il più burino tra i tre, continua a ripetere: sesso, sesso, sesso, mentre il limbico, che è un tenerone, sospira: amore.»

Le guardo. Sono ammutolite e insieme a loro un gruppo di ragazzi che scopro essere italiani.

«Scusi, signora», e uno di loro avvicina la sedia al nostro tavolo. «Non volevo ascoltare, ma quello che dice è interessante.»

«Molto interessante», aggiunge un altro facendosi spazio tra Giulia e Paola.

«Come va a finire?» Il terzo quasi mi si siede in braccio, gli altri tre s'intrufolano spintonando sedie e tavolo.

«Beh? Continui o dobbiamo passare la nottata?» Paola, l'impaziente.

Osservo il pubblico che pende dalle mie labbra. La signora dell'avventura tiene una lezione sul sesso in un bar del quartiere a luci rosse di Amsterdam. Buon titolo, almeno cinquemila copie in più. Se fossi la Liberti manderei un'e-mail con tanto di foto al Corriere della Sera. Invece sono Anita Palladio e continuo la spiegazione neurologica.

«Proseguiamo. Il nostro ragazzo si avvicina alla ragazza. I tre cervelli tutt'insieme dicono: sesso, sesso, sesso! Amore! Chiedile il numero, prima sorridi, domani la inviti, dopo il bacio. Con un casino del genere al poveretto gli parte una tachicardia da infarto, le mani grondano sudore e gli spuntano anche i brufoli in fronte.»

Ridono tutti, credono che stia raccontando una favola, e invece è storia vera, mia, loro, di ogni uomo, femmina o maschio che sia. Sbaglio? Chi noi si è trovato in una situazione galante del genere, trascinato da pulsioni diverse in direzioni diverse? Da un lato la voglia di agire d'impulso (rettiliana) e dall'altro quella di programmare fin nei dettagli (neocorticale)?

«Sesso, sesso, sesso», fa Giulia e scatena ancor di più le risate.

«Dai, dai con 'sta storia, vogliamo sapere come va a finire», le fa eco quell'altra.

«La ragazza, intanto, fissa il ragazzo che sta arrivando. Anche lei ha tre cervelli e anche loro stanno urlando: sesso, sesso, sesso! Amore! Devo riuscire a dargli il numero di telefono e farmi dare il suo, se non mi chiama, lo chiamo io con una scusa. Dio! Come è bello.»

«Nooooo!» Un coro si leva dai ragazzi.

«Anche le ragazze pensano: sesso, sesso, sesso? Veramente?»

Mi verrebbe da portarlo di là dalla strada e presentarlo alle due dinosaure con il corpo da dea. Invece rispondo:

«Certo, sono vive anche le ragazze e anche loro hanno l'istinto di perpetrare la specie. Solo che non lo danno a vedere come voi», mento, lo so e per non farmi scoprire imito le zampette di un T-Rex e con voce roca ripeto: sesso, sesso, sesso.

Non dovevo farlo, me ne rendo conto guardando Giulia e Paola, gomiti incollati al corpo, mani che si muovono avanti e indietro ed espressione truculenta in viso: sesso, sesso, sesso!

«Buoni, buoni, che vi racconto il finale. I due adesso si trovano uno di fronte all'altro, nelle loro teste un concerto di sesso, sesso, sesso! Amore! Chiedile il numero, prima sorridi, domani la inviti, dopo il bacio. Dio! Com'è bello, li stordisce. Sono entrambi rossi e stupidi come tacchini. Si fissano, ma non si fermano, si superano, un passo e sono ormai uno alle spalle dell'altra. Attimo sfumato.»

Silenzio generale. Percepisco incredulità e delusione, è il momento del gran finale.

«La morale è che se avesse vinto il rettiliano, chiamato anche Vanessa Liberti, i due sarebbero stati arrestati per atti osceni in luogo pubblico, se invece avesse primeggiato il limbico, si sarebbero guardati negli occhi in eterno. In caso di vittoria del neocorticale, i ragazzi avrebbero pianificato la loro vita insieme fino alla fine dei tempi. Nessuna delle tre soluzioni è quella giusta.»

«Qual è quella giusta?» Coro che nemmeno alla Scala l'hanno mai sentito.

«Un dialogo costruttivo. Rettiliano: sessssssoooooo. Limbico: e anche amore! Neocorticale: no problem, adesso le offriamo un caffè e facciamo due chiacchiere. Vi prometto che, se è il tipo giusto, ci innamoriamo e questa sera: sesso. Contento, dinosaurone mio?»

«E per questo che mi danno sempre buca!» Esclama un ragazzo, sì e no diciotto anni. «Non mi decido mai.»

«Sei troppo neocorticale», suggerisco.

«Con me escono, ma poi mi prendono a schiaffi. Oppure ci stanno e sono io a non essere contento.»

«Rettiliano sulla via limbica, con accenno di neocorticale.»

«Fame, fame, fame», il ringhio da tirannosauro delle ragazze scatena un putiferio.

Giulia sta già dormendo, Paola è in bagno. Io guardo il canale dalla finestra. Abbiamo cenato con quei sei ragazzi che poi sono voluti venire con noi in una birreria dove c'era musica dal vivo. Abbiamo cantato e ballato fino alle due, ci siamo scambiati numeri di telefono ed e-mail siamo tornate in albergo.

Sono felice. Abbiamo fatto una buona azione. Abbiamo impedito involontariamente a dei bravi ragazzi di finire tra le sgrinfie della Perdizione SPA. Sesso, sesso, sesso, ma prima la tua anima deve parlare alla mia. Un'idea s'illumina, sento a mala pena Paola augurarmi la buona notte e mettersi a letto. Rimango qui, avvolta nel piumino, a fissare la notte che passa. Davanti a me una strada buia e ripida, in cima qualcosa brilla.

Sorrido all'alba che spunta dai tetti. Vanessa Liberti, sei già morta, solo che ancora non lo sai.

Usciamo dall'albergo e siamo davanti all'edificio della borsa. M'incanta questa costruzione di mattoni rossi, austera come una chiesa e imponente come un palazzo reale. La sua storia mi rapisce, mi catapulta all'epoca della Compagnia Olandese delle Indie Orientali, quando navi di legno e tela solcavano gli oceani con le stive cariche di spezie. Giava, Sumatra e Singapore, il mistero del sud est asiatico mi solletica la fantasia e, senza neppure accorgermene, entro in modalità romanziere. Sento il cassero del brigantino fremere con le onde, il fruscio del vento tra le vele è ipnotico mentre un punto all'orizzonte si trasforma in Batavia. Il capitano è al mio fianco, parla con il timoniere, riesco a sentire le sue parole.

«Eccolo lì, Het paradijs van genot, il paradiso del piacere.»

Beh, dopo quattro mesi di navigazione ci può stare. Però il fatto che mi tirino per un braccio no. Ripiombo nella realtà e mi schianto sul selciato di una viuzza, buia e umida. Davanti a me una vetrina scintillante e un membro maschile di led luminosi che lampeggia a intervalli di nanosecondi con un effetto ipnotico.

Paola è già dentro, Giulia ed io ci attardiamo quel tanto che basta per prendere coraggio. Ci scambiamo un'occhiata e varchiamo la soglia.

Lasciate ogni pudore, voi ch'entrate. Già, perché se ve lo portate dietro rischiereste di vederlo schiattare di un colpo apoplettico, come il mio in questo esatto momento. Gli occhi si sono incollati su due bambole a grandezza naturale, un uomo e una donna congiunti, se non carnalmente di sicuro gommalmente. Lei ha un'espressione di stupore, ma non è meraviglia. La bocca socchiusa in un cerchio perfetto non è stata riprodotta per pronunciare un innocente ohhhhh. La colazione si rimescola nello stomaco. Paola è scomparsa in un corridoio, io raggiungo Giulia in cerca di conforto. È ferma davanti a un idrante dipinto di rosa. Lo fissa crucciata, nel tentativo di capire.

«Com'è possibile? Fisicamente, intendo, com'è possibile?»

«Che cosa è possibile?»

Con il dito indica l'idrante. Lo osservo meglio.

«Cazzo, non è un idrante!» Esclamo e faccio un passo indietro.

«No, è la prima delle due. Quindi, come te lo spieghi?»

Sono scioccata, gli occhi sbarrati e i neuroni in subbuglio.

«È una scultura, di sicuro è una scultura, un soprammobile.»

«Dici?»

«Lo spero, con tutto il cuore.»

Speranza vana, destinata a morire subito. Attaccato al falso idrante c'è un cartellino con le istruzioni. Giulia lo legge d'un fiato e incomincia a ridere. Io no, nel mio stomaco la marmellata sta prendendo a cazzotti i corn-flakes. Mi sposto deglutendo un fiotto di acido e seguo uno scaffale ingombro di pacchetti colorati. Nello stomaco firmano un armistizio che dura il tempo che mi serve per capire che cosa sono quegli oggetti. Vibratori, paperelle, palline, anelli e salamadonna che altro, tutti oggetti con finalità onanistiche. Mille domande si affacciano alla mente. Come si usano? Perché si usano? Ma veramente c'è gente che li usa? Vanessa Liberti li conoscerà?

Li ha progettati lei, mi dico. E di sicuro li ha testati tutti, anche l'idrante, sogghigno tra me e mi sposto al reparto abbigliamento. Giulia mi segue.

«Hai visto le palline?»

Annuisco e osservo un completo reggiseno e slip in simil pelle. Tessuto sano, sai che sudate ci fai lì dentro?

«S'introducono nella vagina e poi ci si può anche andare in giro.»

«Andare in giro dove? A giocare a ping-pong?»

«Volendo anche. Puoi andare dove vuoi e sperimentare una serie di orgasmi multipli. Pensa, Anita, dal panettiere, in ufficio, mentre cammini.»

La prima cosa che mi viene in mente è una signora attaccata al banco del macellaio che ansima: due biste..., due bisteeeeecche, ahhhhhhh, per favore.

Il pensiero mi mette i brividi, ma non quanti me ne fanno venire fruste, tenaglie e manette. Sono esposte su un manichino che pare un ufficiale delle SS che ha avuto la peggio con Edward mani di forbice. La divisa, senza contrassegni Dio grazie, non ha le maniche e dei pantaloni è rimasto solo un triangolo sagomato a conchiglia.

«E la paperella, l'hai vista, la paperella?» Prosegue Giulia tallonandomi.

«Le vedrò se andremo all'Amsterdamse Bos. Ce ne sono sempre sul lago.»

«No, stordita, la paperella da masturbazione.»

La parola mi dà uno schiaffo, allungo il passo e prendo in mano un abito che ha la stessa quantità di stoffa di un nastro per capelli.

«Anita, ascolta che può tornarti buona per un romanzo. La usi nella vasca da bagno, sempre che vada proprio a beccarti il clitoride. Siccome è di gomma, va indirizzata. Oddio, ho il sospetto che andrebbe indirizzata, anche se fosse in carne e penne.»

Le sopracciglia raggiungono l'attaccatura dei capelli.

«Faccio solo la doccia, e se mai facessi il bagno, a questo punto preferirei farlo con un coccodrillo.»

«Allora per te andrebbe meglio questo» e mi mostra una foto su un dépliant. «Sai che cos'è?»

«Un timer da cucina a forma di cono?»

«Sbagliato. È un oggetto del piacere. Si attacca al muro.»

Non chiederei la finalità di tutto ciò nemmeno sotto il tiro di un plotone d'esecuzione.

«E poi?» Paola ci ha sorprese nel clou di una conversazione

surreale.

«E poi ti togli le mutande, ti avvicini e ti metti a novanta gradi e ti becchi il cono dove preferisci.»

Basta, questo è troppo. Devo uscire, ho bisogno di respirare aria fresca, di allontanarmi da queste perversioni. Già è difficile pensare al sesso tradizionale, figuriamoci a quello solitario praticato con l'ausilio di strumenti che nemmeno Leonardo da Vinci avrebbe potuto ideare. Mi appoggio con le mani a una balaustra di pietra e osservo l'acqua del canale scorrere lenta e verde. Il mondo è proprio cambiato, perfino un atto elementare come il sesso è stato modificato a uso e consumo di una società sola e solitaria. La beat generation si estinguerebbe al solo pensiero.

Sono sconfortata e gelata fino in fondo all'anima. La determinazione nel documentarmi sul sesso sta scemando insieme al calore corporeo. Il mio orologio supertecnologico, in dotazione ai piloti della Marina USA, dice meno dieci gradi. Tempo di sopravvivenza, senza un adeguato equipaggiamento, stimato in meno di dieci minuti.

«Caffè», dico ad alta voce e parto a passo di carica.

Le altre mi seguono senza fiatare. Ci sediamo intorno a un tavolo rotondo, guance paonazze e naso rosso dal freddo. Paola stipa un sacchetto anonimo sotto il tavolo. Non oso chiederle cosa ha comprato, sarebbe capace di dire la verità. Ordiniamo tre caffè lunghi e lasciamo che il calore si diffonda nelle membra. L'atmosfera è tranquilla, accogliente, la musica in sottofondo è un mix di swing anni Cinquanta che fa pensare a una vita semplice, appartenente a un'epoca lontana, quando il sesso era quello tra uomo e donna, al massimo tra individui dello stesso genere, non con oggetti non ben identificati in materiali che di naturale non hanno nemmeno il nome. Accanto a noi c'è un uomo molto elegante che legge un giornale, posata sul portacenere vicino al suo portatile acceso, una sigaretta. Seguo il fumo salire in un filo sottile e sfaldarsi in una nuvoletta. Sigaretta. Sposto gli occhi su due donne sedute accanto alla vetrina. La nostra età, occhio e croce, una sta passando all'altra una sigaretta.

Boia! Sono entrata in un coffee shop.

«Te ne sei accorta, genio?» Paola è una che se cadi e ti rompi una gamba, prima di chiamare l'ambulanza deve ridere almeno un quarto d'ora.

«Esci da un sexy shop e t'infili in un coffee shop, brava Anita! Tu sì che sai affrontare la situazione di petto.»

Mi accascio sulla sedia. Ecchecavolo ho fatto di male per meritarmi tutto questo?

Arrivano i caffè e la lista, il menu dei vari tipi di hashish venduti. Li conosco tutti, li ho visti quando erano ancora piante di marijuana, li ho annusati, li ho assaggiati e fumati. Ho visto campi sterminati di cannabis, l'ho vista raccogliere e trasformare in ogni di tipo di fumo esistente sul mercato. Ho perfino scritto un libro, *Le strade del fumo*, dove ho raccontato delle partite di hashish e marijuana che ho seguito, alcune finite in un container spedito per mare, altre stipate in camion sgangherati che avrebbero percorso passi montani frequentati solo dalle aquile e dai ghiacci eterni, altre ancora bruciate sotto lo sguardo vigile di militari, pupille dilatate e narici spalancate. Conosco tutto sull'hashish e sulla marijuana, compreso il fatto che, in alcuni casi, sono terapeutici. A essere onesta, credo anche che se il mondo si facesse una canna, nascerebbero più bambini e cesserebbero le guerre. Il mio lato hippy, ereditato dalla famiglia di mamma, tutti intellettuali pacifisti. Papà è stato coraggioso, forse incosciente, a sposare una donna di tal lignaggio. Certo che a nonno Augusto deve essere venuto un colpo leggendo il dossier Crugnola. I Palladio hanno la fissa dei dossier, è il nostro modo di affrontare il mondo, conosciamo il nostro nemico nei dettagli prima ancora di incontrarlo. Infatti è per questo che sono ad Amsterdam, ad affrontare il mio nemico, Vanessa Liberti, prima ancora di darle battaglia. Ordino del Marocco oo, roba da intenditori, è terapeutico, eviterà che mi parta un embolo durante la missione sesso.

Le ragazze mi fissano pietrificate. So cosa pensano e non me ne frega niente. In questo preciso istante non m'importa di nulla, nemmeno se dalla porta entrasse il generale Palladio. Beh, non sono indifferente fino a questo punto. Rollo una canna con precisione e prima di accenderla ringrazio.

«Bon Shankar», aspiro e soffio il fumo in faccia a Paola che starnutisce.

«Che hai detto?» Giulia sniffa l'aria come un setter.

«Bon Shankar, grazie a Shiva per questo fumo», aspiro di nuovo e gliela passo.

Esita, la ragazza, non osa, infine l'agguanta e fa un tiro.

«L'ultima volta è stata trent'anni fa, concerto di Bob Marley a San Siro» e scoppia a ridere. «Che serata! Eravamo tutti fratelli, ci abbracciavamo e cantavamo. Ci pensate, centomila persone in pace.»

«Già», s'intromette Paola sbuffando fumo dalle narici. «Nove mesi dopo il tasso di natalità ha registrato un picco.»

Rido, c'ero anch'io. Non sono rimasta incinta perché prendevo la pillola. Un fulmine a ciel sereno. Io? Sì, proprio io e la mia coscienza arrossisce. Ero andata con Giuseppe e altri amici. Il generale non l'ha mai scoperto. Avevo cantato, ballato, fumato e fatto l'amore. Una serata strepitosa che era stata coperta dalla polvere del tempo fino a questo momento.

Allora c'è speranza anche per me, mi siedo eretta. Sì che ce la faccio, anche io sono stata una ragazza normale con sane passioni. Alzo il mento e guardo le altre. Sguardo fiero, sto per dire qualcosa d'importante. La voce è ferma quando parlo, degna di una dichiarazione.

«Devo scopare.»

Paola rimane con lo spinello sollevato a metà, le labbra già pronte per tirare e gli occhi così aperti che da un momento all'altro i bulbi oculari le salteranno fuori.

Giulia, ammorbidita dalla cannabis, annuisce a tempo di

musica, sul suo volto l'espressione di chi ha appena ascoltato la verità.

«Alleluia, sorella, alleluia.»

Qualcosa non quadra, non è la reazione che mi aspettavo.

«Che cosa ho detto?»

«Che devi scopare», rispondono in coro, prima di strozzarsi con le risate.

La testa crolla sul tavolino. La signora dell'avventura morta per un attacco improvviso di lapsus freudiano. Era sopravvissuta a decine di guerre, non è sopravvissuta a se stessa.

La mia infelicissima frase si è rivelata un'arma vincente. Ho potuto decidere io cosa fare dopo la stupefacente pausa. Museo Van Gogh. Adesso siamo sedute, una di fianco all'altra, davanti al Vaso con Iris. Sono imbevuta di colore, il giallo dello sfondo, il blu violetto dei fiori, un mondo tutto mio dove le voci delle persone giungono ovattate. La mia mente galleggia in quella tranquillità cannaiola che ricorda pomeriggi di ozio sotto una pianta a guardar le nuvole correr per l'aere. Quando parlo non sembra neppure la mia voce.

«Come la immaginate una scena di sesso qui?»

Ho una grande empatia con le ragazze, siamo capaci di saltar di palo in frasca, aprire dieci discorsi in contemporanea e non perderci un solo passaggio. Forse qualcuno sì, ma alla fine ci ricongiungiamo sempre.

«Due sconosciuti o due che già si conoscono?» Paola, la precisa.

«Sconosciuti, più frizzante» Giulia, l'intraprendente.

«Lui ufficiale di Marina, lei esperta di arte.»

«Sei posseduta da Liala.»

«Se fossi posseduta dalla Fallaci butterei giù un attentato. Avete visto quei condotti d'aerazione? Gas nervino, dieci secondi e siamo belle che spacciate.»

«Va al diavolo, Anita. L'ufficiale sale le scale e vede la donna qui dove siamo sedute noi...»

«La guarda e lo stomaco gli si stringe in una morsa», aggiungo a occhi chiusi.

Chissà perché l'ufficiale è Mike e la donna sono io.

«La morsa l'ha più in basso, altezza cavallo dei pantaloni», precisa Paola.

Ridacchio e Giulia prende la palla al balzo.

«Si siede vicino a lei e i loro sguardi s'incrociano.»

«Tra i due passa una scarica elettrica...»

«...che attiva ormoni e testosterone...»

«...la carica erotica è innescata...»

«...solo una cosa può fermarla...»

La palla passa a me. Solo una cosa può fermarla, ok, ma che cosa? Non mi viene, ah sì, ce l'ho.

«Il cellulare di lui squilla, la sua unità è stata appena richiamata in servizio, la sede dell'ONU a New York è stata assaltata da una cellula terroristica.»

Le ragazze si alzano e se ne vanno senza una parola. Rimango sola con gli iris di Van Gogh. Mike mi prende il mento tra due dita e mi solleva il viso. Mi perdo in quegli occhi neri, mi pare di affogare. Avvicina il suo viso al mio, pregusto un bacio lungo e appassionato e poi una passeggiata mano nella mano fino al suo albergo e alla sua camera. Mike si avvicina ancora un po' e sulle mie labbra sospira:

«Devo andare, mi aspettano alla base.»

Anita, ma vaffanculo. Me lo dico da sola.

Abbiamo cenato in un ristorante argentino. Ho divorato una costata che pareva un quarto di bue e l'ho affogata in una pinta di birra. Dovevo prepararmi al seguito della serata. Scendo dal taxi dopo le altre, le mani sprofondate nelle tasche del giaccone, e osservo il pitone di umanità che si snoda davanti all'ingresso del locale. Un campionario di donne, uomini, ragazzi e ragazze che spazia dal punk al dandy, dal rivoluzionario al professionista. Ecco cosa accomuna tutti, penso senza osare proferire a voce alta: il sesso. Paola e Giulia sono elettrizzate, io elettrificata dallo shock. Un passo dopo l'altro verso il patibolo e il boia che in questo caso è un uomo di colore che passa di un buon palmo i due metri. L'ampiezza delle spalle è sufficiente a bloccare l'intero portone d'ingresso, due ante specchiate che lasciano intravedere una luce azzurrina ogni volta che un beato oltrepassa le porte del paradiso. Ho l'impressione di essere l'unica dannata. L'armadio in doppiopetto e maglietta nera, mi fissa. Abbasso gli occhi.

Siamo in tre, perché guarda me? Come fa a conoscermi? Siamo ad Amsterdam e in questo posto non ci ho mai messo piede.

Gli occhi neri che galleggiano nel bianco della sclera si fanno due fessure, io sudo. La fronte di quella che sembra una palla da bowling si scolpisce di una ruga profonda un paio di centimetri, io sono in tachicardia. Poi, improvvisamente sorride e per poco mi abbaglia con tutto quel lampeggiare di denti. Ammicca e con una riverenza apre la porta e, non solo ci fa entrare, ci accompagna anche a un tavolo di quelli con vista privilegiata sul palco.

«Però, che trattamento», commenta Giulia.

«Ottimo inizio», puntualizza Paola.

Il buttafuori torna con una ragazza che porta un vassoio:

champagne e tre calici.

«For the lady of the adventure, it's on the house».

Per la signora dell'avventura offre dalla casa.

Di norma fa piacere essere riconosciuti, questa volta no. Stendo le labbra in un tentativo di sorriso e commento a mezza voce per le sole ragazze:

«E fanculo l'anonimato.»

La musica parte assordante, gli Aerosmith, Dude (looks like a lady). Paola versa da bere ballando da seduta e Giulia fa il brindisi: sesso, sesso, sesso!

Steven Tyler non ha ancora finito di cantare che sono già al terzo bicchiere. Si fa presto a finire le bollicine. Alzo la mano con la testa leggera e frizzante, la ragazza di prima vede e capisce al volo. Stappiamo la seconda bottiglia all'inizio dello spettacolo. Spogliarello con lap dance. Una biondona da un metro e novanta al netto dei tacchi entra in scena sulle note di Leave your hat on.

«È vestita come Vanessa Liberti», fa Giulia con una smorfia.

«Si vestono dallo stesso sarto, quello delle baldracche di Corso Sempione», sputo acidità e sprofondo sul divano.

Gli occhi si staccano dal corazziere avvinghiato al palo e passano in rassegna la sala. Pubblico vario per età ed estrazione sociale. Chi con amici, chi con un compagno o una compagna, tutti bevono e seguono il ritmo ondeggiando. Chi con la testa, chi con le spalle, chi tambureggia col piede. Nessuno fa caso a chi ha vicino, d'altra parte la bionda si dimena come un boa che stritola una mucca.

Ma te guarda cosa mi viene in mente in una situazione del genere! Sarà che la scena mi aveva sconvolto a tal punto che avevo strappato il fucile dalle mani di un guerrigliero e avevo sparato al serpentaccio per salvare il quadrupede. Il bersaglio l'avevo colpito bene, alla bestia strisciante era saltata via la testa, a quella ruminante avevo perforato il cervello. Bevo per dimenticare la festa che avevano fatto in mio onore a base di filetto fresco.

Il reggiseno è già volato sulla testa calva di un uomo che applaude indemoniato. Gli slip, oddio, paiono gli elastici con cui si legano le treccine delle bambine, finiscono a un metro da me. Mi ritraggo schifata e urto Paola che ride.

«Se fosse scoppiata una bomba, non avresti battuto ciglio.»

«Una bomba al massimo ti ammazza, non ti attacca malattie.»

«Mica vero», corregge Giulia, «guerra chimica, epidemie provocate, ne sai qualcosa?»

E cavolo se ne so qualcosa. Mi rianimo subito, verso da bere e metto la bottiglia a testa in giù nel secchiello del ghiaccio a indicare una sostituzione.

«Operazione Rainbow, Tom Clancy. Magnifico attacco terrorista alle Olimpiadi di Atlanta. Un virus nebulizzato insieme all'acqua che rinfrescava il pubblico.»

«Magistrale, come quello di Potere esecutivo, l'ebola sparso per gli Stati Uniti», mi dà corda lei.

«Strip maschile.»

La voce di Paola è sovrastata da quella di Sinatra, Learning the blues.

Ma no, diavolo mondo, ma perché questa canzone? Adesso, ogni volta che l'ascolterò mi verrà in mente questa scena. Un marcantonio in smoking che balla come Fred Astair. Fred Astair! Illuminazione. Ce l'ho, ce l'ho, devo scrivere, prima che scappi. È questione d'istanti, una rivelazione improvvisa che devi acchiappare al volo, prima che si disintegri in milioni di altre idee che sono solo l'ombra della luce che ti ha abbagliato. Se non annoto subito, so che non riuscirò più a ricordarlo con chiarezza ed emozione. Rovisto nella borsa, non trovo la Moleskine, solo la penna. Un tovagliolo di carta andrà benissimo. In preda a una furia creativa, mi isolo con la mia visione che prende forma tra pensieri e inchiostro. Sì, ce l'ho. La mia scena di sesso. Beh, non proprio sesso, diciamo un approccio serio. Chiudo gli occhi e sospiro, dalle spalle mi scivola un macigno. Li riapro e Paola sta infilando qualcosa nel tanga di Fred. Sogghigno e cerco il tovagliolo scritto per metterlo al sicuro. Non c'è, non c'è più. Un sospetto tremendo. La guardo e lei, la grandissima bastarda, sorride in un modo che Raffaello l'avrebbe presa a modello per un putto.

«Dove l'hai messo?» Ringhio come Zanna Bianca.

«Nelle mutande del fusto.»

Non capisco se Giulia è in preda a un attacco epilettico o solo ride da star male.

«Cacchio faccio adesso?» Mormoro impanicata.

«Vai ai prenderlo, prima che te lo sudi tutto e l'inchiostro si sciolga.»

La guardo con odio profondo, agguanto i dieci euro che mi sventola sotto il naso e vado. Si fa per dire vado, due passi e mi pietrifico. Realizzo che per trovare gli appunti, prima devo infilare i soldi e poi ravanare. Sbirciare anche, visto le mazzette di soldi che spuntano dagli slip. Faccio un passo in retromarcia, ma Fred, che nel frattempo si è strappato lo smoking, mi placa. Madonna che vergogna, con 'sto pirla qui che mi si struscia addosso. Mi fa anche schifo tutto sudato e poi, quel sorrisetto idiota! Faccio per girarmi ma lui, grifone, agguanta la mano con gli euro e la porta verso i paesi bassi. Oppongo resistenza, lui tira, io di più. Il tira a molla va avanti un pezzo, ma col cavolo che vince lui. La tentazione di tirargli una ginocchiata proprio lì sta per sopraffarmi, ma lì ci sono gli appunti. Non vorrei finissero spiaccicati insieme al resto. Decido in un lampo. Con la sinistra allargo l'elastico della foglia di fico in microfibra e lascio che lui avvicini la mia destra con i dieci euro. Con uno scatto del polso giro le dita e con quelle scompiglio le banconote che volano in giro. Il mio foglietto sta ancora cadendo quando lo agguanto e torno al mio posto tra gli applausi. Sprofondo nel divanetto e guardo il tovagliolo, parole intatte. Sollievo profondissimo. Fred sculetta a chiappe nude per raccogliere le mance che gli ho scompaginato.

«Al tuo coraggio, Anita», brinda Giulia ammirata.

«Com'era?» Paola, la carogna.

La musica è assordante e fatico a sentire. Anche a capire, non so se per l'alcool o per l'esperienza traumatizzante.

«Chi?»

«Il piccolo diavoletto» e assume le sembianze dello Stregatto.

«Il piccolo diavoletto?»

«Il diavoletto, il pitone, il pisello, chiamalo come vuoi, Anita, ma com'era?»

«E che ne so, io volevo gli appunti.»

Paola fa una smorfia e conclude.

«Comunque è stato facile come bere un bicchier d'acqua» e mi molla una pacca sulla schiena.

Lo champagne va di traverso, s'infila nel naso e frizza il cervello. Rabbrividisco, tossisco e inveisco.

«Quante parole che finiscono in isco» dico e rido.

Mi sa che sono ubriaca.

«Non gridare.»

«Non sto gridando», scuoto la testa in direzione di Paola.

Le luci si spengono e piomba il silenzio sulla sala. Un attimo e il sipario si alza. Occhio di bue su una ragazza orientale che, in abito di seta lungo, sorride e si accomoda su uno sgabello. La musica riprende con sonorità da gong.

«Che cosa fa questa?»

Alla mia domanda nessuno dà una risposta. Lo capisco da sola, quando le palline da ping-pong incominciano a piovere sul pubblico che, estasiato, si esibisce in imitazioni di Dino Zoff per acchiapparle al volo. Non posso crederci. Sapevo di questi spettacoli, ho girato il sud est asiatico in lungo e in largo, e sono sempre riuscita a evitarli. Fino a questo momento. Sulla faccia mi si stampa un'espressione schifata, sono nauseata con tutto il mio essere. Tracanno un bicchiere mentre i traccianti dei lanci intimi percorrono la sala. Non posso guardare fino a che punto una persona si può degradare. Bevo di nuovo e osservo le unghie fino a che lo show finisce e l'artista

(artista?) se ne torna nei camerini. Le auguro di essere sep-
pellita da un container di palle da bowling.

Applausi e di nuovo musica, allegra e a tutto volume.

«Andiamo via? Mi fa schifo tutto».

«Anita, non gridare», mi rimprovera Paola.

«Non sto gridando», ribatto.

«Sì che gridi, abbassa la voce», le fa eco Giulia.

Mi giro a guardarla. La luce tremolante della candela non
mi aiuta, stringo le palpebre per metterla a fuoco e invece lo
zoom va su un signore distinto seduto poco distante. Mi pare
di conoscerlo. E sì che lo conosco.

«Ehi, Francesco!» Mi alzo e agito la mano nella sua direzione.

«Sta giù e non gridare.»

«Non sto gridando.»

Cerco di rialzarmi.

«Ehi, Franci.»

«Azz Anita, è il tuo commercialista! Paola nascondila.»

Sento urgenza nel suo tono, ma non capisco perché. L'altra
rovista nella borsa e trova qualcosa che m'infila in testa.

«Orecchie da coniglietta? Ma sei impazzita?» Giulia ha
un'espressione inorridita.

«Se le avessi infilato il tanga di pelo la avrebbero riconosciuta comunque.»

«Hai comprato un tanga peloso?»

«Da uomo e da donna.»

Seguo il dialogo come la finale di Wimbledon, le orecchie
fanno swoshhh ogni volta che mi giro. Figo!

«E anche le palline e una paperetta. Le regalo per Natale»,
aggiunge Paola e mi dà una pacca sulla mano che tasta un
orecchio peloso.

«Mi hai fatto male.»

«Non gridare, santo cielo, parla più piano, anzi non parlare
proprio.

Mi offendo e mi piego in avanti contrita, un orecchio finisce sulla candela e prende fuoco. A Giulia saltano fuori gli occhi dalle orbite e con uno zac da torero spegne l'incendio soffocandolo con il tovagliolo che abbraccia il collo della bottiglia di champagne. La terza? Forse la quarta, non me lo ricordo. Paola piega le orecchie che adesso mi pendono ai lati della faccia. Mi infila anche un paio di occhiali e su di me scende il buio.

«A chi regali palline e paperetta?» Giulia, la curiosa.

«Alla Drizzona e alla Filzina», risponde con i nomi in codice.

«Non vedo niente», mi lamento nella puzza di bruciato. «Davvero regali palline e paperetta alle due signore bon ton?» Sghignazzo divertita.

«Non gridare, porca vacca! Alzati e segui Giulia.»

«Scappiamo senza pagare?» Mi oppongo con un senso di giustizia Palladiano.

«No, no, pago io, non preoccuparti. Tu vai e non gridare.»

Mi convinco. Cammino e le orecchie ballonzolano. Bello. Muovo la testa e quelle ondeggiano. Sempre più bello. Chissà che succede se mi metto a ballare? Ci provo, ma abbiamo raggiunto l'uscita, Paola ci raggiunge. Levo gli occhiali e un flash mi acceca. Qualcuno grida cheese, io lo ripeto mettendomi in posa tra le ragazze. Le orecchie fanno swoshhh e scoppio a ridere. Un attimo dopo sono sul sedile posteriore di un taxi.

«Dove si va?» Chiedo euforica. «Andiamo a ballare? »

«Why are you shouting? I'm not deaf.»

Il tassista dice che non è sordo.

Cribbio, vuoi vedere che ho gridato?

Sono seduta a un tavolo di un bar con le vetrate su un canale, davanti a me una cisterna di caffè bollente. La serata di ieri mi ha provata, ho pochi ricordi, forse perché i Led Zeppelin tengono un concerto nella mia testa. Il risveglio è stato anche peggio. Paola mostrava a Giulia i suoi acquisti da sexy shop. Vibratore che, se messo in un cesto di frutta, potrebbe essere scambiato per una banana geneticamente modificata. Paperetta rosa shocking, coppia di bambole di gomma gonfiabili, tanga per lui e per lei di pelo rosa, così sintetico da far scintille elettrostatiche ogni volta che lo sfiorano. Per una notte di passione, incendiaria. Ma chi vorrebbe indossare della biancheria intima che nemmeno Brad Pitt e Angelina Jolie riuscirebbero a portare senza perdere almeno il novanta per cento del loro sex appeal?

Sono scattata fuori dal letto e ho rimuginato sotto la doccia. Un'idea mi ronzava in testa. Ho lasciato le ragazze e mi sono rintanata qui, sola con i miei pensieri.

Oggi la luce del sole è un eufemismo. Amsterdam si è svegliata uggiosa, nebbiosa, umida e gelida. Deve aver passato una brutta nottata pure lei. Mi massaggio le tempie e osservo i passanti mentre riordino le informazioni che ho raccolto.

Quartiere a luci rosse – luogo popolato da femmine di dinosauro accomunate dal fatto che, se scoprono chi ha inventato la fatica, lo ammazzano a unghiate. O lo danno in pasto al pitone.

Sexy shop – negozio dove trovare oggetti ideati da un Leonardo fatto di crack.

Locali sexy – luoghi dove ascoltare buona musica condita di pessime immagini, corazzieri contorsionisti, ballerini prezzolati e lancia palline che potrebbero allenare la nazionale cinese di ping-pong. Avvertenza: mai andarci con un'amica burlona.

Ripenso al Vaso di iris e a Mike. Mi manca. Seguo un impulso. Prendo il cellulare e lo chiamo.

«Annie, how are you, dear? »

La voce mi fa spuntare un sorriso e un brivido mi corre su e giù per la schiena. Non gli dico che sono felice di sentirlo, che ho immaginato di terminare, Dio volesse, quello che abbiamo iniziato in Persia. Parlo di bazzecole e ascolto l'elenco degli spostamenti che la carriera gli impone.

«Anita, is it all right?»

No, non è tutto all right, è tutto un gran casino, Mike, ma non so da che parte iniziare per raccontartelo.

«Ya, it's all right.»

Lo saluto e mi congedo. Se avessi aspettato un solo attimo avrei vuotato il sacco, e sono troppo codarda, così ora sono sola e non so cosa fare. Prendo l'iPad dalla borsa, apro le note e appunto quello che ho scritto ieri sera durante lo spettacolo di Fred.

Codarda.

La parola rimbalza sulla corteccia cerebrale e colpisce il buon umore che mi suscita il ricordare la faccia di Paola quando ha nascosto gli appunti nel tanga di Fred.

Codarda.

Il suono m'innervosisce. Prendo il tovagliolino incriminato tra le dita e lo tengo davanti agli occhi.

Codarda.

No, non sono una codarda. Annuso a pieni polmoni il reperto incriminato.

Dio mio, ma cosa sto facendo! Lo dico a voce alta e pare che l'universo intero sia lì ad ascoltarmi. Basta, Anita, mi ordino in silenzio con il tono del generale, tira fuori le palle e vai avanti. Prendo un sorso di caffè. È freddo, orribile all'ennesima potenza. Ne chiedo un altro con un gesto, lo stesso con cui ieri sera ordinavo champagne a fiumi. Fatico a trattenere una risata alla faccia di Giulia che spegne le orecchie da coniglietta incendiate. Le dita stanno già scrivendo prima che la cameriera mi serva, e vanno avanti di vita propria. Sono passate due ore e non mi sono accorta di nulla.

Rileggo. Impallidisco e rileggo di nuovo.

Però, non è male. Arrossisco e rileggo.

Ma sono fuori di testa? Mi coglie il panico, sto per cancellare tutto.

Codarda.

Dio santissimo, no, codarda no.

Però mi manca il coraggio. Guardo fuori dalla vetrata. Il canale è avvolto nella nebbia e le insegne luminose dei negozi sull'altra sponda si vedono appena. Stringo le palpebre e metto a fuoco. The cricket busted, il grillo sballato. Mi coglie la frenesia. Infilo tutto nella borsa, lascio dieci euro sul tavolino e con il giaccone ancora aperto infilo la porta. Mi scapicollo giù dai gradini indossando il colbacco che scende sugli occhi, attraverso la strada senza vedere e un ciclista mi urla dietro qualcosa. Non fa nulla.

Codarda.

Allungo il passo e imbocco il ponte, scivolo sui sanpietrini e slitto dall'altra parte attaccata al corrimano.

Codarda.

Riprendo il passo e raggiungo la sponda opposta. La tracolla mi batte sulla schiena, l'angolo dell'iPad mi s'infila tra le vertebre. Non m'importa, ho un obiettivo da raggiungere e lo raggiungerò. Scarto una famiglia con passeggino, attraverso di corsa ed entro. The cricket busted mi accoglie con una ventata bollente e odorosa di resina. Lancio su un tavolo libero il colbacco, seguito dalla tracolla e dal giaccone, io sono già al bancone. Non guardo nemmeno la lista e ordino, il meglio. Quello che ho fumato insieme ai guerriglieri birmani prima che andassero in battaglia. Se loro potevano combattere senza paura, io riuscirò bene a scrivere un pezzo sul sesso, no?

Aspetto di essere servita e tamburello con le dita, l'iPad aperto davanti a me con tutto ciò che ho già scritto. L'istinto di cancellare è mostruoso. Devo aggrapparmi al bordo del tavolo per non soccombere. Quando un ragazzo mi porta tè alla cannella e fumo, sono lì lì per cedere.

Codarda.

Preparo uno spinello con attenzione. So che rilassarsi così è un po' come barare. Ma è terapeutico, e poiché il mio subconscio soffre di atrofizzazione delle emozioni, sono costretta a usare le maniere forti. Infatti tossisco, ma come smetto, fumo di nuovo.

Rileggo. La vergogna divampa, ma intorno a sé trova un laghetto placido, niente da bruciare. Com'è sorta, sparisce.

Rileggo e rido. Le dita formicolano sulla tastiera e vanno veloci. Scrivo e ridacchio e continuo a raccontare. Descrivo, entro nei dettagli e rido da piangere. Un signore vicino a me chiede in un inglese impeccabile se è tutto a posto, mi asciugo le lacrime e annuisco, ma continuo a scrivere. Sono un fiume in piena, ho travolto gli argini e corro difilato verso il mare. Suona il cellulare. Paola. Rispondo con il nome del locale inviato a messaggio e via, a correre dietro alle idee che straripano.

«Viziosa» è il saluto delle ragazze.

«Vincitrice», la mia risposta.

«Hai scritto?»

«Orge selvagge e coiti rettali», le ragguaglio.

«Veramente?»

Non si capacitano.

Annuisco con aria sorniona.

Non chiedono di leggere, sono scrittrici anche loro. Sanno che non si chiede, il processo creativo non va disturbato né inquinato da altre idee. Si danno consigli solo se richiesti.

Guardo Giulia che accende lo spinello rimasto a metà.

«Ho bisogno di una consulenza.»

«Spara.» Paola, la diretta.

«Ci sono alcune parole, da usare in alcuni momenti specifici, che mi paiono un po' troppo dirette. Secondo me non si possono scrivere.»

Mi guardano con le pupille a punto interrogativo. Mi sa che non sono stata chiara.

«Quando due sono lì sul più bello...»

«Definisci sul più bello», mi punzecchia subito la senza pietà.

«Quando si stanno per congiungere carnalmente.»

Io però sono pronta e infatti fa una smorfia, ma non rinuncia a tirare una stoccata.

«Descrizione retrò.»

«Scopare, preferisci?» Alzo un decibel la voce.

Il signore di prima mi lancia uno sguardo di rimprovero. Vuoi vedere che è italiano? Mi chino verso le ragazze e sussurro:

«Allora, scopare, lo posso scrivere o no? E venire, penetrare e leccare? Posso?»

«Secondo me puoi scopare, penetrare e leccare senza problemi. Puoi anche fottere e farti sbattere», suggerisce Giulia.

«Farmi sbattere? No, questo no, mi sembra troppo.»

«Figurati, per competere con la Liberti devi farti mettere alla pecorina, succhiare e pompare.»

Le fisso con gli occhi sbarrati, il signore ci guarda con orrore.

«Non solo», prosegue Paola mentre tento di zittirla passandomi la mano a taglio sulla gola. «Devi masturbarti a mani nude, con vibratore e paperella, poi infilare gli anelli davanti e dietro e avere orgasmi multipli.»

«Ma che razza di discorsi fate? Non vi vergognate?»

Il signore ci riversa addosso tutta la sua disapprovazione e se ne va sbattendo la porta del locale. Siamo al centro dell'attenzione generale. Mi crolla la testa sul petto. Diavolo! Era italiano.

Giulia sventola una mano e sorride. È una maestra nello sdrammatizzare. A una cena organizzata da un gruppo Rotary in suo onore, ha fatto una gaffe memorabile sulla moglie del presidente, in pratica le ha dato della sciupa lenzuola, e ne uscita brillantemente con una frase leggendaria: che bell'aria champagnina!

Squilla il cellulare. Il generale. Quando si dice il tempismo.

«Agli ordini, signore.»

«Riposo, Anita, riposo. Come procede la missione?»

«Sono ad Amsterdam con le ragazze.»

«Lo so dove sei, voglio sapere se ti stai documentando.»

Guardo le altre con orrore e sussurro:

«Glielo avete detto voi?»

Quattro occhi si abbassano davanti all'accusa. Colpevoli.

«Vi odio.»

«Anita, che dici? Non ti sento.»

«Nulla, papà, la linea va e viene.»

«Viene non si può dire», s'intromette Paola. «Cento euro di multa.»

«Come non si può dire?» Sono inviperita. «Prima hai detto che potevo venire.»

«Potevi andare dove, Anita?»

«Alla Rembrandthuis», mi salvo in calcio d'angolo. «Sono già stata mille volte alla casa di Rembrandt.»

«Hai visitato il quartiere a luci rosse e i sexy shop? Che idea ti sei fatta?»

Allontano il cellulare.

«Gli avete detto anche questo?» Ringhio che Elsa la leonessa mi fa un baffo.

«Sì, anche dello spettacolo», confermano quelle serpi che mi sono covata in seno.

Devo inventarmi qualcosa, altrimenti il generale mi tempesterà di domande. Strappo lo spinello dalle mani di Paola e faccio un tiro alla Bob Marley.

«Ho raccolto le informazioni, adesso devo elaborarle per inserirle in un contesto adatto. Stavo giusto buttando giù una bozza», esalo insieme al fumo.

«Brava ragazza, sono orgoglioso di te» e chiude la telefonata.

Orgoglioso di me, papà? Di sapere che tua figlia, la signora dell'avventura, è due giorni che non vede altro che perversioni e porcate? Che ha infilato le mani negli slip di un uomo sconosciuto davanti a decine di persone e si è fatta insultare in un locale pubblico insieme alle sue amiche? Non che se l'avessi conosciuto avrebbe cambiato la situazione, eh?

È dura la vita, a volte.

«Sai perché abbiamo avvisato il generale?» Giulia entra a gamba tesa nel mio senso di colpa.

«Perché così non puoi nasconderti dietro mille paure. Se il generale ordina, tu esegui», aggiunge Paola.

«Eseguiamo anche noi, in effetti. L'idea di venire qui è stata sua», si sbottona Giulia.

Quello che ho appena sentito mi lascia di stucco, non so cosa pensare, sono confusa. C'è solo una cosa che mi preme di sapere.

«Ma allora, venire, lo posso dire o no?»

Ora di cena. Decidiamo per un ristorante tipico su un barcone ancorato in un canale. L'umidità è spessa come una fetta di salame nostrano. Quando entriamo siamo fradice di nebbia salmastra. Il menu è un inno al colesterolo, un tripudio di trigliceridi e carboidrati. Sceglierei un'insalata, ma ho una fame da lupo, così soccombo. Ordino un piatto di salsicce e wurstel misti. Il generale mi manderebbe davanti al plotone d'esecuzione: se vuoi ucciderti, ti do una mano io, mi direbbe anche.

«Che cosa avete visitato?» Chiedo e sorseggio una birra.

«La Borsa, il Rijksmuseum e Il covo dei sensi», elenca Giulia.

Un sopracciglio si alza, lo nascondo con la mano.

«Lo Stedelijk, una casa museo di cui non ricordo il nome e Il portale del piacere», prosegue Paola.

Anche l'altro sopracciglio è partito, non faccio in tempo a nasconderlo. Così mi servono il piatto e io lo guardo con un'espressione di stupore che manco fosse la prima pappa della mia vita.

«La forma dei wurstel ti ricorda qualcosa?» Paola, ovviamente, ne approfitta.

«Ma che cacchio dici? Sono sconcertata da quello che avete visto oggi.»

«Già», conferma Giulia, «abbiamo saltato la casa di Anna Frank e abbiamo scelto di andare al Lungo e duro.»

Un boccone mi va di traverso.

«Troppo grosso?» Cinguettano quelle che, fino a due giorni fa, consideravo donne normali.

Deglutisco con mezzo boccale di birra.

«Ma che diavolo vi viene in mente? Siete impazzite?»

«Venire non si può dire. Cento euro», Paola mi multa senza pietà.

«E poi, basta con Anna Frank, ogni volta che entro in quella casa mi viene il magone per un mese», spiega l'altra.

«Uh uh! Venire ed entrare non si possono dire. Duecento euro», esclama la vigilessa della censura.

«Allora non posso scrivere né venire né entrare?» Continuo a essere confusa.

«Puoi scriverlo, ma se lo dici è un doppio senso, quindi...»

«Multa», conclude Giulia.

Non vorrei, ma incomincio a ridere per un pensiero che mi ha fulminata. Lacrimo e sghignazzo, cerco il fazzoletto e quando finalmente mi riprendo dico:

«Allora la mattina niente più alza bandiera.»

E adesso ridiamo in tre, ridiamo come quindicenni, ridiamo come, in fondo dovrebbe far ridere il sesso. L'atto creativo non può diventare un atto disgustoso, deve tornare a essere quello che era in principio, prima di dogmi, divieti e prima di Vanessa Liberti. Sì, all'improvviso la mia missione è chiara, illuminata da mille soli splendenti. La cena si conclude con un'acquavite alle erbe che dà il colpo di grazia al fegato e alza a dismisura il tasso alcolico nel sangue. Chissà se alzare si può dire.

Comunque, usciamo e passeggiamo senza meta, non importa se fa freddo e la nebbia ci lascia appena intravedere la punta dei nostri nasi. Chiacchieriamo di vita, bazzecole e problemi quotidiani che, dopo una dose di alcol, sembrano così insignificanti da non meritare un briciolo d'attenzione. Svoltiamo un angolo e ci troviamo nel quartiere a luci rosse. Tutto rosso e, come l'altra notte, l'inquietudine mi assale. Lo confido alle ragazze.

«Sei troppo suggestionabile.» Paola fa spallucce. «Strano, però, per una che va in guerra.»

«No, invece.» Quando Giulia è in disaccordo alza lo sguardo al cielo e sembra parlare con Dio, non con chi ha davanti. «Io credo che sia per lo yoga, Anita. I tuoi canali energetici sono aperti e qui percepisci una depravazione che non può rientrare nella tua mentalità militare.»

«Io non ho una mentalità militare.»

«Sì, invece. Sei tale e quale al generale, sei etica, e con un senso della dignità e dell'onore da forze speciali.»

E Giulia, davanti ai miei occhi, è strattonata da un uomo che le ruba la borsa e scappa. Non penso, agisco come mi è stato insegnato in anni e anni di addestramenti. Getto la mia e parto all'inseguimento. Ho i muscoli freddi e l'aria è gelida nei polmoni, ma corro veloce. Le urla delle ragazze mi arrivano ovattate, il mio sguardo è un mirino laser puntato sulla schiena del ladro. Allungo la falcata spinta dall'adrenalina e quando arrivo a tiro gli agguanto un lembo del giaccone e lo strattono. Lui rallenta quel tanto che basta perché io riesca a piantargli un calcio nel dietro del ginocchio. Cade e rotola tenendosi la gamba, la borsa di Giulia finisce a terra con lui. M'inginocchio e gli scarico un pugno nel plesso solare. Mi guarda con occhi dilatati annaspando in cerca d'aria.

«Ladro di merda», gli ringhio in faccia. «Perché non vai a lavorare?»

È la polizia a levarmelo dalle mani. Paola si avvicina al mariuolo.

«È stato fortunato, sa? Mi creda, lei è stato baciato dalla fortuna.» Lo fissa dall'alto con l'aria di una maestra. «Se Anita Croft non fosse stata sconvolta dal sesso e dall'alcol, a lei la portavano via in un sacco mortuario, altro che barella.»

Morto no, ma di sicuro un paio di ossa rotte le rimediava.

«Già, proprio fortunato», fa Giulia raccogliendo gattoni i suoi effetti personali. «Avrebbe dovuto vedere come ha conciato uno nella casbah di Marrakech perché le aveva rubato il portafogli! Gli ha rimodellato i connotati a suon di sberloni.»

Odio i delinquenti, soprattutto perché tirano fuori il peggio di me.

Un agente si complimenta per la reazione tempestiva e, per ringraziarmi, porta me e le altre al commissariato.

«Grazie, Anita.»

Giulia ha la voce che ancora trema mentre aspettiamo in una saletta poco allegra, insieme a mezza dozzina di altre persone. Muri grigio chiaro, pavimento grigio scuro e vetri grigio sporco.

«Meglio di Bruce Willis», mi elogia Paola. «Crescere in caserma ti ha fatto bene.»

«Bene non lo so, però so come difendermi.»

«E com'è che hai così paura del sesso?»

«Siete qui anche voi per il sesso?»

La voce appartiene a un uomo giovane, jeans sdrucito e maglione, due pupille così dilatate che non si vede il colore dell'iride.

«Sì e anche per uno scippo», tira su col naso Giulia.

«Cosa dici? Siamo qui solo per un tentativo di furto.»

«E per il sesso», conclude Paola.

«Vi hanno rapinato mentre facevate sesso?»

«No, non mentre. Nel mezzo, tra il prima e il dopo.»

«Come nel mezzo? Non abbiamo fatto sesso!» Preciso.

«Lo avete fatto o no?» Incalza il giovanotto.

«No.»

«Sì.»

«Non è vero.»

«Sì o no?»

«Siamo venute qui per il sesso», riparte Giulia.

«Venute non si può dire. Cento euro», ho finalmente capito le regole del gioco.

«Non siete venute?» Il pettegolo s'incuriosisce.

Non mi accorgo neppure e la mia mano si è già abbattuta sulla sua guancia con uno schiaffo sonoro.

«Stai attento a come parli, ragazzino, qui ci sono tre signore.»

Entra un poliziotto e ci fa cenno di seguirlo. «E venire non lo puoi dire», esco e sbatto anche la porta.

Mezz'ora dopo siamo fuori, di nuovo al freddo e in mezzo alla nebbia. Incomincio ad averne le tasche piene di questa città. Propongo una ritirata in hotel che si conclude nella faraonica SPA.

Entro decisa nella sauna in cerca di calore e ne esco subito. Mi appoggio con la schiena alla porta. Sono l'essenza dell'imbarazzo.

«Abbiamo sbagliato settore, sono tutti uomini.»

«Anita», Paola mi scosta, «siamo in nord Europa, qui le saune sono comuni.»

«E ci si va nudi.» Giulia osserva con disapprovazione il mio costume.

Nuda? In sauna? Ma sta scherzando?

Le seguo e mi rannicchio sotto l'asciugamano nell'angolo in alto a destra. Sbircio i presenti: quattro uomini. Due sono sulla sessantina e chiacchierano in tedesco, con le pudenda appena coperte da una salvietta da bidè. Gli altri due fanno bella mostra di un corpo statutario e senza un pelo. Il particolare non sfugge a Paola, la terribile.

«Sono più pelosa io di quelli lì.»

«Dici che è depilazione definitiva o ceretta?»

«Ma che cosa v'importa?»

«Anita, come rompi! Era per dire qualcosa, no?»

«Allora parliamo d'altro che l'argomento non è di mio gradimento.»

«Va bene, signorina Rottermeir. Sai che al Lungo e duro abbiamo visto un vibratore a forma di testa di cobra?»

E no, adesso basta. Me ne vado dritta a letto. Spero di sognare un bombardamento, ma sono certa che avrò incubi di palline giganti che m'inseguiranno fino a che verrò divorata da una paperetta di gomma rosa shocking. Di me ritroveranno solo un perizoma di pelo sintetico. Sospiro e una frase mi fa balzare a sedere. Noi siamo la somma dei nostri pensieri più comuni. Spero che valga per un intervallo ampio, perché se bastano quattro giorni, sto diventando una depravata! Roba da far venire la nausea. Venire non si può dire. Rido, ormai non ne VENGO più fuori, tanto vale scrivere.

La notte passa veloce e il numero di pagine aumenta. All'alba rileggo... e inorridisco.

Dove cavolo erano queste idee? Le ho scritte io? Ma allora Anita Palladio chi è veramente? Mi getto sul letto sconsolata e vorrei che ci fosse Mike con me, non le ragazze. La metamorfosi è iniziata.

Atterriamo a Malpensa a mezzogiorno. Il tempo è identico a quello di Amsterdam, perfetto come sfondo per un film sulla Grande Depressione. Seguo le ragazze sulla scala e chiedo a me stessa perché all'aeroporto internazionale di Malpensa Duemila, costato una cifra che non so nemmeno leggere, si sbarca come in uno scalo sperduto in Africa. Ma non riesco a trovare una risposta in tempo perché qualcuno mi chiama.

«Anita.»

È una voce che mi accompagna da quando ero una bambina con le ginocchia sbucciate. Una voce che mi ha sempre rasserenato.

«Pasquale, che bella sorpresa! Ti manda il generale?»

«No, so' venuto de' mia iniziativa» e ci scorta verso un'auto targa E.I. – Esercito Italiano. Carica i bagagli e ci fa salire. Niente dogana per noi: Pasquale Sannitri, autista del generale Marco Aurelio Palladio, ha più agganci della Piovra.

«Sono venuto ad avvisarla, perché ci sta 'no guaio» e mi mette tra le mani il Corriere della Sera, aperto e piegato sulla pagina della cultura.

Gli occhi si sbarrano, il cuore martella contro le costole, non respiro, non dico nulla. Vedo la mia vita color seppia, roba antica. Ho chiuso. È finita, mi sono giocata la reputazione.

«Sei morta?» Paola mi strappa il giornale dalle mani e guarda. «Orpo! Sei morta sì» e lo mostra a Giulia.

«Non mi pare venuta così male nelle foto», se ne esce candida.

«Venuta non si può dire. Però hai ragione. Dai, Anita, in fondo hai solo un occhio chiuso», mi consola.

Peccato che nella prima immagine io stia infilando una mano negli slip, unico indumento, di un ballerino. Delle emozioni che ho provato, lo schifo per quel corpo sudato, la vergogna del gesto imbarazzante e l'ansia per i miei appunti, non v'è traccia, non rimangono impresse sulla pellicola. Nella seconda, invece, sono in evidente stato di ebrezza, abbracciata a due amiche ebbre quanto me, che rido con delle orecchie da coniglietta, una bruciata, in testa.

«Il generale?» Domando con un fil di voce.

«L'aspetta a casa.»

«Ci vuole un piano.» Le ragazze si mettono all'opera.

«Ce l'ho io, er piano», Pasquale sogghigna.

Voglio bene a quest'uomo, da sempre. La nostra amicizia è nata per caso, quando io, a quattro anni, mi sono fatta carico di una sua colpa davanti a mio padre. Da quel momento mi ha giurato fedeltà ed io gliene sarò eternamente grata. Senza di lui non avrei mai potuto eludere la sorveglianza del generale e non avrei potuto pestare nessuno con cognizione di causa.

«Che faccio, Pasquale?» Piagnucolo e mi torco le mani.

«Nun piagna, Anita, nun la posso vedè così» e mi allunga un fazzoletto di un bianco abbagliante.

Le ragazze mi hanno messo una mano sulla spalla, un gesto che conforta.

«Anì, me stia a sentì, questa storia delle foto è tutta pubblicità», scala una marcia, sorpassa a destra una fila di auto e fa le corna fuori dal finestrino.

«Pubblicità dannosa», commento guardandomi le spalle.

Sono abituata alla guida garibaldina di Pasquale, le altre no. Difatti, entrambe sono aggrappate alla maniglia di cortesia bianche da bucato.

«Che dannosa e dannosa, la pubblicità è l'anima der commercio. Le foto nun parlano, mo' deve parlà lei. Deve raccontà che stava facendo... a un talk show.»

«Sei impazzito, Pasquale? Ti pare che possa andare in televisione a raccontare i fatti miei?»

«Sì, signorì, deve annà in tv e raccontà quello che la gente se vo' sentì dire. Mica i cazzi sua.»

Lo fisso sospettosa con il cervello che scartabella lezioni di marketing. Domanda e offerta, creare bisogni fittizi, necessità inesistenti, conoscere le regole e farne di nuove. Vuoi vedere che Pasquale ha ragione?

«Cosa proponi?» Chiedo incollata allo sportello dell'auto dalla forza centrifuga.

Da dietro arriva un coro di oh, ohh, ohhhh terrorizzati.

«Domani pomeriggio deve annà da Babbara Tigre.»

«Barbara Tigre?»

L'urlo esce dalla gola di tre donne che dedicano la loro vita a essere precise. Perché la lettura rende un uomo completo, la conversazione agile, ma la scrittura lo rende esatto. E noi siamo accurate, meticolose e maniacali nel nostro lavoro. Dietro ogni nostro libro ci sono mesi di ricerche, studio, considerazioni, riflessioni e consultazioni. È una grande responsabilità fare l'autore, i libri sono il pane per il cervello, si deve prestare molta attenzione a quello che si mangia. Il generale docet. Ed io dovrei andare dalla regina della cazzata?

«Eh, proprio Babbara Tigre», ribadisce Pasquale convinto.

«Magari con Vanessa Liberti», rispondo con una dose di sarcasmo che mi brucia la lingua.

Quelle due dovrebbero essere dichiarate pericolose per l'umanità e rinchiuse a Guantánamo con le accuse di superficialità estremista, totale assenza di etica, spaccio d'idiozie e oscenità morali e fisiche.

«Brava, signorì, vede che ha capito tutto!» Esclama e lascia sull'asfalto mezzo chilo di copertoni.

La faccia va a due millimetri dal cruscotto, ma la cintura mi blocca e di sicuro mi lussa una spalla. Ho capito tutto, sì, ma tutto cosa? Perché devo andare dalla Tigre con la Liberti? Non parliamo nemmeno la stessa lingua.

«Je dico de sì, allora?»

«Je dici de sì a chi?»

«All'amico mio che l'ha invitata, aspetta 'na risposta. O chiamo?»

«Chiama, chiama», Paola scende dall'auto, scommetto con

le ginocchia di gelatina. «Chiama che è un'idea geniale.»

«Sono d'accordo, affronta il tuo nemico in campo aperto e ripigliati la tua reputazione», la sostiene Giulia che ha le mani che tremano dopo il viaggio della speranza, di portare a casa la pelle con una guida del genere.

«Grazie per avermi ricordato che avevo una reputazione», apro il portone. Sulle spalle ho uno zaino di dubbi, angoscia, ira e depressione. Anche terrore per quel che mi aspetta. Giro la chiave nella toppa e apro, lui è lì.

Posizione di riposo, gambe divaricate, mani dietro la schiena, sguardo perso nel vuoto. Marca male.

«Buongiorno papà.»

Le ragazze e Pasquale entrano dietro di me. Oddio, si potrà scrivere entrano dietro di me?

Anita! Che cacchio pensi?

Abbasso gli occhi, mortificata.

«Bene, Anita, sto aspettando.»

Marca male, marca molto male. Frase che lascia intendere giri di corsa nel cortile e un numero di flessioni a tre zeri. Rimango in piedi, apro le spalle e mi comporto da quel bravo soldato che sono, racconto la verità, tutta la verità, nient'altro che la verità. Il generale ascolta attento, aggrotta la fronte, stringe gli occhi in due fessure e assume l'espressione arcigna che fa tremare plotoni di uomini grandi e grossi. Sudo, la salivazione è azzerata, a fatica concludo con l'idea di Pasquale.

Silenzio. Silenzio fuori e dentro di me, che si protrae all'infinito. Sono inerme, sconfitta e piena di vergogna, davanti all'uomo che è più di un padre, è un modello, uno stereotipo su cui ho plasmato la mia esistenza.

«Ottimo.»

Ottimo? Lo fisso. Ha detto ottimo? Il generale Marco Aurelio Palladio ha detto ottimo alla slavina di schifezze che ho appena proferito?

«Hai già un piano dettagliato? O forse dovrei dire abbiamo,

perché siamo una squadra, non è vero?»

«Sì, signore», rispondiamo a voce alta e sguardo fiero io e il maresciallo Sannitri.

«Può scommetterci, generale», mormorano le ragazze, entusiaste ma intimidite.

«Non ho sentito? Siete afone?» Alza il tono e si fa minaccioso.

A questo richiamo ho visto più di mille uomini urlare con quanto fiato avevano in corpo: «Sì, signore.»

Con solo quattro persone davanti a lui l'effetto è comunque notevole. Ci sentono urlare a due isolati di distanza e in me esplode una determinazione diamantina.

Pasquale è stato di parola. Una telefonata e ho un posto in tv. Domenica pomeriggio, quando gli ascolti sono ai massimi. Domani, quindi.

Seduti intorno al tavolo del salotto, stendiamo un piano d'azione. Il generale coordina e passeggia, con le mani intrecciate dietro la schiena. Un vero brainstorming, dove le idee, anche quelle più strampalate, soprattutto quelle strampalate, sono analizzate. So che di mille pensate, novecento sono inutili, cento sono probabili, ma una è sempre buona.

«Devi rifarti il guardaroba», propone Giulia.

«Non ho bisogno di nuovi vestiti», rispondo sulla palla che fa la mia schiena felice.

«Sì, invece. Non puoi andare dalla Tigre vestita così», aggiunge Paola.

«E c'ha ragione, signorì», conclude Pasquale.

«Ma perché devo comprare dei vestiti nuovi?»

«Perché ti vesti come a Kabul», sentenza unanime.

Papà mi fissa, e le labbra gli si piegano all'insù.

«Vestiti nuovi» ed è un ordine.

Rimbalzo nervosamente e alla porta suonano. Apre Pasquale.

«Buongiorno a tutti!»

Una ventata di profumo e un ticchettio di tacchi sul parquet.

«Angela? Che ci fai qui?»

«Mamma?»

«Proprio io. Ciao tesoro.» Bacia me in fronte e papà su una guancia. Giurerei che il generale abbia il batticuore, ma rimbalzo troppo per mettere a fuoco i dettagli.

«Consiglio di guerra?» Chiede la donna che ha fatto perdere la testa a un militare prima e a un lord inglese poi.

«Sì, Angela, Anita ha bisogno di un piano d'azione.»

Dieci minuti dopo, mamma è informata delle mie disavventure e della battaglia campale che dovrò sostenere il giorno dopo con Vanessa Liberti.

«Sono con voi. Odio la Liberti, essere volgare e illetterato», sorride. «Pasquale, ci accompagna lei, per favore? Non ti dispiace Aurelio, vero? Anzi, dear, tu che sei un maestro di strategia, ne prepari una per la nostra bambina, mentre noi donne le cambiamo il look.»

Quando mia madre chiede qualcosa a quel modo, neppure un santo saprebbe rifiutarle la grazia. Possibile che io non abbia ereditato neppure un briciolo di quello charme? Solo dal ramo paterno dovevo prendere? Fisico nervoso, tempra d'acciaio e incapacità di esternare i sentimenti?

«Sannitri, oggi sei a disposizione delle signore», concede difatti il generale.

«Agli ordini», rispondono tutti.

Rimbalzo e penso: sì, ma perché devo comprare degli abiti nuovi? Gli altri organizzano, pianificano ed elaborano dettagli che non comprendo. Galleggio al di sopra di tutto e sono trascinata da un fiume in piena. La missione New look è iniziata.

«Ah, dimenticavo. Sono di nuovo libera, ho divorziato da Charles. Quanto sono noiosi gli inglesi!»

Mamma lancia la bomba un attimo prima che Pasquale richiuda la porta. Ho giusto il tempo di un'occhiata veloce a papà. Cribbio, sorride.

Paola e Giulia sono sedute dietro, ai lati di mia madre. Confabulano e ridacchiano, paiono vecchie amiche nonostante si siano incontrate solo qualche volta. Io rimugino e ascolto la radio, con un occhio sulla strada.

«Pasquale», dico dopo l'ennesimo sorpasso sulla corsia preferenziale dei tram, «il pericolo è il tuo mestiere.»

«Modestamente, signorì.»

L'ha presa per un complimento e insiste in prodezze che gli valgono un inseguimento con una volante. Ci bloccano con la pantera messa di traverso. Sorrido. Adesso viene il bello. E sono almeno duecento euro di multa per il doppio senso.

Un agente si avvicina al finestrino.

«D'accordo che ha la targa dell'Esercito, ma lo sa che ha superato i limiti di velocità, usato una corsia preferenziale ed è passato col rosso?»

Potrei aggiungere che ha rischiato di mettere sotto una vecchietta, di investire un ciclista e tamponare un furgone del latte, ma sto zitta. Risponde mamma, o meglio, cinguetta.

«Agente, non lo rimproveri, è solo colpa mia. Se la prenda con me» e tace contrita.

Ora, nessun uomo, dai sette ai novanta se la potrebbe prendere con una donna che chiede perdono tanto umilmente. E lei, Angela Sofia Crugnola ex signora Palladio, ex lady Greenwood, lo sa benissimo.

«Non voglio che mio marito, il generale di brigata Marco Aurelio Palladio, metta in punizione il suo autista per colpa mia.»

La sceneggiata è iniziata.

«Signò, non sia mai che si prende a colpa ar posto mio!» Il maresciallo Sannitri si erge a modello di cavalleria.

L'agente è confuso, le ragazze sbalordite.

«Va bene, per questa volta passi. Ma almeno rispetti i semafori rossi. Buona giornata, signore» e se ne torna alla volante.

«Fregato», fanno all'unisono Pasquale e mamma.

Le ragazze ridono. Io no.

Perché devo comprare degli abiti nuovi?

La corsa riprende più folle di prima e termina davanti allo store di Armani. Tre piani di eleganza nel quadrilatero della moda. Mia madre è accolta come una star, io sono guardata con sospetto. Le ragazze mi chiudono le vie di fuga, se ci provassi, mi placherebbero.

«Che cosa aveva in mente?» Chiede una commessa che, prima che parlasse, avevo creduto finta da tanto è perfettamente plasticosa.

«Nulla, non ho in mente nulla. Non so nemmeno perché sono qui.»

«Perché a Milano non ti puoi vestire come a Kabul.»

Di nuovo. Questa volta vado a fondo.

«E per quale motivo? Non sono vestiti questi?»

Quattro paia di occhi scrutano il mio giaccone termico a prova di tormenta artica, i cargo con le tasche usate al posto della borsa e il maglione con le toppe alle spalle, indispensabile per sparare con un fucile. Lo sguardo comune è di disapprovazione. Avrò una macchia e non me ne sono accorta.

Mamma prende in mano la situazione, spedisce me e le altre in un salottino, lei se ne va a caccia.

«Perché devo comprare degli abiti nuovi?»

Niente, non ne... fuori. Col cavolo che dico vengo. Atch, cento euro.

«Anita, ci sei o ci fai?» Paola rompe gli argini. «Vestita così non si capisce nemmeno che sei una donna. E pure con un gran fisico che tenti di nascondere in ogni modo.»

«Sì, Anita. E tempo che te lo ripetiamo. Non puoi infilarti un giubbotto antiproiettile e un casco in testa per nasconderti», Giulia è accorata. «Adesso, se devi scrivere di sesso e amore, e tu devi scrivere di sesso e amore, devi sentirti donna, a partire dai vestiti.»

Rifletto. L'abito fa il monaco, forse sì, forse no, certo è che l'abito gli permette di restare nel convento. Vestiti per quello che vuoi, non per quello che sei. Io sono la signora dell'avventura, voglio essere la signora dell'avventura. Adesso le mollo tutte e vado a comprarmi una sahariana, con un sacco di tasche e anche uno Stetson sudafricano per ripararmi da sole e pioggia. E poi, con una gonna dovrei sentirmi donna? Boh? Non ne ho mai indossata una negli ultimi vent'anni e, anche prima, molto poche.

Mamma ha intenzione di farmi recuperare il tempo perduto. Dozzine di abiti e tailleur di ogni stoffa e colore entrano al suo seguito su un appendiabiti spinto dalla commessa che è subito congedata con un gesto regale della mano.

«Forza, dear, svestiti e prova questo.»

«Non ci penso nemmeno. Voi siete pazze a pensare che io entri in quei vestiti. Il mondo mi deve apprezzare per il cervello, non per l'aspetto fisico. Ma volete che scimmiotti la Liberti? Volete che mi umili su circuito nazionale?»

«Non dire idiozie.» Paola lancia il pallone.

«Sei una reporter e una scrittrice eccellente, e...» Giulia tocca di tacco.

«... sei anche una bella donna. E adesso lo fai vedere al mondo intero, altrimenti chiamo tuo padre e vediamo cosa ne pensa lui.» Pallonetto di mamma e gol.

Mi tocca.

Usciamo un paio d'ore dopo, con due abiti da giorno e due da sera, un tailleur formale e uno sportivo. Uno smoking taglio da uomo (l'unico capo su cui sono riuscita a impormi), da portare con la giacca sulla pelle (ha comunque vinto mia madre), e cinque paia di scarpe, tutte, senza eccezione alcuna, con i tacchi. Perfino lo stivale! Indosso ho dei pantaloni neri a sigaretta, un pullover rosa e delle decolté tacco sette. Dei trampoli per me. Il giaccone è stato rimpiazzato da un cappottino che mi si pennella addosso e non scalda un tubo. Però esalta la figura. Sì, la figura congelata.

Pasquale recupera i sacchetti con uno sguardo d'ammirazione.

«Signorì, con permesso, è proprio no schianto.»

«Taci, Pasquale, almeno tu» e seguo Giulia che chiude la fila verso Chez Luis, il coiffeur.

Sogghigno perché non ho nessuna intenzione di tagliare i capelli, né colorarli e nemmeno farmi mettere i bigodini. Se ci provano fanno tutte e tre la fine dello scippatore, lo giuro.

Luis, un uomo che potrebbe far cadere ai propri piedi ogni donna nel raggio di cento metri, me compresa, confabula con mia madre.

«Che perdita per il genere femminile», commenta Paola in un sussurro.

«Che acquisto per quello maschile.» Giulia, dalle larghe vedute.

Mi siedo sulla poltrona e sono più tesa che dal dentista. Luis sorride nello specchio e mi scioglie i capelli sulle spalle.

E no, ha ragione Paola, grossissima perdita per le donne.

«Alors», dice e sono certa che quattro donne hanno la pelle d'oca. «Che cosa facciamo per questa crisalide?»

In che senso crisalide? Questo qui mi ha preso per un bruco? E poi, come farfalla proprio non mi ci vedo. Sono più una formica, anzi no, un'ape, operaia però, mica regina. Quella lì fa sesso, la Liberti potrebbe fare la regina.

Luis massaggia il cuoio capelluto.

Adesso mi butto a terra e faccio le fusa. La tensione sparisce, dalle spalle e dal collo, la fronte si distende e le labbra si sollevano in un sorriso.

«Va che faccia da imbecille che ti è venuta.» Paola, l'incredibile.

«Venuta non si può dire, cento euro», rispondo e inizio a ridere.

E rido proprio, con tanto di lacrime e male allo stomaco. Sono un'energia ilare che trascina con sé tutti, Paola, Giulia, mamma e perfino Luis, che quando ride raglia. Raglia davvero, non per modo di dire, come quei somarelli che in Afghanistan trasportano fascine grandi tre volte loro. Quando smettiamo siamo tutti più belli. Io mi lascio pettinare senza mordere.

Il coiffeur coccola la mia chioma ciocca per ciocca, le avvolge su una spazzola, le scalda al soffio del fon e intanto chiacchiera con le mie guardiane di vestiti e scarpe, borse e colori, e mi scruta. Mi scruta come se dovesse scolpirmi, come se avesse visto un qualcosa di troppo e fosse impaziente di eliminarlo. Chiama qualcuno e gli portano una scatola, ma lui continua ad amoreggiare con i capelli.

Cosa ci sarà lì dentro? Ne ho vista una simile in un film sui nazisti, quella conteneva strumenti di tortura. E questa? Un campionario di bigiotteria da vendere? Campioni di viti? Diamanti? Renelle e chiodi? Ah, sì, spazzole e pettini per i dettagli. Sbagliato. Luis apre e appaiono matite e ombretti, rossetti, fard e mascara.

Strumenti di tortura, lo sapevo.

Luis è svelto, di sicuro mamma l'ha avvertito che sono addestrata, perché m'infila una gamba tra le cosce...

Oddio cosa ho detto! Saranno almeno cinquecento euro. Insomma, si mette in modo tale che io non riesca a guardami allo specchio e tantomeno ad alzarmi. Ciò nonostante penso: che gran perdita per le donne. Adesso Luis mi comanda pure, guarda di qui, guarda di là, apri gli occhi, chiudi gli occhi. Se dice fai una giravolta, gli rompo il naso, questo è sicuro. Spingi le labbra in fuori, ora tendile, fai una smorfia.

E basta! Va bene che domani pomeriggio sarò ospite dalla regina delle pagliacce in compagnia di quella delle baldracche, ma non è che io devo diventare come loro! Sto per esplodere, lo sento, la cavallina è partita al galoppo e sta per sfuggirmi di mano. Sbuffa improperi dalle narici e schiuma nervoso.

«Voilà, chérie» e quello che avrebbe potuto essere un macho da paura si scosta.

Silenzio. Cavallina sparita, voce sparita, pensieri spariti. Tutto sparito. Sono sola con una sconosciuta. Una bella sconosciuta che mi fissa con occhi grandi, ciglia lunghe, zigomi scolpiti e labbra turgide e brillanti. Il volto è contornato da una cascata di capelli, morbidi e vaporosi.

«Cazzo» mi scappa detto. «Sono io.»

Ma te guarda come sono con un po' di trucco. Non somiglio alla Liberti e nemmeno alla Tigre.

Faccio una smorfia. E se tutta questa roba che ho in faccia mi ha danneggiato i neuroni e sono diventata anch'io un'ochetta da teleschermo?

Ma no, non è possibile. Le ragazze e mia madre si truccano e non sono certo stupide. Pazze sì, però. Beh, pazza posso sopportarlo, stupida mai.

«Sei favolosa, bambina», dice mamma quando mi alzo.

«Uno schianto», mormora Giulia incredula.

«Non ti riconoscerei». Paola, San Tommaso.

«Posso cambiare le scarpe? Ho un mal di piedi...»

«Sei tu, allora, sei proprio tu, Anita mia», mi abbraccia. «Comunque, per cambiare scarpe devi passare sul mio cadavere.»

«Prima devo farti infilare le mani nelle mutande di un uomo davanti a cento persone» ed esco, oscillando sui tacchi.

Pasquale mi agguanta per un braccio, mi fa girare verso il Bar del Corso.

«Signorì, è là dentro!»

È agitato, in preda a una frenesia che non capisco.

«Chi è là dentro?»

«Dentro non si può dire.»

«A bottana, a Liberti.»

«Allora si può dire, eccome se si può dire.»
«Mamma!»
«Mamma niente. Muovi le chiappe che andiamo a spiarla.»
«Spiarla?»
Mi sorpassano tutte e si lanciano verso le vetrine illuminate.
«Deve annà pure lei, signorì, c'ha da studià er nemico.»
«A marescià, ma vedi un po' d'annà a...»
Il cellulare squilla censore.
«Ciao papà.»
«Anita, come procede il piano?»
«Da favola», rispondo mentre osservo tre donne che sbriciano furtive tra panettoni e dolcetti all'interno del locale. Oddio, furtive, è una parola grossa. Saltano all'occhio come tre mosche in una tazza di latte.

«Mamma e le altre cercano il cannocchiale di tiro sulla Liberti. Pasquale l'ha individuata al Bar del Corso.»

«Lo so, sto venendo lì. Così ti do il via libera, appena ce l'hai nel mirino». Ride e riattacca.

Generale! Ma non lo sai che venire non si può dire?

La squadra in avanscoperta ha circondato l'obiettivo. Mamma è seduta al tavolino di fianco alla Liberti e messaggia. D'altro lato della sala, Giulia armeggia con la tastiera e le risponde. Paola legge il giornale con gli occhi a fessura puntati sulla falsa scrittrice.

Ansia, palpitazioni, sudorazione, male ai piedi.

«Anita.»

Infarto.

«Papà, vuoi farmi morire?» Balbetto. «E non gridare, ci sentiranno.»

«Si è visto mai un Palladio passare inosservato?»

Mi prende con fermezza per un gomito, Pasquale ha già aperto la porta. Sono dentro. Cribbio, oltre alla vergogna pure cento euro di multa. Dietro di me il generale, che è un catalizzatore d'attenzione, davanti a me, mamma, quella che è stata la sua degna consorte. Liala avrebbe potuto prenderli come esempio. L'attenzione dell'universo mondo è puntata su di loro. Peccato che io sia nel mezzo, in abiti non miei.

«Marco Aurelio», cinguetta mamma per farsi notare.

Forse non sa che quando arriva lei, il mondo si ferma.

«Angela», finge sorpresa il generale.

Ancora adesso, nonostante i sessantacinque suonati, tiene la scena meglio di Mike Jagger.

Vanessa Liberti lo fissa ostentatamente. Dio santissimo, non può guardare a quel modo mio padre! Adesso le spacco la faccia e la finiamo con questa storia ridicola.

Papà mi conduce verso mamma. Ottimo, come arrivo a tiro alla sgualdrina letteraria le fracasso il muso. E invece, quel furbone e stratega che non è altro, all'ultimo momento mi devia e si mette tra me e quella dinosaura da strapazzo.

«Ciao, bambina mia, ti trovo benissimo! E tu Marco Aurelio, sei sempre l'uomo più affascinante del mondo.»

Ma mia madre si è fatta di crack?

«Sono l'uomo più fortunato al mondo perché ho due splendori come voi.»

Papà? Ma che dici? È una candid camera, vero? Cerco conforto nello sguardo delle ragazze, invece quelle sono due missili terra-Liberti. Solo Pasquale coglie il mio panico. Appoggiato al bancone, stile Humphrey Bogart made in Trastevere, alza un campari shakerato nella mia direzione. Come ne vengo fuori adesso?

Vengo! Non posso dirlo e prima che possa controllarmi scoppio a ridere. Mamma mi viene dietro, oh Gesùmaria, ma è tutto un doppio senso! Papà, galante, mi porge un fazzoletto e ordina champagne.

«Per festeggiare le tue nozze, Anita.»

Il riso muore sulle labbra, ho un sopracciglio fuori controllo e i neuroni in sommossa.

«Nozze», ripeto con un filo di voce.

Le ragazze hanno entrambe la mascella scardinata che penzola nel vuoto.

«Nozze», esulta mia madre.

Sono posseduti, non può essere altrimenti. La Liberti, intanto, squadra papà con un'aria lasciva da lumaca in calore, non presta nessuna attenzione al suo accompagnatore che noto solo adesso. Non che riesca a vedere molto perché le lettere n o z z e che rimbalzano nel cervello hanno probabilmente danneggiato il nervo ottico. Il soggetto avrà una quarantina d'anni portati dal chirurgo. Camicia di seta nera aperta fin sotto lo sterno, giacca color prugna sciancrata come un modellino di Chanel, capelli più laccati di quelli del compianto Mike Buongiorno. Mi pare che dietro l'orecchio abbia un tatuaggio, non lo distinguo perché il luccicare delle scarpe, più a punta di uno stiletto, mi distrae.

«Avete già fissato la data?» Mamma richiama all'ordine.

«Per che cosa?»

«Come per cosa, sciocchina? Ma per le nozze, no?»

«Il ventidue giugno», la voce del generale è udibile fino all'ultimo uomo del battaglione. Figuriamoci in un bar, seppur affollato dalla mandria del sabato sera.

«Il ventidue», ripeto e colgo una mano che risale la coscia della Liberti.

Non posso crederci. La mano s'infila sotto la gonna, tovagliolo, fazzolettino, insomma quello che è, e lei ride, non allegra, non felice, solo sguaiata. Ricorda le donne al porto che adescano i marinai. Ce ne saranno ancora o sono rimaste solo nella mia mente da romanziere? Idea! Recupero il cellulare dalla tasca del cappottino, tanto carino quanto freddino, e con un sorriso idiota dico:

«Messaggino.»

Nessuno mi presta attenzione mentre scatto una sequenza di foto alla Liberti toccacciata dal post-modern-elegantone. Sul volto mi spunta un sorriso sornione, almeno il fondo schiena me lo sono parato. Grazie anche a papà e mamma, ora capisco. Nozze, addio al nubilato, sbronza con le amiche più care. Semplice, elementare, logico. Se domani tira fuori le mie foto, io tiro fuori le sue. Per sicurezza le faccio anche un primo piano, si vedono le due lingue che si scambiano saliva. Che schifo!

Butto giù il flûte di champagne ed esclamo:

«Che giornata champagnina!»

Siamo a cena. Al tavolo sono seduti tutti i miei affetti più cari. Papà, fatico a crederlo, fa il casca morto con mamma. Giulia, tanto geniale quanto inconsapevole del suo talento. Timida ed estroversa, riservata e mondana, la quint'essenza della duplicità. Paola, dotata di un cinismo che avrebbe avvelenato il brodo primordiale e di un cuore ancora più grande. Il suo brava è come quello del generale e significa che, non sei stata brava, sei stata eccelsa. Dalla sua bocca esce solo la verità. E anche un sacco di cazzate senza le quali non potrei vivere. Pasquale, che per il grande onore di essere seduto al tavolo con il suo generale, l'uomo che lui ama più di suo padre, è tanto impettito da sembrare un manichino pubblicitario dell'Esercito Italiano. È anche commosso. Papà, mamma ed io siamo stati per lunghi anni la sua famiglia, il vederci tutti riuniti commuove il suo cuore trasteverino. Anch'io sarei commossa, se non fosse che il generale, versione Casanova, e mamma, Paolina Bonaparte, faccio fatica a digerirli.

Il cellulare squilla, leggo il nome sul display e il sangue si gela. Mostro il display alle ragazze e freddo anche loro.

«Ciao, Carla».

«Anita, non ti disturbo, vero?» Ride. «No, io non disturbo mai!»

Per la verità sì, mi disturbi. È un po' di tempo che mi disturbi, tanto che non mi passa nemmeno per l'anticamera del cervello di chiamarti e renderti partecipe delle mie scritture.

«Sono le nove di sabato sera e sono a cena con i miei», rispondo secca.

Leggerà tra le righe.

«Sei terza dietro Follett e Camilleri, la Liberti quinta. Il suo *Notte di sesso* è lanciato inesorabilmente verso la vetta.»

Ho una certezza. Carla Bassetti non sa leggere un romanzo senza avere di fianco le statistiche con le tendenze del mercato, figuriamoci tra le righe. Ne ho anche un'altra: fanculo, Carla.

«Io sono terza. Buona serata» e metto giù.

Vorrei scagliare il cellulare contro il muro, no, non è vero. Vorrei lanciarlo in faccia alla mia agente.

«Sono in terza posizione, la Liberti quinta» e la voce è ringhiosa.

Mamma applaude.

«E perché sei così arrabbiata?» Paola dallo sguardo acuto.

«Perché mi sembra impossibile che al quinto posto dei libri più letti in Italia ci sia *Notte di sesso*» e gli occhi guardano con odio il cellulare, che ha disturbato la quiete di questa serata. Cellulare. Foto. Sorriso degno di Grimilde, la strega. Ed eccola qui, Vanessa Biancaneve Liberti. Sì, proprio Biancaneve.

Sogghigno e mostro le foto. Si alzano un coro di risatine, oh e ah.

«Gesù, ma è lui!» Giulia s'infila gli occhiali. «È proprio lui, non lo avevo riconosciuto.»

«Ma lui chi?» Fa mamma con una mano tra quelle di papà.

«Er galateo che stava co a sciantosa?» Chiede Pasquale trasportato dal vino, che anche se è un Oltrepò pavese va giù come quello dei castelli.

«Bel soprannome, mi piace, Er Galateo, perfetto per il soggetto. Uno spacciatore di media importanza, direi.»

«E dici male, perché Er galateo è Fabrizio Spinnatini, capo editor della Erianni Editori.»

«Erianni Editori?» Paola urla, io quasi.

«La Erianni Editori che ha pubblicato Moravia?» Insiste lei.

«La Erianni Editori che pubblica la Liberti?»

La domanda aleggia sulla sala, un silenzio innaturale è sceso su di noi. Conosco già la risposta, ma finché non la sento dalla voce di Giulia, posso far finta che non sia vero, è tutto soltanto un enorme malinteso. La palpebra dell'occhio sinistro prende a tremare. Lo fa sempre nei momenti di grande tensione.

«Sì, la stessa Erianni Editori.»

L'aria mi esce in un refolo e si porta via ogni residuo di buon umore.

«Ora sappiamo come fa a farsi pubblicare. Non piace al mercato, piace solo all'alter ego del suo editor», conclude soddisfatta Giulia.

«Alter ego?» Mamma cade dalle nuvole.

No, Paola, ti prego, davanti al generale e a mia madre no!

«Sì, insomma, il pipino dell'editore», la precede Giulia, la casta.

Sospiro di sollievo e sbaglio.

«'Na mignotta», se ne esce Pasquale.

Il generale tossisce perché vorrebbe ridere con gli altri, ma il suo ruolo non glielo permette. Peggio per lui.

«E se anche il resto del mondo sapesse che l'editing dei suoi libri è curato dall'uomo paperetta rosa shocking, credete che venderebbe ancora così tante copie?»

Solo Paola avrebbe potuto citare la paperetta rosa shocking che fa andar di traverso il boccone a Giulia. E mentre le da un paio di manate sulla schiena prosegue:

«Così, tanto per dire, quella foto con un titolo del tipo: la regina del sesso al lavoro con l'editore.»

Ridiamo tutti. Pasquale no. Il maresciallo Sannitri è in modalità contatto. Lui ne possiede a migliaia, una rete a maglie fitte fatta di persone cui lui ha fatto un favore e, ora, sono in debito con lui. Posso sentire i fogli della sua rubrica mentale scorrere veloci, avanti e indietro, dalla A alla Z, poi silenzio. Deve averlo trovato. Si schiarisce la voce e richiama con discrezione capitolina l'attenzione.

«Io c'avrei un'idea.»

Silenzio. Cinque paia di occhi su di lui. Il generale fa un cenno quasi impercettibile col capo. È il via libera.

«Allora, me pare de capì che a Messalina nostra se trastulli cor piccoletto de l'editore.»

Annuiamo tutti.

«E che i libri suoi, nun sò frutto de intelligenza come i vostri», indica me e le ragazze, «ma sò frutto de 'na chiavata.»

Mamma sobbalza, papà tossicchia, lui arrossisce. Io penso: chiavata è sicuro che non si può dire. Mille euro.

«Nun volevo dì chiavata, volevo dì... insomma...»

L'imbarazzo lo annichilisce, lo so, e a volte gli fa dire delle idiozie colossali.

«Insomma, volevo dì 'na scopata, no?»

Ecco, appunto, caro maresciallo Sannitri, ti sei appena coperto di debiti.

Papà, magnanimo, fa cenno con una mano di continuare.

«Allora, questo o sappiamo noi, ma se ha ragione a signorì Paola, se o sapesse er monno intero?»

«Come?»

Lo pensiamo tutti, ma la parola è del generale, ça va sans dire.

«C'ho du amici miei che fanno i giornalisti, uno ar Corriere e l'altro ar Giorno. So brave persone, gente fidata.»

Ci guardiamo tutti. La decisione appartiene alla squadra. Ci chiediamo: vogliamo veramente fare la guerra alla Liberti? A uno dei simboli di questa società decadente che, libercolo dopo libercolo, scivola lungo il crinale dell'apatia mentale?

Il suo successo è un'offesa a decine di scrittori seri che non sono stati dotati da madre natura di un corpo da offrire generosamente, ma solo di un ottimo cervello, in grado di pensare storie che vibrano con il sentire del lettore. Se la Liberti è nella classifica delle Top Ten del Corriere della Sera è perché qualcosa è andato per il verso sbagliato. Solo cent'anni fa le donne erano considerate alla stregua di giumente (cara Liala!), molte sono morte combattendo per avere dei diritti da essere umano e lei, la Vanessa dei miei stivali, allarga le gambe per farsi pubblicare!

Ho passato una vita inseguendo ideali di giustizia, dignità e onore e adesso dovrei tirarmi indietro davanti a una battaglia sociale?

«Io sono con Pasquale», lo dico sicura.

Alle mie spalle Oriana e Liala si stringono la mano.

Annuiscono tutti, ma l'ordine arriva da lui, il divo del cinema, che ora ha un braccio sulle spalle di mamma.

«Andiamo sull'obiettivo.»

«Generale. Signore, con permesso», il prescelto si alza sussiegoso, «c'avrei un paio di telefonate da fare. Anita, per favore, me gira quer famoso messaggio?»

Pasquale si dilegua, io richiamo, inoltro e schiaccio invio.

«Alea iacta est.»

Al generale Marco Aurelio Palladio manca solo la corona d'alloro a cingergli il capo.

Rimbalzo. Bonghi bonghi bonghi è il suono che ne consegue. Non c'è verso di star ferma. Di rientro dal ristorante ho accampato la scusa di avere l'ispirazione, che per gli scrittori è l'equivalente del mal di testa. A volte, come questa notte, è la scusa per farsi gli affari propri. Sono frastornata, il cervello e il cuore sono pieni di idee, pensieri, illuminazioni che fanno a botte. È in corso una rissa di dimensioni hollywoodiane ed io, tapina, non posso far altro che stare qui a osservare. Rimbalzare e osservare. Mi sono guardata per bene allo specchio, prima, ancora con indosso il cappottino carino e freddino. Poi l'ho tolto e sono rimasta a fissare quella donna. Io. Ma una io che non conoscevo. Ho cercato di far amicizia, con una parte di me sconosciuta, quella femminile.

Mi alzo dalla palla, do un'occhiata alla notte fuori dalla finestra. Cielo grigio, pesante, nebbia che si alza a volute dal selciato, alberi stremati dal gelo. Benvenuti in Transilvania. Mi verso da bere, due dita di rum, che sommate alle due di prima e alle altre due di prima ancora fanno circa una spanna. Ma la vergogna per quello che ho fatto, che la mia sconosciuta parte femminile ha fatto, non riesco a digerirla, nemmeno con la Citrosodina. Davanti allo specchio mi sono scattata un selfie, e fin qui nulla di male. Il problema che poi l'ho inviato a Mike. Lui ha risposto con due occhi spalancati e un cuore pulsante.

Pulsante si potrà dire?

No, troppo, troppo... pulsante, appunto. Lo infilo tra i vocaboli censurati. Ci metto anche infilo già che ci sono e tracanno rum come un bucaniere.

Mike. È un vuoto che ho in mezzo allo stomaco, un vortice nero che risucchia la vita intorno a me. Da che è iniziata questa ricerca sul sesso, di amore ne ho visto poco, i pensieri mi portano sempre più spesso a lui. E alla fine trovo sempre la stessa domanda: se? Quel se logora, sfibra, snerva. Quel se senza risposta è una spada sospesa sulla testa, una slavina sul punto di ricoprire qualunque cosa sul proprio cammino. Questa sera, il diabolico general Casanova, ha brindato alle mie nozze.

Tachicardia.

Poso il bicchiere e salgo sulla palla. Rimbalzo. Ho pensato a Mike.

Cuore impazzito.

Rimbalzo fino alla scrivania, scendo dalla palla e bevo. Calore, benessere, calma.

Risalgo sulla palla, rimbalzo alla finestra. Mike mi chiede: vuoi sposarmi.

Principio d'infarto.

Rimbalzo furiosamente. Mi piacerebbe.

«Cosa ti piacerebbe?» Mi alzo e inizio a passeggiare. Percorro lo studio a grandi falcate, mani dietro la schiena e intanto m'interrogo. In realtà mi ringhio contro.

«Allora, rispondi, che cosa ti piacerebbe?»

Non lo direi nemmeno sotto tortura, non m'infliggerei mai un'umiliazione del genere, mai.

Vincere il Pulitzer.

Bugiarda.

No.

Sì.

«Mai!» Strillo a me stessa e sono proprio incazzata. «Non sono bugiarda, solo cauta.»

Cauta a far che? A vederti passare la vita davanti e a descriverla?

Ho intervistato gli uomini più importanti del globo, ho scritto inchieste e dossier che hanno interessato i servizi segreti, ho...

E la sera, a letto, quando sei sola, ti rannicchi come un cucciolo e piangi.

Non è vero! Non è vero, non è vero, non è vero...

Ma il mantra non serve a nulla. È vero eccome. Non tutte le sere, Dio gratia, ma spesso accade che io mi senta l'essere più solo e incompreso dell'universo. Sono quei momenti in cui la mia assoluta irrilevanza al mondo mi fa bruciare dal desiderio di una spalla su cui posare il capo, di un abbraccio sicuro e di una voce che dica: non preoccuparti, Anita, ci sono qua io.

Sfinita dall'autoanalisi, mi accascio sulla palla. Ondeggio e roteo ciondolando la testa.

Anita Palladio vuole una vita sentimentale.

Sì, ma dopo l'avventura, però.

Il suono del campanello mi fa cadere. Ero addormentata contro il muro, cavalcioni della mia sedia sferica antistress. Intontita procedo a zig-zag per casa, fino a che raggiungo la porta. Pasquale entra con due giornali freschi di stampa e un sacchetto di carta bianca da cui fuoriesce un aroma burroso.

«Anita buongiorno», esclama circondato da una nuvola di dopobarba.

Lo stomaco si torce.

È sorprendente. Il rum non tollera altri odori. Razzista.

Sono ubriaca, senza ombra di dubbio.

Seguo il maresciallo in cucina.

Se non fossi ubriaca, ti pare che penserei a una fesseria come quella del rum razzista?

Pasquale prepara il caffè e parla, parla, parla. Io, in modalità rincoglionita, riesco appena a raggiungere la sedia. Le cinque di mattina. Ormai posso asserirlo con certezza: nottata in bianco.

«Anì, oh, che fa, dorme? C'ha da guardà i giornali. Nun se po' credere a che fa la gente per farse pubblicà, un se po' proprio credere» e versa il liquido senza il quale non potrei vivere.

Vedi, il rum sopporta l'aroma del caffè. Razzista e pure

snob, 'sto rum di canna.

Sì, dai, sono brilla.

Prendo la tazza e assaporo l'aroma con le narici. Pasquale non sta più nella pelle, apre il Corriere e lo ripiega con cura, poi fa lo stesso con Il Giorno. Prendo il primo sorso e la giornata inizia a tingersi di colori. I quotidiani aperti sono sotto i miei occhi. Le foto che ho scattato al Bar del Corso campeggiano nella pagina della cronaca cittadina. Titolo del Corriere: Come si raggiunge il quinto posto in classifica. Il Giorno rilancia: La Liberti si documenta per il prossimo libro?

Riflesso condizionato: sputo il caffè sui giornali.

«Anì, che fa'? Se je sputa i rovina», prende le pagine e le tampona amorevolmente con un tovagliolo di carta. «Signorì, dia retta a me, se magni 'na brios che so' bonissime. Così se ripija prima che arrivi er generale. Hai visto mai che quello je fa er palloncino?»

Ah, ah! Vedi che sono ubriaca?

La doccia è una benedizione. Lascio che l'acqua calda mi scivoli addosso e si porti via la stanchezza di una notte di pensieri. E di cazzate, non mi sono dimenticata il selfie. Il viso senza trucco è il mio, ma sono io che sono diversa. La confessione di ieri sera ha lasciato il segno. Ho voglia di chiamare Mike, di invitarlo in Italia, a casa mia. Cucinare per lui, brindare alla vita e chiuderlo in camera.

Non so cucinare.

Posso comprare tutto in rosticceria.

E la camera da letto?

Fanculo, Anita.

Esco dal bagno sbattendo la porta. Torno in cucina in jeans, maglietta e a piedi nudi.

«Ha telefonato er generale, signorì. L'aspetta con le amiche sue ar circolo ufficiali per pranzo.»

Annuisco, perché ho un'idea che preme per uscire e, se parlo, si volatizzerà.

«Ho capito, me ne vado.» Pasquale sa con chi ha a che fare. «Passo alle dodici e quarantacinque primi» e mi lascia sola.

Ho già le mani sulla tastiera, la palla che salverà le mie vertebre sotto il sedere. Rimbalzo piano e prendo il ritmo. Argino le idee, le indirizzo a valle, le seguo decisa e, se è il caso, le elimino senza pietà. Scrivo con precisione, le frasi sono lì nel mio cervello pronte per essere fissate sullo schermo. Scrivo con tutta la passione che vorrei riversare su Mike. Il solo pensare il suo nome mi riempie di brividi. Lo desidero ardentemente e il desiderio si fa parola. Vanessa Liberti, l'editor Fabrizio Spinnatini, noto come Er Galateo, Carla Bassetti e la classifica delle Top Ten sfumano sullo sfondo.

In primo piano: l'amore.

- Visto come scrive?
- Abbiamo fatto un buon lavoro.
- Ottimo, direi. Che facciamo, Liala, la lasciamo sola?
- No, assolutamente no. La bambina non è pronta. Ecco, leggi, leggi cosa ha scritto...
- Aspetta, fa vedere. Ma sta bischera cocciuta! Ha sempre da parlar d'armi.

Ho l'impressione che una mano mi abbia dato uno schiaffo sulla testa. Rileggo.

Ma dai, Anita, paragonare l'innamoramento all'esplosione di un panetto di C4 è da psicopatici.

Cancello e ci riprovo. È faticoso descrivere le farfalle nello stomaco, le ginocchia che non reggono più e l'espressione da beato idiota che si stampa in faccia. Corrugo la fronte e rimbalzo con maggior energia. Vorrei togliere le mani dalla tastiera, ma qualcosa me lo impedisce e continuo a scrivere, inseguo con sangue, lacrime e sudore il sentimento più braccato, meno compreso e tuttavia più vitale dell'umanità.

- *Ha la testa dura come una mula -*, sbuffa e una ciocca di capelli castani si solleva per ricadere un attimo dopo.

- Vero, Oriana, proprio come te. Stai lì e non farla muovere, io vado a sceglierle i vestiti.

- Per essere una che scrive romanzi d'appendice, sei bella tosta, Liala, te non molli mai – e ride.

Ridono insieme.

Il campanello mi strappa con violenza alla mia storia. Il mondo e i suoi suoni entrano nel mio. Qualcuno ride. Mi alzo e apro.

«O sapevo che nun era pronta!» Pasquale alza gli occhi al cielo. «Fortuna che c'abbiamo ancora tempo.»

«Tempo d'infilare le scarpe, meno di due minuti.»

«Ecchè è! Pazza? A mamma sua je mena se a vede così. No, no, nun se ne parla. Mo' lei se va a cambià e se veste da gran signora. Je deve fa fa la figura de la borgatara a Messalina.»

Il ragionamento ha un filo logico, non c'è che dire, mi ha quasi convinta. Il resto lo fa il pensiero di mamma al vedermi entrare così in mensa ufficiali.

«Ok, dieci minuti e sono pronta.»

«Famo venti, c'ha pure da restaurà a facciata» e mima il gesto di truccarsi.

Se non fosse che voglio un bene dell'anima a quest'uomo, lo picchierei.

Gli acquisti di ieri sono già nell'armadio, in ordine da caserma. Li passo in rassegna e scelgo un completo pantalone, ma qualcosa mi trattiene. Fisso l'abitino blu, semplice semplice da portare con una giacchina smilza smilza.

Com'è che parlo? Paio la commessa di ieri per la quale tutto era ino ino o issimo issimo. Prendo il vestito e il calore di un abbraccio mi avvolge. Deciso. Lo indosso e in bagno trovo il sacchetto dei trucchi forniti da Luis, l'uomo che avrebbe potuto, e invece no. Sono disorientata, non ho esperienza in proposito, però ho buona memoria. Ricordo i gesti del macho e piano piano delineo la nuova Anita.

Ti piace.

Non è vero.

Sì che ti piace, va che begli occhi grandi.

Ce li avevo grandi anche prima.

Ma adesso son più belli. Spazzola i capelli che sei bellissima.

Sì, bellissima, figuriamoci, sembra che debba fare la testimone di nozze.

Anita, fanculo.

La porta sbatte alle mie spalle. Pasquale mi squadra.

«Manco a riconoscevo, signorì.»

Pasquale, fanculo pure tu.

Passiamo a prendere le ragazze.

«Che figurino, sembri una donna.» Paola, il caterpillar.

«Lasciala stare, insensibile che non sei altro!» Giulia, la comprensiva. «Anita, so che sforzo ti costi, ma stai benissimo, credimi.»

Per crederle le credo, il problema è quello che credo io, che non è proprio la stessa cosa. Io mi sento impacciata come una diciottenne al ballo delle debuttanti, per dirla alla Liala. Come un soldato al battesimo del fuoco, per dirla alla Fallaci, ma ormai siamo arrivate e quel che è fatto è fatto.

Ora, per chi non è abituato alla mensa ufficiali, l'impatto è quello di trovarsi catapultato in un altro mondo. Antico, passato, demodé. Decine di militari si alzano in piedi e chinano la testa in segno di saluto al nostro passaggio. Davanti alle signore si fa così. L'unica persona seduta in tutta la sala è mamma. Papà, dritto come l'asta di una bandiera, sorride. Sono avvezza a questa cavalleria, fa parte del mio DNA, ma le ragazze no. Di più, la divisa fa l'uomo bello, anche quello meno dotato. No, dotato, preferisco non dirlo, meglio usare più bruttino. Si capisce quindi l'imbarazzo delle mie amiche nello sfilare tra uomini che paiono (paiono soltanto, sia ben chiaro) adoni ben educati.

«Sei molto elegante, bambina» è il commento di mia madre.

«Da vera signora», quello del generale.

Annuisco, non ancora a mio agio in questa veste, che però sento che mi si plasma addosso come una pelle nuova.

Pranziamo in allegria, la conversazione è puntata sui due articoli che hanno accolto la città al risveglio. Udite, udite, gente: la Liberti pubblica perché è brava a scrivere o perché sollucchera il capo editor della Erianni Edizioni?

«Le mie amiche sono andate in ebollizione», racconta mamma. «Volevano sapere se tu, Anita, fossi al corrente della cosa. Questa mattina hanno iniziato a chiamare alle otto.»

«Quelle donne non hanno rispetto della domenica, il giorno del riposo», commenta bonario il generale.

Cosa ci facevano insieme alle otto di mattina? Sono divorziati. Li osservo da figlia e tra loro rivedo quel feeling di un tempo. Vuoi vedere che hanno dormito nello stesso letto? E sono curiosa, come fossero fatti miei. È Paola che mi distoglie dall'indagare.

«Hai preparato qualcosa per oggi pomeriggio?»

Scuoto la testa e assaggio il magnifico cordon bleu che è uscito dalle mani del cuoco.

«Hai idea di quello che ti chiederanno?» Giulia, l'eterna preoccupata.

Di nuovo un cenno negativo col capo e seguito a masticare in silenzio.

«Credo che parleranno degli articoli sui giornali», ipotizza il generale.

«Bene», rispondo tra un boccone e l'altro. «Sono curiosa di sapere che cosa ha da dire in proposito.»

Suona il cellulare, ho scordato di metterlo in silenzioso. Fisso il display e lancio un'occhiata colpevole al generale, che però è impegnato nella riconquista della ex moglie.

«Pronto», ringhio. «Carla, che cosa vuoi all'ora di pranzo di domenica?»

«Perché non me lo hai detto?»

«Detto che cosa?»

«Che oggi vai dalla Tigre insieme alla Liberti», urla. «Dovevo venirlo a sapere da Vanessa?»

Una serie di sinapsi si attivano e mandano impulsi elettrici in giro per il cervello. I neuroni, scossi dalla rabbia che ultimamente mi suscita questa donna, si distolgono dal cordon bleu e si mettono al lavoro. Ne esce un elenco.

«Uno. Non sono obbligata né dal contratto né dal rapporto che ci lega a dirti proprio niente. Due, perché chiami la Liberti col nome di battesimo? Terzo, perché ti ha avvisata?» Ho una folgorazione. «Quattro. Carla, sei l'agente di Vanessa Liberti?»

Silenzio. Quattro paia di occhi puntati su di me che aspetto. Paola e Giulia hanno fiutato il tradimento. Io conosco la risposta. La Bassetti è passata al nemico.

«Anita, che cos'è? Un interrogatorio?» Acida più dello yogurt andato a male.

«No, Carla, leva i punti interrogativi, se li riconosci senza le statistiche di mercato alla mano, e avrai la lista delle cose che mi si sono chiarite proprio adesso.»

Prendo una pausa, un sorso di vino e fisso papà negli occhi. Da Palladio a Palladio. Tra noi intercorrono generazioni di uomini e donne che hanno sempre affrontato la vita con grande audacia.

«Un'ultima cosa, Carla, cancella il mio nome dalla tua rubrica. Non ho bisogno di te e ti esorto a non telefonarmi mai più. Domani il mio avvocato ti chiamerà per la rescissione del contratto. Lavorerai bene con la Liberti, siete entrambe incompetenti.»

Ho alzato la voce, il cuore travolto da un'ira funesta che quella del Pelide Achille passerebbe per una sceneggiata. Quando appoggio il cellulare sulla tovaglia immacolata, intorno a me c'è il gelo. Papà alza il calice.

«Al coraggio!»

«Al coraggio», gli risponde in coro la mensa ufficiali.
Ma sì, generale, al coraggio.
E al diavolo anche Vanessa Liberti e Carla Bassetti.

16 – IL LUOGO DELLA BATTAGLIA

La trasmissione "Cose tra noi" inizia alle sei del pomeriggio, ma Pasquale mi ha accompagnata agli studi televisivi due ore prima. Dice che è normale.

Non saprei. A Baghdad, quando lavoravo part time per la CNN, il momento di andare in onda non dava preavvisi. Avercela avuta una talpa nel quartier generale di Saddam! Sai quanti problemi in meno, non ultimo il sapere con anticipo dove posizionarsi per avere le esplosioni live alle spalle, che fanno sempre una grand'audience.

Sono al trucco. Seduta su una seggiola che gira su se stessa osservo l'ambiente. Locale angusto, su tre pareti specchi e luci, sulle mensole, trucchi e spazzole. Al momento sono sola. Finita la ricognizione visiva, non ho altro da fare. Tamburello con le dita e mi ricordo del cellulare. Controllo la posta.

Jusuf mi scrive da Kabul che Amir è andato ad accompagnare gli Italiani al nido d'aquila. Che posto! Uno spazio di venti per venti sulla cima di una formazione rocciosa. Da lì lo sguardo corre fino all'orizzonte e incontra solo sassi, sabbia, rocce, cumuli di pietre e cielo dell'azzurro più azzurro che io abbia mai visto. Che senso di libertà infinito danno gli spazi aperti.

Qualcuno mi mette una mano in testa. Tempo di reazione un decimo di secondo e ho già il suo polso stretto nella mano, pronta a catapultarlo in avanti, contro lo specchio.

«Che cosa credi di fare?» Sibilo passando in automatico in modus difensivo.

«Mi fai male!» Strilla il mio aggressore.

Cacchio, per poco pesto il coiffeur, il truccatore, insomma quello che è. È un ragazzetto sui venticinque, magro da far paura. Se prendesse un colpo di vento, si alzerebbe in volo. Si massaggia il polso e mi guarda come fossi Maga Magò. E dire che indosso l'abito della domenica.

«Scusa, ero soprappensiero, mi sono spaventata», gli sorrido. «Sono Anita Palladio». Porgo la mano. Lui la guarda con sospetto, infine la stringe con un vigore inaspettato.

«So chi è lei», toglie dalla borsa a tracolla un libro. *Terra Infuocata*, il mio ultimo libro, e me lo porge con una penna.

«Ho adorato Kurt Schneider, Dio! Che uomo.»

Un sopracciglio parte per la tangente, non vorrei, è imbarazzante, ma quando qualcosa esce dai canoni palladiani, la mia espressione ne risente. Firmo l'autografo con dedica ad Antoine.

«Sei francese?»

«No, di Molfetta», risponde intascando il libro.

Mi pareva che la o avesse qualcosa di particolare, un suono prolungato che sa di sole, una vocale strascicata che evoca ulivi e scaglie di mare. Ciccooosa, mi spiego?

«Posso pettinarti?»

Penserà che morda, poveretto. Annuisco e lascio che armeggi con la mia chioma. La pettina, la spazzola e poi la pettina ancora. Un lieve nervosismo sale dalla bocca dello stomaco, mi agito sulla seggiola che fa un quarto di giro.

«Ferma devi stare», mi rimprovera con una a lunga quanto tre dittonghi.

Vorrei dirgli che di norma ci metto da trenta secondi al minuto per pettinarmi e farmi una coda, ma la porta si apre ed entra lei, la dinosaura.

M'immobilizzo. Nello specchio colgo lo sguardo di Antoine, dice: ma chittecredidesse?

«Dov'è Jimmy?» Chiede la Liberti, con tono finto-snob-impostato alla ragazza che l'ha accompagnata.

«Non c'è oggi, ci penso io a lei.»

«Come ci pensi tu? Cosa vorrebbe dire ci pensi tu?»

Silenzio terrorizzato della giovine. Una coniglietta impaurita davanti al cobra. Vorrei intervenire e spiegare a Messalina, il cui cervello deve essere rimasto nelle mani del Creatore, che ci penso io significa che il lavoro di Jimmy lo farà la ragazza. Molto semplice, non è che ci voglia un'analisi semantica per capirlo.

«Non se ne parla neppure, chi sei tu? Che cazzo ne so chi sei tu? Chiamate Jimmy, altrimenti me ne vado a casa.»

La poverina è sull'orlo delle lacrime, le va in soccorso il prode cavalier pugliese.

«Guarda che Jimmy è a Santo Domingo, non so se rientra in tempo.»

La o sempre più stretta e il tono sempre più alto indicano un'alterazione dell'umore.

«Che cazzo me ne frega», ringhia la numero cinque in classifica richiamando metà staff dell'emittente.

È vestita di pelle rossa. Abito corto a metà coscia, attillato in maniera imbarazzante su delle forme generose, comprime un accenno di rotolo sulla pancia. Il seno è una sfida alle leggi della fisica e la schiena è ingabbiata da lacci che chiudono la scollatura a v che arriva alle natiche, come un'indicazione verso i panettoni compressi sottovuoto. Coco Chanel rimarrebbe secca. Intanto il locale già angusto si è riempito di gente agitata che si affanna intorno alla star che strepita idiozie anche peggiori di quelle che scrive. Lo so perché ieri sera, tra un sorso di rum e l'altro, ho letto *Notte di sesso*. Integralmente, non random come l'unica volta che l'ho preso in mano (mille euro come minimo). E ho benedetto il corso di lettura veloce che feci anni fa. In meno di un'ora ho decifrato il capolavoro che dovrebbe superarmi in classifica per piazzarsi al numero uno. Ho ringraziato anche le ragazze per avermi condotta ad Amsterdam a sgrezzare il mio senso del pudore. Ne sarebbe stato ucciso, altrimenti.

Antoine mi tocca una spalla e indica la porta, sgattaioliamo fuori insieme. Nessuno ci degna di uno sguardo. Noi non siamo le star.

«Quella lì è una stronza mai vista», inizia così lo sfogo del mio nuovo amico.

Prosegue per tutta la pausa caffè, avallato dalle testimonianze di altri e altre che hanno avuto il piacere d'incontrarla e non vedono l'ora di aggiungere un pezzo alla biografia della nemica numero uno del buon gusto. Il quadretto che ne ho tratto non è entusiasmante. A rifletterci bene, però, questa donna, che d'improvviso diventa scrittrice ed entra dalla porta principale nel mondo dell'editoria, è l'esemplare modello di questa società.

La meritocrazia è morta. Avvelenata giorno dopo giorno dagli arrivisti senza scrupoli, per cui il successo non è un riconoscimento che va conquistato a prezzo di un lavoro serio e onesto, no. Il successo è diventato la realizzazione dei propri interessi, meschini, piccoli e moralmente deprecabili, da raggiungere il più in fretta possibile. La Liberti ne è l'esempio eclatante. La signora conosce poco l'italiano, diciamo che al suo vocabolario mancano un mezzo milione di termini, non padroneggia la grammatica, l'uso del congiuntivo le è sconosciuto, la fantasia è uno zuppone di storie trite e ritrite, eppure, *Notte di sesso* è quinto in classifica. La gavetta che precede l'entrata nelle Top Ten, la lettura di centinaia di libri per affinare l'orecchio, lo studio della sintassi, un'infarinatura di psicologia, le è stata abbonata da un capo editor di una famosissima casa editrice per un servizietto. E pazienza se servizietto non si può dire.

«Venti alla diretta.»

La voce che esce dagli altoparlanti ha lo stesso effetto di una sirena antiaerea. Tutti corrono, si urtano, gridano e si agitano. Un pollaio di galline assaltato da una volpe starnazzerebbe meno. Antoine mi conduce sicuro contro corrente, giriamo un paio d'angoli e m'infila in un camerino angusto a tal punto che dobbiamo respirare a turno per non consumare tutta l'aria. Potrei pensare male se non fosse l'uomo con la o più stretta al mondo. Non è più un ragazzetto, adesso è un professionista della ristrutturazione. In quattro e quattr'otto mi pettina e mi spennella il viso.

«Ecco, così stai bene» e mi porge uno specchio che ha tolto

dalla borsa degli attrezzi.

Annuisco, anche se in realtà non ho visto nulla. Qualcuno sta chiamando il mio nome. È lei, la padrona di casa che vuole incontrare la sua ospite. Barbara Tigre. Babbara, per dirla alla maresciallo Sannitri.

Mi accoglie all'uscita del ripostiglio con un'occhiata che mi percorre da cima a piedi. Un detector di rivali che però non individua alcun pericolo. La anchor woman indossa un tailleur pantalone azzurro cielo da cui occhieggia un tacco da Guinness dei primati e giacca strizzata su due seni che, se fossero verniciati in grigio fumo, potrebbero essere scambiati per due mine antiuomo. Bella donna, di una bellezza digitalmente pianificata e chirurgicamente realizzata. Tende la mano e con un sorriso splendido mi accoglie.

«Ciao, che piacere averti qui.» Mi tira a sé e a un metro dalla sua guancia scocca due baci. «Stai vestita così? Bello il tuo abito, magari vuoi metterti qualcosa di più colorato, più seducente. Aspetta ti chiamo qualcuno. Maaaaaassimo!» Urla.

Lo spostamento d'aria mi spinge indietro di due passi. Cerco di rispondere ma non ne è ho il tempo. Lei ha già ricaricato ed è pronta a far fuoco.

«Allora, Anita. Ti chiami Anita, vero? Sai già come funziona? Adesso andiamo in studio e ci sediamo. Vanessa? Vanessa sei già arrivata?» Mi scosta e braccia in avanti, modello grazia ricevuta, si dirige verso l'icona del sesso stampato.

Sono abbandonata a me stessa, gettata via da una bambina capricciosa come un giocattolo vecchio di fronte alla nuova Barbie pornostar. Mi defilo, un'ombra tra gente con cui ho in comune solo gli organi interni. È di nuovo Antoine che mi viene in soccorso. Ammicca e fa un cenno. Lo seguo dietro una porta con maniglioni antipanico. Mi sa che Antooonio s'è sbagliato e mi ha fatto entrare in una cella frigorifera. Magari la Tigre e la Liberti vivono qui per conservarsi meglio. Rabbrividisco nel vestito più giacchetta. La fodera si è congelata e il mio corpo cerca di ridursi per non farsi toccare dalla seta.

Il risultato è che batto i denti.

«Pe pe perché è così freddo?» Balbetto scavalcando montagne di fili elettrici che spariscono nel buio circostante.

«Dopo 'no furno addiventa» e Antonio sposta di poco un pesante tendaggio e appare lo studio. Sono intimorita, lo ammetto. L'impatto è quello di trovarmi all'interno di un'arena del futuro. Uno spazio circolare illuminato da una luce fredda e azzurrina dove gli spalti si ergono imponenti e si perdono nell'oscurità. Su una piattaforma rialzata posta nel centro ci sono tre poltrone, quella in mezzo è un trono. Lo osservo meglio in quel chiarore da 2001 - Odissea nello spazio. È proprio un trono. Speriamo sia quello di Maria Antonietta, così la storia finisce in bellezza sulla ghigliottina. Sogghigno e massaggio le braccia. Non sento più le dita dei piedi. Passeggio dietro il soppalco regale e due schermi video convessi, e alti quanto la parete, prendono vita all'improvviso. L'audio si rianima e un fischio degli stessi decibel di un salto ipersonico si abbatte su di me. I denti tremano, il cervello rabbrividisce e il sangue si ritira intorno al cuore. Ancora qualche secondo e di Anita Palladio resterà una nuvoletta di polvere. Invece scende il silenzio. Un silenzio di attesa, lo stesso che cala in boscaglia prima che i guerriglieri si lancino sull'obiettivo, prima che i gladiatori entrino al circo massimo.

E luce fu.

Improvvisa, dilagante, abbagliante, sfolgorante e abbacinante. Serro le palpebre, accecata. Antoine mi sposta dietro il tendaggio che esala un sentore di polvere e vecchio, di sepolcro lo definirebbe Foscolo. Il cuore batte indiavolato, ciò nonostante sono intirizzita

«Cinque alla diretta».

La sirena antiaerea è un tuono. La situazione degenera. Un uomo completamente vestito di nero, cui manca solo il nerofumo in faccia, mi prende per un gomito. L'istinto mi suggerisce una mossa semplice che m'insegnò Pasquale quando avevo sette anni. Mi sarebbe servita per liberarmi da compagni insistenti. Però quello che vedo mi paralizza. Il pubblico è sugli spalti. Gente che chiacchiera, ride e addita. Un unico movimento di teste oscilla da una parte e dall'altra. All'ingresso della Liberti e della Tigre, tutti si girano e ammutoliscono. Tutti tranne ventuno persone. Sono così seri e immobili che contarli è automatico. Mi fissano, silenziosi e intenti. Se non fosse che Pasquale, in borghese, è seduto tra di loro e sorride, direi che mi stanno prendendo le misure per la cassa da morto. Invece, quello sguardo collettivo mi sostiene, riscalda il mio coraggio, percepisco appoggio. Un'alleanza contro i dinosauri.

Seduta su una poltrona la cui temperatura si aggira intorno ai meno cinque gradi, adotto la posizione delle occasioni ufficiali. La stessa che mi hanno insegnato a mantenere fin dalla prima parata della mia vita. Allora non riuscivo ancora a poggiare i piedi per terra e mamma dovette sostenermi un paio di volte per non farmi finire con la faccia stampata sul ministro della Difesa, proprio davanti a me. Ginocchia strette a destra, piedi incrociati a sinistra, mani in grembo, la sinistra sopra la destra. Il cuore che contiene la forza, ma questa è un'altra storia, di saggezza, coraggio e tradizioni millenarie. Niente a che vedere con quello che mi aspetta al termine del conto alla rovescia scandito dalla voce del deus ex machina.

«Uno alla diretta.»

Ci siamo. Le postazioni sono state occupate. Barbara Tigre assisa sul trono, la sua prediletta, Vanessa Liberti, alla sua destra. Io, alla stregua del ladrone cattivo, alla sua sinistra. La padrona di casa è seria, concentrata, sfoglia la cartelletta che tiene appoggiata alle ginocchia e intanto si avvolge un boccolo su un dito.

«Trenta alla diretta.»

Un coiffeur appare dal nulla.

«No tesoro, non toccare i capelli» e con due colpi di spazzola sagaci ripristina l'acconciatura originale.

Per ringraziarlo, lei gli sputa la cicca sul palmo della mano, però gli sorride.

«Sei bellissima», urla qualcuno dal pubblico.

Sfavillio di denti. Ne ho visto uno uguale in Bengala, quando sono incappata in una tigre con cuccioli.

«Tre.»

Sono in un bagno di sudore ghiacciato.

«Due.»

Il cuore pompa adrenalina pura.

«Uno.»

In bocca ho il deserto dei Gobi, arsura e sabbia comprese.

«In onda.»

Non nobis, Domine, non nobis, sed nomine tua da gloriam.

L'inno templare è l'ultimo pensiero cosciente prima che le armi incomincino a cantare.

«Signore e signori, benvenuti», esordisce la presentatrice più amata dagli italiani.

Loro, gli italiani presenti in sala, esplodono in un boato che sovrasta di parecchio la musica già assordante.

«Oggi avremo una puntata intellettuale, due scrittrici a

confronto.»

Due scrittrici? Sento un sopracciglio fremere.

«Due donne che hanno fatto delle parole il loro mestiere.»

Il sopracciglio sta scaldando i motori. Io, io ho fatto della mia vita le parole, la Liberti ne usa solo cinque: Che lavoretto vuoi per pubblicarmi?

L'imperatrice del reich della demenza si alza dal trono, fa un paio di passi in avanti e un altro paio a destra. Movimenti a scatti. Forse ci sono delle rotaie che la dirigono e hanno un malfunzionamento. Sarebbe bello vederla scagliare a velocità smodata sulla sua platea adorante.

«Amiche e amici, vi presento Vanessa Liberti.»

Delirio.

La regina delle porcate si alza, anche lei si muove come la padrona di casa. E se le rotaie nascoste esplodessero? Bello, l'idiozia fatta a coriandoli. Sono impietrita nella posizione ufficiale, in viso lo stesso sorriso con cui mi hanno ritratto mentre intervistavo Gheddafi, lo stesso sorriso dietro cui nascondo i pensieri più truculenti e sanguinari.

«Buoni, buoni», ride la Tigre, «sentiamo cosa ha da dire Vanessa.»

La regola di qualsiasi incontro sociale, prima le presentazioni degli intervenuti e poi il resto, è sconosciuta in questo Colosseo.

«Che ve devo dì?»

Lo sguardo aggancia quello di Pasquale. 'Na borgatara, ci diciamo.

«Son contenta di essere qui da te, Babbara, non sai come son felice. Te ammiro molto, sai?»

Babbara? Te ammiro molto? Fortuna che Liala e la Fallaci sono già morte, altrimenti lo sarebbero in questo istante.

«Grazie, grazie, grazie», battito di ciglia, «sai che è reciproco.»

Giusto, gli animali della stessa specie solidarizzano sempre. Mi sento a un passo dall'estinzione.

«E ora, l'altra ospite. Una donna poco femminile che ha passato la vita al fronte, inseguendo uomini pericolosi.»

«E meno male che è poco femminile, pare 'na Madonna tanto è bella! Pure n'Aiatollà ha conquistato.»

Risate e applausi, fischi di gradimento. Non muovo un muscolo. Se sopravvivrò, dovrò decidermi tra l'uccidere o abbracciare Pasquale.

«Forza, dicci qualcosa», m'incalza l'imperatrice.

È infastidita, non si aspettava che il brutto anatroccolo avesse almeno un sostenitore.

«Buonasera, sono Anita Palladio...»

«La signora dell'avventura! Braaaaaavaaaaaa!»

Il maresciallo Sannitri non ha intenzione di concedere il neppur minimo vantaggio al nemico. Mentre io studio l'avversario, lui sta già attaccando ai fianchi.

«Bono, bono», lo rimprovera la Babbara. «Sì, Anita Palladio, vero, che ci racconti, allora?»

Nuovo stile d'intervista. Mi vedo. Davanti a me Massud, leader dei mujaidin afghani. Aò, a Massù, c'hai gnente da spifferà?

«Sono lieta di essere qui, ospite della sua trasmissione.»

Lieta un tubo, se non fosse per quella cretina che ti siede a fianco e che sta rovinando la letteratura, col cavolo che mi ci vedevi ar Colosseo.

«Va bene, grazie. Che fai nella vita?» Lo sguardo vaga assente sulla sala che domina con la stessa eleganza di Pol Pot.

«Sono una giornalista freelance e da una decina d'anni scrivo anche romanzi.»

«Interessante. Passiamo a Vanessa Liberti.»

Si gira ostentatamente mostrandomi le spalle. Mi sa che non le sono simpatica. Del resto il sentimento è reciproco e il pensiero finisce in un campo di prigionia del sud est asiatico. Buche di un paio di metri, piene d'acqua e pantegane, chiuse da un graticcio di bambù. Lì ti metterei, Barbara Tigre.

«Che cosa fai nella vita?»

Oltre a toccacciamenti pubblici e servizietti vari?

«Io me occupo de abbigliamento intimo. Ho disegnato una mia linea che ho chiamato *Notte di sesso*.»

Spero di non essere inquadrata perché le sopracciglia sono scattate in alto, hanno raggiunto l'attaccatura dei capelli e sono rimbalzate a metà fronte.

«Che bello! Poi mi dirai dove posso comprarla. Ma come mai un nome tanto esotico come *Notte di sesso*?»

Ma sei scema di tuo o ti hanno lobotomizzato? Esotico notte di sesso? Allora ti trombo come un alce è animalista?

«Un tributo al mio romanzo che è diventato un successo.»

Urla, applausi, delirio generale, tranne che nel settore dove si è appostato Pasquale. Lì tutto tace, non battono nemmeno le ciglia, figurarsi le mani.

«Dai, Vanessa, raccontaci la trama», la incalza con aria complice la Tigre.

Ommamma no, ti prego.

«È una storia d'amore, tra un uomo e una donna», inizia con enfasi. «Lui la ama, ma non è in grado di esprimere il suo amore a parole.»

Lui è sposato con un'altra, lei è amica della moglie. Lui in pratica la violenta ogni volta che s'incontrano, all'incirca ogni cinque pagine, nelle quattro restanti si porta a letto ogni donna che incontra sulla sua strada, compresa l'amica diciottenne della figlia. Lei, quella amata, si masturba in continuazione e dovunque. Amore non mi pare d'averne visto.

«Le tue scene erotiche sono descritte con delicatezza, come fossero celate da un velo sottile, un vedo non vedo. Come fai a essere così sensibile?»

Il... non posso dirlo... duro entrò in una caverna bagnata ti sembra delicato? Sensibile? La descrizione di un atto d'amore? Adesso la picchio, anzi le picchio tutte e due e la facciamo finita. Ho buoni agganci in giro per il mondo. Con l'aiuto di Pasquale posso essere fuori dal paese in meno di due ore e poi, poi scriverò i miei libri nascosta in un covo di guerriglieri.

«È una dote naturale. Te pensa che scrivevo così già in terza elementare?»

E nessuno ti ha fatta internare? E allora hanno ragione a dire peste e corna del sistema scolastico.

Sullo schermo gigante alle mie spalle appaiono delle immagini. Il pubblico rumoreggia e lei, la divina, li calma. Sul monitor davanti a me, schermo diviso in due, scorrono foto mie e della Liberti. Da una parte io, mimetica, anfibi e cappellaccio in testa sotto un sole ardente o sotto scrosci d'acqua, in posti selvaggi e sperduti che su una cartina geografica potrebbero essere scambiati per cagatine di mosca. Dall'altro lato dello schermo, la Liberti immortalata al mare, in ristoranti, locali notturni e ritrovi pubblici, indossa sempre un abito così striminzito che i mei bikini hanno molta più stoffa. Lei ride e indica, si agita e accavalla le gambe. Il pubblico maschile fischia ammirato.

«Due donne, due stili diversi. Anita, come scegli i tuoi vestiti?»

Domanda filosofica, stiamo salendo di livello.

«Dipende dalle circostanze. Se sono in Sudan, indosso una sahariana, se sono tua ospite, un vestito.»

Di mio sarei qui in mimetica, con una Beretta fumante in mano dopo aver eliminato te e quell'altra, ma mia madre e le ragazze se la sarebbero presa a male. La pistola, invece, me l'ha requisita Pasquale.

«Perché te ti sottometti alle regole», mi toglie la parola la Liberti. «Io me vesto come me gira. Se ho voglia di mettermi la minigonna e le paillettes per andare in negozio, li metto.»

«Giusto», le do corda, «lo farei anch'io, se solo non dovessi intervistare uomini che mi lapiderebbero solo per il fatto di essere donna.»

«E allora te devi imporre! Le femministe hanno combattuto per i nostri diritti», inneggia come una suffragetta appena uscita da un linciaggio agli abiti.

Il pubblico urla, c'è stata una scissione, ma gli schieramenti non mi sono ben chiari.

«Il movimento femminista ha combattuto perché le donne acquistassero gli stessi diritti degli uomini sulla convinzione che il sesso biologico non dovrebbe essere un fattore predeterminante che modella l'identità sociale o i diritti sociopolitici o economici della persona. Non mi pare che indossare minigonna e paillettes fosse una delle priorità. Credo che lei, signora Liberti, faccia confusione con qualche altro movimento sociale.»

Pasquale applaude.

«Brava, brava» e si tira dietro i suoi ventuno cavalieri e anche il resto del pubblico.

Adesso capisco perché papà l'ha sempre voluto ai suoi ordini. Quest'uomo è un trascinator di popolo.

«Va bene, va bene» e la mano della Tigre si muove nell'aria a sottolineare la sua noia.

Ha delle unghie laccate lunghe un paio di centimetri. Chissà se ha dovuto chiedere il porto d'armi.

«Ma non siamo qui per una lezione politica.»

«Il femminismo non è politica, il femminismo è un movimento sociale di portata internazionale che ha modificato sostanzialmente la società», preciso con pazienza.

«Ho capito», la voce è stizzita.

«Mi perdoni, sembrava proprio di no», rispondo con grazia.

Si gira con foga e la cartellina sulle ginocchia cade. Si abbassa per riprenderla e una mina antiuomo sfugge dal contenimento della giacchina smilzina smilzina. Un gesto teatrale e l'ordigno è rimesso in sede. Il pubblico ride. Colgo qualche commento salace che mi fa sogghignare. Cambio posizione, caviglie incrociate a sinistra, ginocchia strette a destra. Pasquale annuisce con enfasi.

«Vanessa, cara, voglio sapere da te come si arriva a farsi pubblicare.»

Lo voglio sapere anche io, diciamo che è l'unica cosa che mi interessa della tua sordida esistenza.

«Che vuoi che ti dica? Un colpo di fortuna. Ero in spiaggia a Ischia e ho conosciuto un uomo, Fabrizio Spinnatini, capo editor della Erianni Editori. Abbiamo incominciato a parlare e gli ho detto che avevo scritto un libro. L'ha letto e l'ha pubblicato.» Ride, sguaiata, tale e quale alla tenutaria di un bordello a Tortuga, il covo dei pirati.

«Veramente una fortuna», interrompo la festa con il tono del general Palladio. «Sono anni che lavoro nel mondo dell'editoria e non ho mai sentito di un capo editor che legge il libro di una sconosciuta che non sia prima passato dal vaglio del gruppo di lettori della casa editrice.»

«Che intendi dire?» La Tigre è incazzata, le mine antiuomo vanno su e giù.

Tenuto conto di quanto è strizzata dentro quella giacca e quei pantaloni, se la faccio ansimare ancora un po' di sicuro va in carenza d'ossigeno e collassa. Non resisto alla tentazione.

«Intendo dire che la prassi abituale per essere pubblicati da una casa editrice seria come è stata la Erianni a suo tempo non è quella seguita dalla signora. Che cosa aveva capito?»

«Che? Babbara, nun le hai viste le foto de Er Corriere e der Giorno?»

Tempismo perfetto. Pasquale spara un Rocket Propelled Grenade sulla schiera nemica. Una granata, per intenderci.

«Quali foto? Di che foto parlate? Regia! Regiaaaa! Mi mandate le foto? Voglio le foto di cui parla il signore.»

E come la regina comanda, molto poco regalmente, i suoi sudditi ubbidiscono. Su ogni monitor dello studio appaiono le foto che io stessa ho scattato. Nella prima la mano de Er Galateo è ben nascosta sulla parte alta della coscia, non proprio sfilata, della Liberti. Nell'altra, lei e il capo editor sono riconoscibili e identificabili dalle papille sulle lingue.

Il pubblico ride. Battute sboccate si alzano ed esplodono in lazzi goliardici. La Liberti ride e urla per farsi sentire sopra il baccano da circo massimo.

«Quello è il mio fidanzato.»

È orgogliosa, si vede perché ha gonfiato il petto. Speriamo che non scoppi perché Pasquale sarebbe proprio sulla linea dell'onda d'urto.

«Non sapevo fosse fidanzata con Spinnatini, il capo editor della sua casa editrice», faccio una pausa per fare lo stesso sorriso di mia madre, quando deve freddare qualcuno. «Che cosa dice di questo amore Giorgio Pallavicini, il presidente?»

«Ecchè deve dì? Non lo conosco, ho sempre trattato con Fabrizio.»

«La sento acida», la padrona di casa mi ficca uno stiletto nel costato. «Non è che per caso è invidiosa?»

«Dovrei? Ma io non ho mai desiderato avere una linea d'abbigliamento intimo! Ho intervistato gli uomini più importanti, più pericolosi e più stimati del globo, pubblico da oltre un decennio, ho vinto cinquantacinque premi, e ho venduto più di cinque milioni di copie. Ken Follett e Frederick Forsyte recensiscono i miei libri. Mi spiega di cosa dovrei essere gelosa?»

Mi guardano con odio. Mi ci crogiolo. E allora, belle ochette, che mi dite adesso? Non dicono nulla. Parlano le immagini alle mie spalle. Io ad Amsterdam. Pasquale fa un cenno. Contrattacco.

«Barbara, tesoro», uso le parole con dolcezza, la stessa che si riserva a un panetto di C4 prima di farlo esplodere. «Che cara sei stata ha ricordarti le foto del mio addio al nubilato.»

Strabuzzano gli occhi, io ne approfitto. Mi lancio a raccontare l'avventura di Amsterdam. Trasformo la missione sesso in un week end goliardico, descrivo oggetti e luoghi senza mai usare un termine sbagliato, ormai sono un'eminenza del doppio senso e trascino il pubblico in una corsa avventurosa tra vibratori e lap dance. Termino con lo scherzo di Paola, gli appunti nel tanga di Fred. Applausi a scena aperta, Sannitri e i suoi ventuno cavalieri fanno un baccano che nemmeno i gol di Del Piero hanno mai riscosso. Il resto del pubblico mi applaude e grida: brava, brava, brava.

Inchino la testa per ringraziarli e per nascondere la smorfia cattiva che so di avere in volto.

«Pubblicità», urla la regina che ha perso tutto il suo charm.

Si alza e senza degnarmi di uno sguardo se ne va, insieme alla quinta in classifica, ma ancora per poco. Esalo un sospiro di sollievo e Antoine è accanto a me.

«Accóme te l'hé a ddéisce? Bravissima si state.»

Ciccosa!

Antoine ed io beviamo un caffè alla stessa macchinetta di prima. Molti dei suoi colleghi si complimentano con me, era raro che qualcuno contraddicesse Barbara Tigre.

Buffo, con le cazzate che dice è strano che non l'abbiano ancora malmenata in diretta televisiva.

Lo scadere della pausa sospende le mie elucubrazioni. La regina si è cambiata. Indossa un abitino aderentissimo, che anche se è un aggettivo superlativo non rende l'idea. Le arriva un bel pezzo sopra al ginocchio e finalmente vedo i tacchi. Sono alti come dei ponteggi. Dovrebbe esserci una legge che ne regolamenti l'uso con tanto d'obbligo di casco.

«Siediti», mi ordina indicando con l'artiglio vermiglio la poltrona.

La Liberti è già accomodata, pare una vacca sdraiata al sole in un bel pascolo. Porgo le mie più sentite scuse a tutte le Brune Alpine, razza bovina che apprezzo moltissimo per la qualità dell'ottimo latte.

«Venti alla diretta», comunica la regia.

Caviglie incrociate a destra, ginocchia strette a sinistra, mani in grembo, occhi su Pasquale. Lui annuisce e alza un pollice.

«Amiche e amici, bentornati», zufola la Babbara. «Siamo qui con la grande Vanessa Liberti e Anita Palladio.»

La grandissima bottana, per dirla alla Giancarlo Giannini.

«Prima abbiamo parlato della carriera delle nostre ospiti. La prima è una scrittrice di fama e proprietaria di un noto marchio di biancheria intina che si chiama come il suo ultimo best seller, *Notte di sesso*.»

Il pubblico applaude con poco entusiasmo. Era presente prima, cara Babbara, lo sa chi è la Liberti.

«Vanessa Liberti», aggiunge con voce stridula.

«G'avemo capito chi ghe s'è. Semo mica semi!» L'esclamazione è di un'adorabile vecchina, capelli grigi tendenti al viola, occhiali dorati e un impeccabile accento veneto.

L'ilarità travolge gli spettatori. La Tigre s'irrigidisce e commenta a denti stretti.

«Simpatica la signora.» Si volta quel tanto che basta a inquadrarmi con la coda dell'occhio. «L'altra nostra ospite è Anita Palladio...», ma non riesce ad aggiungere nulla.

«La signora dell'avventura! Brava», si agita Pasquale e suda.

Sudano tutti, io compresa. Le luci scaldano l'aria e prosciugano l'umidità.

«Signora dell'avventura. Perché ti chiamano così?»

«La critica ha iniziato a chiamarmi così dopo che dal mio primo libro, *L'avvocato e il colonnello*, hanno tratto un film.»

«Hanno fatto un film da un tuo libro?» La dinosaura in abito rosso si sporge verso di me.

Mi accorgo ora che ha gli occhi sporgenti. Bovini. Ecco da dove arrivava l'immagine bucolica. Le telecamere inquadrano impietose un rotolo di ciccia addominale che sta per soffocare.

«Veramente ne hanno già girati tre, da tre romanzi diversi, il quarto è in produzione, uscirà l'anno prossimo.»

Applausi scroscianti.

«Una donna di mondo», commenta la Tigre fissandomi con malcelato odio. «Ma torniamo a parlare di libri. Vanessa, raccontaci qualcosa dei tuoi.»

Come dei tuoi? Ma se ne ha scritto uno che fa pure schifo? Mi tocca starla a sentire mentre sproloquia d'ispirazione, di ore e ore passate al computer a cercare la parola adatta e della gioia della pubblicazione. Quando la sua degna compare le chiede se ha mai letto uno dei miei romanzi, commenta:

«No, io quella roba lì nun la leggo.»

Mi parte un embolo. Adesso mi parte un embolo e rimango

secca in diretta. Solo gli occhi di Pasquale riescono a inchiodarmi alla poltrona e a trattenermi dal morire o dal massacrarle.

«Anita? E tu che mi dici delle tue scritture?» La Tigre, stessa sensibilità di una lavatrice, mi porge un'arma carica.

Mi liscio una piega immaginaria sul vestito e guardo la conduttrice che anche lei ben figurerebbe in un prato a ruminare.

«Barbara cara, ho scritto più di quindici romanzi, dieci saggi e un centinaio di articoli. C'è qualcosa in particolare che vuoi sapere?»

Fischi d'ammirazione e acclamazioni nella mia direzione.

«Tu hai letto il capolavoro di Vanessa?»

Ma Babbara cara, allora sei proprio scema!

«Certo che l'ho letto e devo dire che ne sono rimasta sconcertata. Ho sempre considerato la Erianni una casa editrice molto scrupolosa, ma nel caso della signora Liberti non lo è stata affatto. Il libro è pieno di refusi, la grammatica fa acqua da tutte le parti e la sintassi risulta dispersa. Di più, la storia non ha alcun pathos, nemmeno la volgarità con cui sono descritte le scene di sesso, una per pagina e troppo simili a degli stupri, fa scoccare la scintilla del climax. Sono convinta che *Notte di sesso* sia stato un deprecabile errore, letterario e commerciale. E mi pare impossibile farlo rientrare nel genere d'appendice o erotico. Il romanzo d'appendice parla d'amore, di sentimenti e sì, in ultima istanza, anche di sesso. Quello erotico parla della sessualità e dell'istinto al sesso. La pornografia non è un genere letterario.»

Silenzio tombale. Tutti trattengono il fiato. Pasquale annuisce. Io tiro la bordata finale.

«Spero di aver risposto alla tua domanda, cara Barbara. Aggiungo che mi batterò affinché i lettori non siano più presi in giro in questa sordida maniera, da editor incompetenti, case editrici compiacenti e agenti letterari incapaci. La letteratura è una cosa seria. Che sia storica, d'avventura, thriller, noir, gialla, d'appendice, comica o erotica, non deve mai scadere a tal punto. I lettori non se lo meritano.» Guardo il pubblico, li fisso con tutta la mia forza di volontà. «Noi italiani non ce lo meritiamo.»

Vien giù lo studio. Sono rintronata, il discorso e la temperatura da forno mi hanno prosciugato. Continuo a sorridere impassibile mentre la regina decaduta saluta il suo popolo che le si è rivoltato contro.

Pasquale guida come il generale Custer all'attacco.

«Anì, bravissima è stata. Je l'ha cantate in musica», fa e prende a sinistra.

«Dovevi andare a destra.»

«E che, nun lo so?»

«E allora perché sei andato dall'altra parte?»

«Perché c'ho da portarla in un posto.»

«Il generale aspetta il rapporto», dico semplicemente.

Sannitri sa cosa voglio dire. La mia educazione e il suo addestramento non sono stati così diversi.

«Nun se preoccupi, ho avvertito io er generale, anzi, papà suo le manda i complimenti, una vera Palladio ha detto.»

Già una vera Palladio. Ho tenuto la posizione senza retrocedere e ho combattuto per i valori e principi di cui, ormai, mi sento una delle poche custodi.

«Dove stiamo andando?»

Mi aggrappo con la mano alla maniglia di cortesia, per poco la divelgo quando Pasquale imbocca una curva a gomito. Da una parte un tram, dall'altra il Naviglio. Deglutisco a fatica.

«Posso sapere dove mi stai accompagnando?»

Non risponde, frena e con una manovra s'infila sul marciapiede, schiva un palo e parcheggia tra due alberi.

«Arrivati» e indica l'insegna di un locale alle nostre spalle.

L'Accademia.

Mai visto né sentito.

«Mi vuoi invitare a cena, maresciallo?»

«Nun io, ma quarcun artro sì.»

Non insisto. Se non vuol parlare, Pasquale diventa una tomba inviolabile. Lo seguo all'interno.

Un salto all'indietro nel tempo. L'arredamento è uscito da un film anni Cinquanta. Sulle pareti di gesso grezzo sono appese fotografie di una Milano che non esiste più, tante biciclette, carrozze trainate da cavalli, uomini col cappello e le donne con le gonne alle caviglie. I tavoli sono disposti lontano uno dagli altri, permettono conversazioni riservate. È strano come una società che sbandiera ai quattro venti il diritto inviolabile alla privacy crei poi luoghi di ritrovo dove chiunque è costretto ad ascoltare le conversazioni altrui per il fatto di essergli seduto vicino vicino. Una volta mi è capitato in sorte un cardiochirurgo che raccontava di un'operazione con complicazioni. Non è stata una cena che ricordo volentieri, soprattutto il momento in cui la pinza emostatica si è staccata da un vaso venoso.

Pasquale è in fondo al locale, dove un arco immette in un'altra sala. Lo raggiungo e, prima che riesca a gioire del camino accesso, un coro mi saluta.

«Benvenuta!»

I ventuno cavalieri del maresciallo Sannitri, quelli che mi hanno sostenuto mentre combattevo contro i draghi sputa idiozie, mi aspettavano. Sono seduti a un tavolo lungo e come mi vedono si alzano in piedi.

«Buonasera», sorrido imbarazzata.

«Buonasera a lei, signora Palladio.»

Un bell'uomo, sorriso aperto e occhi vispi e azzurri, funge da portavoce e mi porge la mano. La stringo. Ha una stretta forte, calda e asciutta.

«Molto lieta di conoscerla, io sono Angelo e parlo a nome dei Librai Liberi. La prego, vuole cenare con noi?»

«Ne sono onorata, con molto piacere.»

Scosta la sedia a capotavola e aspetta che mi accomodi, poi torna al suo posto. Pasquale si è seduto in fondo a sinistra, accanto a un ragazzo dall'aria da duro, con una barba così precisa che potrebbe essere disegnata. Segue un attimo di silenzio. Di norma, in situazioni del genere, sono a disagio, tutti sono a disagio, non si sa mai quando parlare e cosa dire. Invece, questa sera è diverso. Gli occhi che incrocio sono limpidi, l'atmosfera che respiro è rilassata, come tra vecchi amici. Angela, una signora minuta, bionda ed elegante, si alza e fa le presentazioni. Arrivano da ogni parte d'Italia e sono tutti proprietari di una libreria. Sono venuti a Milano per assistere alla trasmissione "Cose tra noi", sottotitolo: Come siamo caduti in basso. Volevano parlare con me. Hanno saputo ieri pomeriggio che avrei partecipato. Uno di loro ha visto la pubblicità con gli ospiti dell'indomani e ha fatto un giro di telefonate. Arrivano da tutta Italia. Non posso fare a meno di pensare a cosa debbano dirmi per farli partire in quattro e quattr'otto alla volta di Milano.

Le portate arrivano dalla cucina e spostano la conversazione sul cibo. Diavolo, siamo italiani, i migliori cuochi e i migliori mangiatori al mondo. Noi abbiamo dozzine di tipi di prosciutti, salami e insaccati, centinai di varietà di formaggi, pasta e verdure, frutta di ogni genere, carne e pesce a profusione e, non ultimo, il vino, rosso, bianco, rosé, e spumanti che la fanno in barba ai migliori champagne. Quale popolo può vantare una tradizione culinaria come la nostra? E non parlatemi di sushi, nouvelle cuisine, cucina etnica o cinese, fatemi il sacrosanto piacere! Anch'io, di tanto in tanto, vado in uno di questi posti tutto luci e menu chilometrici. Ci vado perché l'indomani, quando avrò davanti un semplice piatto di pasta al sugo, potrò dire: allora, chi mangia meglio al mondo? E non è questione di campanilismo o patriottismo o nazionalismo, tre qualità di cui sono impregnata, è solo gusto e palato.

Degustiamo e brindiamo alla letteratura con un vino rosso, non pregiato, ma genuino. Le fiamme scoppiettano nel camino, di tanto in tanto l'oste sacrifica un ciocco di legno e, ogni volta, soddisfatto commenta: va m'al brusa! Va come brucia.

Nonno Augusto avrebbe apprezzato *L'Accademia*, che poi deve essere l'unica osteria superstite di un'epoca morta. La apprezzo anch'io, soprattutto per la compagnia. Chissà dove li ha scovati Pasquale, questi sedici uomini e cinque donne che parlano la mia lingua e sentono il mio sentire. Siamo al dolce, una torta di mele che resusciterebbe un morto e, insieme al moscato, arriva la proposta. È un progetto articolato, studiato nei dettagli. Ognuno di loro spiega la parte di propria competenza. Precisi, convinti, senza sbavature. Se vendessero Folletti o Bimby, ne avrei già comprata una scorta per l'eternità e sarei sul lastrico. Mi piace questa idea. Mi piace proprio. Mi alzo con un bicchiere in mano e la tavolata m'imita.

«Al progetto Club della Conoscenza e ai Ventidue», brindo e suggello il patto.

«Ai Ventidue e al Club della Conoscenza», gridano di rimando con un'unica voce.

«Mo je famo vedè noi!»

Caro maresciallo Sannitri, mò je famo vedè sì, je famo vedè i sorci verdi.

Le sei della mattina, dell'alba non c'è traccia. Il mondo è ancora oscurato dalle tenebre e ovattato dalla nebbia. Rimbalzo. Ho dormito qualche ora e poi la necessità impellente di scrivere mi ha buttato giù dal letto. Sono quasi tre ore che scrivo senza posa, che cosa non saprei dirlo con certezza. Però l'ispirazione guida ed io mi lascio condurre. Mi ha portato fino a qui, a ripensare al progetto Club della conoscenza. Un nome roboante, pretenzioso, che nasconde una scintilla rivoluzionaria. Ieri sera sono state proferite idee importanti, di quelle che se seminate nel terreno adatto e accudite amorevolmente danno vita alla pianta del cambiamento. Cambiamento e gli occhi mettono a fuoco l'immagine riflessa nel vetro. Sono sempre io, Anita Palladio, eppure, in qualche modo sono diversa. Non per gli abiti nuovi o il trucco, no, c'è qualcosa di nuovo in me, che non conosco ma voglio scoprire.

Suonano alla porta. Non controllo nemmeno chi è. Apro e vado a preparare il caffè.

«Buongiorno Anì, le ho portato er giornale.»

Non era iniziata così anche la giornata di ieri? Io, Sannitri, caffè e giornali? Sì, proprio così, solo che i titoli oggi parlano di me. La signora dell'avventura ridicolizza la Liberti e la Tigre, sentenzia il Corriere. L'intelligenza della Palladio fa strage di starlette, ribatte il Giorno.

«Bene, se volevo dei nemici, adesso ce li ho», concludo io.

Ma la cosa mi lascia indifferente.

Forse San Giorgio è andato a stuzzicare il drago e poi ha detto mi son sbagliato?

Le nove. Il maresciallo è tornato da un pezzo alle sue incombenze, io ho riletto ciò che ho scritto. Mi piace, aggiungo qualcosa e limo qualcos'altro, ma il risultato è sopra le mie aspettative. Soddisfatta, ecco sono soddisfatta. Ma a breve lo sarò di più. Prendo l'agenda e digito un numero.

«Ti hanno già fatto causa?» È il saluto di Maurizio Gualtieri, il mio avvocato.

«No, però potrei farne una io, che ne pensi?»

«Penso che ieri sei stata grandiosa! Dio, che facce avevano quelle due! E poi il racconto della tua gita ad Amsterdam... non avevo idea che tu avessi un tale talento comico, Anita.»

Nemmeno io, l'ho scoperto nel tanga di uno spogliarellista di nome Fred.

«Grazie, Maurizio. Però ti chiamo per un altro motivo.»

Comunico la decisione di rescindere il contratto con la Bassetti e spiego nei dettagli il perché. Lui, da bravo legale ascolta e prende appunti. Sento la stilografica che raschia la carta, un suono da amanuense. Quando passo al progetto cui mi hanno proposto di partecipare, il pennino s'inceppa. Maurizio soffoca un'imprecazione. Sul foglio riesco a vedere minuscole goccioline d'inchiostro che si sono sollevate insieme alle sue obiezioni.

«Ne sei certa, Anita? È un'idea che ha in sé una certa grandiosità, non v'è dubbio, ma anche difficoltà e pericoli. Tu hai un'immagine pubblica, sei certa di volere metterla in gioco per un programma che, se fallisce, ti farà terra bruciata intorno?»

Ottima domanda. Che cosa dovrei rispondere? Sono stata allevata con il culto della dignità e dell'onore, il senso del dovere personale e civico scorrono nelle mie vene insieme al sangue. Ho trascorso la vita in situazioni estreme, dove gli uomini tirano fuori o il meglio o il peggio da sé e ho imparato che i migliori sono quelli che dicono: lo faccio perché è la cosa giusta. Non perché mi renderà più famoso, bello, ricco o Dio solo sa cos'altro. Lo faccio perché è la cosa giusta. Ora, battersi affinché nella cultura di un popolo non siano iniettate sostanze nocive, che alla lunga creerebbero danni cerebrali irreversibili, non è la cosa giusta?

«Sì, Maurizio, ne sono certa.»

«D'accordo. Adesso mi occupo della Bassetti e a giorni ti richiamo per questo progetto. Studierò come dargli una forma legale. Buona giornata, signora dell'avventura.»

Sì, la signora dell'avventura non può tirarsi indietro davanti a una sfida del genere.

Squilla il cellulare. Le tre del pomeriggio. Però, come vola il tempo quando la mente insegue una meta.

«Pronto» e una voce mi si ripercuote sul sistema nervoso, rattrappendo tendini e muscoli.

Ho commesso l'imperdonabile errore di rispondere senza controllare il display.

«Carla, capisco che urlare sia l'unico modo che hai per farti ascoltare, ma credimi, a questo punto non ti darei retta nemmeno se lo leggessi sulle tue disposizioni testamentarie.»

«Ma chi credi di essere? Se sei quello che sei lo devi a me, a me lo devi, hai capito?»

Deflagro in un'esplosione che da troppo cercavo di contenere.

«Vuoi dirmi che devo ringraziare te per aver aspettato dieci giorni e dieci notti davanti a una tenda in compagnia di beduini bellicosi per intervistare il Rais? L'intervista che mi ha fruttato per la terza volta la copertina del Time? Lo devo a te, Carla?»

Dall'altra parte della linea gli strepiti sono cessati, è rimasto solo un ansimare di asino rabbioso.

«Devo a te *Terra Infuocata*, *L'avvocato e il colonnello*, *Un cliente particolare* e tutti gli altri libri? Me li hai scritti tu, non è vero, Carla Bassetti? E i film? Sei stata tu a sorbirti ore di trattative in inglese per vendere i diritti cinematografici? Ma tu, cara Carla, parli malissimo inglese, come del resto l'italiano, sei a mala pena in grado di ordinare al ristorante, come hai fatto a scrivere e a tradurre i miei libri?»

Adesso non sento più nemmeno il respiro, percepisco solo il terrore. La cretina ha scoperchiato il vaso di Pandora e adesso ha paura. Beh, me ne frego, anzi me ne strafrego. Avrebbe dovuto pensarci prima. Prima di telefonarmi quella mattina e dirmi che ne *Il papiro* dovevo infilarci delle scene di sesso, manco fosse un po' di sale da aggiungere all'ultimo momento su una pietanza. Prima di rompermi enormemente le palle con Vanessa Liberti.

«Stammi bene a sentire, idiota letteraria, tu con me hai chiuso. Da me non guadagnerai mai più un centesimo, ti puoi scordare quel bel flusso di quattrini che io, Anita Palladio ti facevo guadagnare. Tu non sei un'agente, sei la leccaculo degli uffici marketing. Sei tu che senza di me saresti stata l'ennesima baldracca dell'editoria. Sudo sangue e lacrime per scrivere i miei articoli, passo mesi a studiare prima di scrivere un libro. I miei romanzi possono piacere o no, ci mancherebbe, ma nessuno, e ribadisco nessuno, può accusarmi di aver preso scorciatoie, di essere stata superficiale o di scrivere vaccate. Quindi, te lo ripeto per l'ultima volta, e fai bene attenzione, magari scuoti anche un po' la testa così quei due neuroni ammuffiti che hai magari s'incontrano. Cancella questo numero dalla tua rubrica ed evita anche di nominarmi perché non voglio mai più avere nulla a che fare con te. Se ci riprovi ti faccio causa per truffa, credi forse che non mi sia accorta che trattieni dai miei contratti una percentuale superiore a quella pattuita? Anzi, mi hai talmente stracciato la pazienza che te la faccio sì una causa per truffa, così ti levi dal mercato e lasci spazio a qualcuno di più competente. Sparati in testa, Carla Bassetti, e fallo pensando a me.»

Rimbalzo furiosamente, nervosamente e irosamente. Digrigno i denti e faccio le boccacce, emetto suoni terrificanti per allontanare i pensieri distruttivi che mi stanno corrodendo.

Paola e Giulia mi trovano così. Sono preoccupate per me, lo

leggo nel loro sguardo. Le fisso con occhi e narici dilatate, sono in preda a un tale furore che nemmeno trovarmele in casa, Pasquale, al solito, non ha chiuso a chiave la porta, mi ha spaventato.

«Sedetevi, devo parlarvi.»

E mi sento viva e innamorata della vita come quando sono sotto i bombardamenti.

Le ragazze ascoltano, non so se rapite o atterrite, non m'importa. Io vedo il progetto realizzato e ne intuisco appieno le potenzialità.

«Tu e gli altri ventuno siete dei visionari», commenta Paola.

«Anche Walt Disney lo era e la sua visione è diventata realtà.»

Giulia si astiene e si mangia le unghie. L'altra agita la mano con sufficienza, io non demordo.

«Pensate, un nuovo polo editoriale indipendente, con un consiglio d'amministrazione formato da addetti ai lavori, da gente che capisce di letteratura e la valuta per quello che è. Un libro non è una pizza, non può essere trattato alla stregua di un prodotto qualunque.»

«Solo pubblicazioni serie?» Lo scetticismo trasuda dalla cinica per eccellenza.

«Definisci serie.»

«Roba impegnata, che bisogna aver tre lauree per capire. Libri cui la maggior parte delle persone non si avvicinerebbe nemmeno per sbaglio.»

«Assolutamente no», rido, «forse non mi sono spiegata. Non sempre una persona può aver voglia di leggere Umberto Eco, che sia ben chiaro è divino, ma si deve leggere con il vocabolario accanto perché usa termini tanto raffinati e rari che non si conoscono. Io per prima non li conosco, leggere Eco è una lezione di italiano. A volte, però, si ha bisogno solo di volare con la fantasia, o farsi una risata, piuttosto che venir travolti da un'avventura.»

«Venire non si può dire. Cento euro», Giulia si è ripresa.

«Ok, hai ragione, è pure sbagliato grammaticalmente, metti in conto che pago doppio. Ogni libro ha il suo momento, chi legge ha la libertà di scegliere un'avventura o una storia d'amore, a seconda dello stato d'animo. Libri e musica vanno a braccetto. Ascolteresti un pezzo degli ACDC se tu avessi un attacco di panico?»

«Alla sola idea mi si sgretola il cervello.» Giulia mi fissa.

Sappiamo bene entrambe di cosa sto parlando.

«Se sei stressato, ascolti Mozart, se hai bisogno della carica, ascolti i Queen. Lo stesso vale per la letteratura. Se sei in cerca di tenerezza non leggi certo Tom Clancy e se vuoi emozioni forti, accantoni Liala. Leggi quello che risuona con i tuoi pensieri del momento. Ma solo i buoni libri danno buone vibrazioni. La casa editrice che voglio io deve pubblicare il giallo, il noir e il rosa, l'avventura, la spy, la narrativa, la commedia e il comico, ogni genere inventato e da inventare, ma, e ribadisco ma, solo testi di qualità, scritti in un italiano impeccabile e che non offendano né valori né principi universali.»

«Io ci sto!»

Giulia è in piedi che cammina avanti e indietro, ha le mani dietro la schiena e, io che la conosco, so che è furibonda.

«Hai ragione, Anita, hai ragione. Basta, dobbiamo ribellarci a questo stato di cose. Sono stanca di leggere manoscritti meritevoli e veder pubblicate, invece, delle oscenità mostruose alla Vanessa Liberti. Oh», si porta una mano alla bocca. «Non ve l'ho detto? Oddio, me ne sono scordata!»

Paola mi lancia un'occhiata, io mi siedo sulla palla antistress e inizio a rimbalzare per prevenire l'insorgere dello stress. Si sa mai che s'è scordata la notizia embolo.

«Sapete con chi hanno visto uscire la Liberti?» È buffa Giulia, occhi puntati al cielo e sorriso da elfo.

«Il settimo cavalleggeri?» Mi pare una domanda lecita.

«Rocco Siffredi?» Paola offre un'alternativa niente male.

«Stupide. Noi parliamo e lei punta in alto.»

«Dove, o meglio, chi sarebbe questo alto?»

«Carlo Donati.»

«Lui? Il re del thriller? Il Donati della Corti editore?»

«Bingo!»

La notizia mi fa uno strano effetto. Smetto di rimbalzare e ascolto la quiete che c'è in me. La Liberti sta dando la scalata all'editoria italiana a suon di cosce aperte, ma lei è solo l'inizio. Quando si crea un precedente, si può star certi che presto o tardi qualcun altro ci riproverà. E allora addio letteratura e benvenuta spazzatura.

«Un altro buon motivo per portare avanti il mio progetto.»

«Sono con te, dimmi quello che devo fare e lo farò.»

Giulia mi stringe la mano, l'alleanza è suggellata.

Ci voltiamo verso Paola, lei riflette ancora.

«Non posso, mi spiace, mi piacerebbe ma esco a marzo con il nuovo libro. Sono sotto contratto.»

Ci rimaniamo male, ma i contratti editoriali sono il pane degli scrittori.

«Fate conto, però, di avere una spia nelle fila del nemico. Anzi, mi tengo pure la Bassetti così le estorco informazioni riservate.»

Ecco, questa è la mia Paola.

Ping, ping, ping.

Il cellulare emette segnali da sonar. S'illumina di un verde fluorescente sull'angolo della scrivania. Le cinque di mattina. Con la destra continuo a digitare seguendo le immagini che balenano uno dietro l'altra nella mia testa, con la sinistra mi allungo per agguantare il telefono. Troppo lontano. Rimbalzo una mezza dozzina di volte e rimetto entrambe le mani al lavoro. Sembra facile descrivere uno scippo, in realtà si deve fare attenzione. La prassi che seguo di solito è questa: colpo d'occhio sulla scena in generale, particolare sul derubato, zoom sull'oggetto scippando, fuga dello scippatore, il tutto condito con dettagli di visi ed espressioni, più un tocco di sentimenti e motivazioni.

Ping, ping, ping.

Di nuovo il sonar e questa volta si è portato via la faccia di Giulia strattonata da un bruto. Mi allungo verso il micidiale strumento di distrazione e la palla che fa la mia schiena felice approfitta per prendersi una pausa e mi schizza via da sotto il fondoschiena. Sedere non si può dire. Rimango col busto riverso sulla scrivania, il mento sul legno, ho solo una frazione di secondo per agguantare il cellulare, dopodiché scivolo all'indietro e finisco col lato B sul pavimento. Imprevisti del mestiere, non è la prima volta e, temo, non sarà nemmeno l'ultima. Vado in cucina, recupero del ghiaccio in busta dal frigorifero e lo appoggio alla parte offesa. Guardo lo schermo: settantadue Whatsapp. I Librai Liberi sono gente che si da fare. Hanno fatto il primo sondaggio con altre librerie sparse in tutta Italia. Il progetto piace e sta raccogliendo accoliti dovunque. Leggo interessata, ci sono critiche costruttive e nuove idee. Quella di Luca mi colpisce: la gente vuole per prima cosa mangiare. Dalle analisi di mercato, le attività in utile sono i ristoranti. Ristoranti, medito e batto i denti.

Rimetto il ghiaccio al suo posto e torno alla scrivania. Ristoranti. Statistiche o no, qui siamo in Italia e la convivialità fa parte del DNA, accomuna nord e sud e livella le classi sociali. Prima di convertire lo spirito, bisogna riempire la pancia. Se valeva per la religione, varrà anche per la letteratura.

Riprendo la palla. Astiosa le mollo un pugno che lei incassa a fondo per restituirmi, all'istante, una spinta di forza amplificata all'ennesima potenza rispetto alla mia. Mano, braccio e gomito mi scattano all'indietro, la spalla rischia una lussazione. La massaggio e medito di perforare la bastarda con un cacciavite, ma preferisco tenere propositi di vendetta solo per la Liberti e la Bassetti. Prendo carta e penna e inizio a tracciare una delle mappe mentali per cui Paola mi prende in giro. Lei dice che sono indecifrabili, per me sono indispensabili. Seguendo un metodo base, personalizzato negli anni, traccio due parole: ristorante e libri, e poi apro la gabbia della fantasia e mi trasformo nel Picasso degli appunti

«Signorì, posso?»

La palla schizza all'indietro ed io in avanti. Questa volta la faccia mi finisce sul foglio che ho davanti. Rimango in ginocchio, in adorazione dello schermo.

«Anì, che fa? Me se spacca a faccia proprio adesso?»

«Pasquale, se non mi avvisi quando entri, prima o poi rimango stecchita dallo spavento.»

«Ho chiesto posso, che devo fà de più? Je suono a tromba der giudizio?»

Come non detto, ne sarebbe capace. Se la farebbe prestare da san Pietro che, scommetto, è sulla sua agenda.

Lo seguo in cucina e siedo. Fisso il tavolo. Se non fosse che oltre a Corriere della Sera e Il Giorno ci sono due riviste, penserei di essere finita in uno strappo temporale. Quel luogo nello spazio metafisico dove la realtà si ripete all'infinito sempre uguale a se stessa.

«Ha visto?» Pasquale mi piazza una tazza di caffè sotto il naso e indica Novella 2000 e Chi.

Rotocalchi da intellettuali.

«No, non sono andata dal parrucchiere.»

Chi non li ha letti, mentre attendeva pazientemente il proprio turno frastornata dal rumore di fon e caschi, scagli la prima pietra. Non sono informata in merito, ma suppongo che le foto di VIP, ritratti nei momenti più intimi della vita, preservi le cellule celebrali dai danni delle sostanze contenute in tinte, colpi di sole e sciatush, pratica di cui conosco il nome ma la cui funzione mi risulta sconosciuta.

«Che fà, Anì, me fà dello spirito mattutino?» Pasquale è indignato.

«Ci mancherebbe! Non mi permetterei mai» e mi lancio in una filippica in difesa dello sputtanamento globale di personaggi pubblici, indirettamente sponsorizzato dalla categoria dei coiffeur.

Discorso breve, giusto un paio di frasi, poi leggo il titolo a caratteri cubitali del servizio su Novella 2000. Chi sposa la signora dell'avventura? Seguono foto del presunto addio al nubilato a grandezza naturale circondate da immagini più piccole della mia carriera al fronte. Non sono contenta, che cacchio gli frega alla gente di chi sposo? Il maresciallo volta pagina e la saliva mi va di traverso. Vanessa Liberti ritratta a casa sua, indosso una guepière di pizzo nero, seduta di traverso su uno sgabello, cosce e tette in bella vista, sguardo da: se ti prendo ti rovino. Titolo: La nuova star dell'editoria non è stata invitata al matrimonio di Anita Palladio. Sottotitolo. Non ci sarà nessun matrimonio, è tutta una bufala.

Strabuzzo gli occhi, ma non ho il tempo di morire, Pasquale indica l'articolo su Chi.

Dio Benedetto! Questa proprio non me l'aspettavo. Lei, la baldracca letteraria, con un tailleur disegnato apposta per lei dall'erede del marchese de Sade, tiene tra le mani *Notte di sesso*. Titolo: Non ho bisogno di sposarmi per fare sesso.

La testa mi cade sul tavolo. E mo' cosa le rispondo?

«Anita mia, su, su, nun se abbatta pe così poco. Celo dovevamo aspettà er contrattacco da a borgatara, no?»

«Questo non è un contrattacco, questa è una vagonata di letame.»

«Emmbè, da 'na vacca che se voleva aspettà? Fiorellini?»

Sorrido. La mia idea della Bruna Alpina non è poi così strampalata.

«Hai ragione, ma adesso, se si mettono a cercare il mio promesso sposo, e scoprono che non esiste, sono fregata. Farò la figura della bugiarda, la mia reputazione di serietà crollerà ed io...»

Pasquale ride come avessi raccontato la barzelletta del secolo.

«Ma sta a scherzà, Anì?» E molla una manata sul tavolo che fa saltare le tazzine. «Je trovo un battaglione de fidanzati, anzi, 'na brigata intera! Ma sta a scherzà pe ddavero? Basta che torno in caserma e chiedo chi vò fa er fidanzato suo e c'abbiamo l'imbarazzo de a scerta. Je porto e fotografie e sceje quello che je piace di più.»

Lo guardo stralunata. Mi sta dicendo che basta che additi uno dei più dei ventimila soldati al comando del generale Palladio e avrò il fidanzato da mostrare alla curiosità delle donne in attesa dal parrucchiere?

Ma dai, se lo sapesse la Liberti le verrebbe un attacco di bile.

«In mancanza di alternative...»

«Quali alternative e per che cosa.»

Devo decidermi a cambiare la serratura, se vado avanti ad avere queste sorprese, non vedrò la fine di questa sordida vicenda.

«Ciao papà, nulla, dicevamo così per dire», ansimo ancora spaventata.

Il generale fissa il suo maresciallo. Pasquale sfugge lo sguardo. Papà tossicchia e quello crolla.

«Vede, generà» e indica i giornali incriminati. «Pe prevenì e mosse de sta borgatara, la signorì se deve trovà er fidanzato.»

«E lei non è in grado di farlo da sola?»

Papà, per favore, sai benissimo che non sono capace.

Mio Dio! Ho perso il controllo sui pensieri.

«Per esse capace sarà pure capace, ma deve esse 'na cosa veloce, così c'ho proposto di sceglierlo tra i nostri. Armeno stamo sicuri che non se porta a casa 'no zozzone, no?»

«Uno dei ragazzi», riflette papà massaggiandosi il mento perfettamente rasato. «Come si chiama il tenente biondo, quello del terzo battaglione?»

«Chi, Massimo Merlin? No generà, quello nun va bene, c'ha 'na fidanzata sicula, nun se po' fa.»

«Pastore?»

«Nemmeno, je nasce 'na creatura a fine mese. Forse Nisida.»

«No, Nisida serve a me, lo devo mandare a Ghedi con una compagnia. Conconi? Come lo vedi Conconi?»

«No, generà, tiene un temperamento focoso, sarebbe capace de menaje a tutti i giornalisti per difendere a figlia sua, no, mejo de...» e Pasquale si illumina. «Ce l'ho! Generà, ce l'ho.»

«Chi è? Chi è?» Non mi trattengo più.

Sono stanca di girare la testa da una parte all'altra per seguire il dialogo surreale tra mio padre e il suo autista. E che si decidano una buona volta, quanto ci vuole a scegliermi un fidanzato?

«Filippo Serbelloni.»

«Lo sniper?» Esclamano in coro i Palladio guardandosi negli occhi.

Lo sniper è un termine inglese per non dire cecchino e Serbelloni è il principe dei cecchini. Talmente bravo che spesso è in giro per il mondo, a fare cosa è coperto dal segreto militare.

«Proprio lui. È un ber tipo, s'è fa i fatti sua e parla poco.»

«Sì, mi piace. Signorile e distaccato. Che dici, Anita, lo arruoliamo?»

Piace anche a me, ma non per i motivi di cui sopra. Mi piace perché Filippo Serbelloni è una macchina da morte. Già me lo vedo con la testa della Liberti inquadrata nel mirino telescopico montato sulla carabina di precisione.

Lui mi direbbe: amore, ce l'ho.

Io risponderei: tesoro, allora spara.

«Abile e arruolato.»

Sono sola, finalmente.

L'Esercito italiano è partito per la missione: Un cecchino da sposare. Io avrei ripreso a scrivere, se non ché una pausa fisiologica mi ha portato in bagno. Guardo lo specchio. Non vorrei, ma i miei occhi sono agganciati a quelli della figura riflessa, leggono in profondità, oltrepassano i muretti di contenimento e arrivano alle trincee dell'anima.

Come ti sei ridotta, Anita?

Dai, non sono così male tenendo conto che dormo tre ore per notte.

Non parlavo delle occhiaie.

A no?

No, parlavo del fidanzato.

Non è stata un'idea mia. Se la Liberti non avesse fatto la stronza...

Tu la chiami vacca da latte e lei non deve fare la stronza. Dove vivi, Anita? Questa storia sul sesso ti ha fatto uscire di senno.

Non è vero.

Sì che è vero.

No.

Sì.

Sono in loop, devo uscirne prima di fare tilt.

Sì.

No.

Raggiungo la cucina e bevo un bicchiere d'acqua, ma in testa il dialogo morboso continua. Suona il cellulare.

Sì.

No.

Rispondo.

«Sììììììì», urlo in preda all'esasperazione. «Sì, sono completamente fuori di testa. Ne avrò il diritto o no?»

«Sure, dear! I'll be there in twenty hours. I look forward to see you out of mind.»

«Mike?»

«Yea, darling, am I and I'm coming for you. Sorry, I must go. See you tomorrow.»

Fine della comunicazione. Guardo il display e ricostruisco la conversazione con l'impressione di aver perso qualche passaggio.

Io ho detto un sì generico, Mike, perché era proprio Mike, lo deve aver preso per un invito perché ha detto che sarà qui in venti ore. La parte del completamente fuori di testa l'ho pronunciata o solo pensata?

No, dai, non posso averla urlata nel telefono.

E allora perché lui ha aggiunto che non vede l'ora di vedermi fuori di testa? E anche che sta venendo qui per me e ci vedremo domani.

Avvampo.

Mike, sono molto felice, ma venire qui per me, proprio non lo dovevi dire.

Niente. Oggi di scrivere non se ne parla. Casa mia è un porto di mare e il cellulare erutta Whatsapp a raffica. Sembra che tutti quanti leggano Novella 2000 e Chi.

Saranno tutti ben pettinati o vittime di una curiosità malsana?

Non oso chiederlo a mia madre e alle ragazze che hanno fatto del mio soggiorno il loro campo base. Sono impegnate in una conversazione fitta fitta, di tanto in tanto il tono si alza e capto sgualdrina o cretina, hanno la stessa finale e, comunque sia, vanno bene entrambi per la Vanessa.

«Dobbiamo reagire» è l'imperativo di mamma.

«Compriamo l'abito», propone Paola.

«Scegliamo il luogo del ricevimento», suggerisce Giulia.

Bonghi, bonghi, bonghi. Io rimbalzo, ça va sans dire.

«Lungo, stile impero, Anita ha una figura slanciata.»

«Bouquet di rose? No, non vanno bene per la signora dell'avventura, meglio, meglio... Che fiori ti piacciono, Anita?» Paola fa su e giù con la testa per cercare d'inquadrarmi. «Finiscila di saltare! Mi fai venire la nausea!»

«Ah, ah» e rimbalzo a più non posso, «venire non si dice e sono un bel centone di multa.»

«Cazzo», commenta lei.

«Altri cento», la incastra Giulia.

«Ragazze, siete tremende», se la ride mia madre.

«Allora, che fiori ti piacciono?» Da capo.

«I frangipane.»

«Frangi che?»

Suonano alla porta. Strano, ultimamente entrano e si piazzano dove trovano posto. Vado ad aprire.

«Frangi che?» Paola, l'impaziente, ripete la domanda.

Apro.

«Franfifane», rispondo.

E per Dio, il cecchino vale bene una farfugliata.

Pasquale irrompe tirandosi dietro un David di Michelangelo in carne, ossa e divisa. Filippo Serbelloni è un gran bell'uomo, lineamenti scolpiti su una carnagione ambrata, capelli neri corvini e occhi castani. Ha spalle ampie, vita stretta, gambe lunghe e il portamento di un militare in carriera.

«Tenente Serbelloni, per servirla, signora», mi prende la mano e s'inchina un poco. «Sarà un onore.»

Scuola Palladio, la riconosco. La maggior parte degli ufficiali e sottoufficiali di papà assume le sue maniere cavalleresche.

«A Serbellò, o credo bene che sarà n'onore!»

Tranne Pasquale, lui è impermealizzato dalla trasteverinità.

Il pubblico femminile sorride, ebete e senza parole. Fissa il nuovo arrivato e prega: grazie, Signore, per questo pezzo di figliolo.

«Vi presento Filippo Serbelloni», ammicco nella sua direzione, «il fidanzato che mi hanno trovato Pasquale e papà.»

Un coro muto risucchia tutta l'aria nella stanza.

«È uno sniper, un tiratore scelto, un cecchino, come preferite», aggiungo la professione.

Le donne esalano l'aria di prima tutta insieme. Spalancano anche la bocca, a onor del vero.

«Mo' che se semo presentati, passiamo ar piano?» Il maresciallo entra a gamba tesa nel momento d'incredulità. «Er generale ha fatto 'na lista» e la estrae dalla divisa.

Si gettano tutti a pesce sugli ordini, manco fossero in un avamposto sotto il fuoco nemico e il dispaccio contenesse informazioni sull'arrivo della copertura aerea. Indico la cucina e il cecchino ed io ci rintaniamo lì. Beviamo un caffè mentre gli racconto la vicenda dall'inizio. Lui ascolta serio, ma non può trattenersi dal ridere. Pare che io abbia un talento comico naturale. Se volessi coltivarlo, mi toccherebbe tornare a frugare nelle mutande di Fred? Comunque sia, scopro che il tenente Serbelloni è un lettore accanito e anche un mio fan.

Di Vanessa Liberti si limita a dire:

«Preferisco evitare l'argomento, non vorrei mi scappassero termini poco adatti a orecchie femminili.»

Va bene, non nominarla, caro il mio bello sniper, basta che le spari in testa.

«Anita!»

Mi richiamano in campo, avranno deciso cosa fare. Io mi astengo dall'intervenire nel processo decisionale, mi tengono in considerazione quanto una blatta, quindi mi limito a obbedire, se posso, e a oppormi, se è il caso.

Il programma del pomeriggio è semplice, andremo a scegliere l'abito nuziale. Ho cercato di spiegare che aver trovato il fidanzato era sufficiente a tacitare i dubbi sollevati dalla dinosaura, che non era necessario montare anche tutta la scenografia, bastava mostrare il primo attore. Per poco mi schiacciavano sotto le scarpe, da insetto molesto quale mi considerano. Al tenente è stato concesso un pomeriggio di libertà che, mi ha confidato, trascorrerà al poligono. Quasi quasi lo raggiungo e ci facciamo un migliaio di proiettili in due. Vedo già il titolo da paparazzo: La signora dell'avventura e il futuro marito si scambiano le pistole. Si potrà dire pistola? E invece sono qui seduta su un puf progettato da un designer masochista e la mia opinione non è ancora stata richiesta. Posso guardare, ma non parlare. Davanti a me sfilano a turno tre modelle con indosso le creazioni de L'atelier dei sogni. Un nome che mi provoca una carie al solo sentirlo. Estraggo l'iPad e, per non perder tempo inutilmente, scrivo. Mi riaggancio alla storia che ho lasciato in sospeso prima che mi trovassero un fidanzato e vado via, almeno con la fantasia.

«Anita», mamma mi scuote una spalla. «Che cosa fai?»

Salto sul puf, lui trema e geme, ma non si schianta.

«Scrivo, anzi scrivevo, prima che tu mi spaventassi a morte. Che cosa vuoi?»

«Come scrivi? Stai scegliendo il tuo abito di nozze e scrivi?»

«Non sai mai quando ti coglie l'ispirazione.»

«Non far dello spirito e guarda questi tre abiti. Quale ti piace di più?»

Modello uno. Principessa Sissi.

Modello due. Greta Garbo.

Modello tre. Anna Karenina.

«La russa, voto per la russa.»

«E chi è la russa?» Paola alza gli occhi al cielo, non ha voglia di seguire le mie tortuosità mentali.

«Lei», indica Giulia. «Dieci a uno che pensavi alla Karenina.»

«Centrato», le sorrido.

Lei e io abbiamo gli stessi processi storici letteral cerebrali.

«Adesso che mi ci fate pensare», mamma piega la testa di lato e osserva meglio. «Sì, una russa. Larissa del Dottor Zivago.»

È istintivo, non posso farne a meno. Faccio un gesto di scongiuro. Mamma avrebbe voluto chiamarmi Larissa, proprio in onore dell'eroina di Boris Pasternak. Papà si era opposto. Larissa? Larissa nel bar, aveva proclamato e la scelta era ricaduta su Anita. Fortuna mia. Ma ci pensate? Avere un nome che può esser scambiato per una scazzottata e appartenuto a una poveretta dispersa in Siberia? A credere nel destino dei nomi a questo punto, oltre a essere perseguitata dal sesso e dalla Liberti, oltre al trovarmi a scegliere un abito di nozze che non indosserò al mio matrimonio che non si farà, potrei essere arresta dalla Guardia di Finanza per non aver pagato le tasse sui diritti cinematografici. In Italia non abbiamo la Siberia.

«Provalo», intimano in tre.

Oppormi mi costerebbe una fatica immane e una notevole perdita di tempo. Faccio prima ad accontentarle, così mi posso alzare dal puf maledetto. Che sarà mai provare un vestito da sposa?

Più facile a dirsi che a farsi. L'aggiunta dell'aggettivo nuziale al sostantivo abito crea un universo di metri di stoffa dove si celano ganci sconosciuti e bottoni infiniti che s'infilano in asole minuscole.

«Ha studiato prima il libretto d'istruzioni?» Chiedo per far conversazione alla ragazza che mi aiuta nell'impresa.

«Prego? Quale libretto d'istruzioni?» Ha gli occhi grandi, un bel color verde acquamarina, ma non vi scorgo nient'altro.

«Le istruzioni per l'abito», spiego paziente.

«Ma non ci sono le istruzioni» e nello sguardo c'è il vuoto siderale.

«Scherzavo, non fa nulla», mi rassegno.

Passano quindici minuti prima che io possa uscire da questo diavolo di camerino che mi fa mancare l'aria.

Mi accoglie il silenzio.

«Beh, siete morte?»

Stretta in un busto stile impero che m'impedisce di gonfiare i polmoni quanto vorrei, sono piuttosto infastidita.

«Sei una favola», commenta Paola.

«Sì, come no, il gatto con gli stivali», alzo la gonna e mostro gli anfibi.

Inorridiscono ed io sghignazzo. Ecchè, dovevo obbedire e basta? Questa è stata la mia ribellione. Destinata a finire in nulla. Difatti, le arpie me li strappano dai piedi e mi obbligano a indossare delle decolté tacco dodici. Ma sì, in fondo quando stai andando al patibolo, non credo faccia differenza avere o no male ai piedi. Con la chioma va meglio, mi nascondono sotto un velo dove potrei anche avere del nero fumo in faccia che nessuno se ne accorgerebbe. Il risultato, a detta loro, è sensazionale, sono altera, regale ed elegantissima. Sarà, io mi sento lo spettro della dama bianca, però acconsento, acconsentirei a tutto pur di uscire da questa bomboniera gigante. Mia madre gestisce ritocchi e data di consegna e chiede di mandare il conto in ufficio al generale. All'uscita chiedo con discrezione il costo. Le sopracciglia scattano verso la fronte.

«Ma ti è dato di volta il cervello, mamma? Papà non pagherà mai un salasso del genere e poi non mi sposo davvero, che bisogno c'era di comprare l'abito?»

«E c'era bisogno sì, signorì.» Pasquale ormai è un autista per signore. «Nun li vede là?»

«Nun li vedo chi?»

«I paparazzi, ecchi se no?»

Vedo solo due macchine fotografiche con zoom lunghi mezzo metro.

«A casa subito», interviene Giulia. «Devi cambiarti prima di uscire con quella meraviglia di fidanzato che hai.»

Mi spingono in macchina e Pasquale parte sgommando.

«Perché? Non vado bene così?»

«No. Non siamo a Kabul.»

Metto il broncio.

E se poi richiamano il cecchino e lo mandano in Afghanistan per un'emergenza? Che faccio? Ci vado col cappottino carino e freddino?

Filippo Serbelloni è puntuale come solo sa essere un militare. Lo so perché l'ho spiato dal terrazzo. È arrivato con mezz'ora d'anticipo, ha bonificato la zona e una volta certo fosse pulita, si è piazzato vicino al portone d'ingresso. A un minuto dall'ora X ha incollato gli occhi all'orologio, a quindici secondi ha sollevato il braccio, a meno dieci ha allungato il dito e, allo scoccare del minuto zero, ha suonato. Io ho aperto un decimo di secondo prima. Sono o non sono la figlia del general Palladio? Scendo e lo raggiungo in strada.

«Buona sera, Anita. Come è andato il pomeriggio?» Mi apre lo sportello dell'auto.

«Benone. Mi hanno comprato un abito da Anna Karenina e i paparazzi mi hanno fotografata vestita come a Kabul.»

«Anfibi e mimetica?» Lo chiede con una ruga scolpita in mezzo alla fronte.

«No, anfibi e cargo.»

«Allora eri in versione militar chic» e scoppia a ridere. «E dov'è il problema, scusa?»

«Mi si porti il diavolo se lo sapessi!» Me ne esco tranquilla.

«Però così stai benissimo.» Lo dice senza farlo sembrare un complimento, una semplice costatazione e poi prosegue. «Ti piace il risotto alla milanese con l'ossobuco?»

«Ne vado pazza. Ottima scelta.»

«Mi ha consigliato il maresciallo Sannitri», sorride e mi guarda di sbieco. «Ha detto che detesti nouvelle cuisine, sushi e vegani.»

«Sì, però odio di più la Liberti, la mia ex agente e anche Barbara Tigre.»

«E mangi come un camionista?» Ride e parcheggia.

Grazie, maresciallo, un vero amico.

«Dicono», scendo dall'auto.

«Ottimo, detesto le donne perennemente a dieta» e con familiarità mi prende sottobraccio.

Così, a braccetto col cecchino, entro al *Rosso di Brera*.

E di rosso, effettivamente ne beviamo. È una serata piacevole, la conversazione spazia dai nuovi modelli di ottiche per carabine a considerazioni strategiche sul dislocamento di truppe Nato. Fortuna che Filippo indossa la divisa altrimenti ci scambierebbero per terroristi. Parliamo anche di Sara, la sua fidanzata. Mi chiede di scambiare due parole con lei. Le telefoniamo appena fuori dal ristorante. Prima parla lui, poi me la passa.

«Ciao Sara.»

«Che onore parlare con Anita Palladio! Grazie.»

«Veramente ti devo ringraziare io per avermi prestato il fidanzato. E dammi del tu, per favore, mi fai sentire un...» Mi blocco. Ecchecavolo, un dinosauro proprio no. «Una mummia.»

«Figurati, dovere. Filippo mi ha spiegato, sono con te Anita. Fa schifo quella zoccola della Liberti. Ops, scusa mi è scappata, non volevo.»

Rido di cuore.

«No, no, zoccola va benissimo. È stato un piacere conoscerti, se passi da Milano vieni a trovarmi, ti offrirò una cena per sdebitarmi. Ti ripasso Filippo, ciao Sara.»

Lascio i due piccioncini a tubare e mi allontano di qualche passo. Ho lo stomaco stretto in una morsa.

Ti manca Mike.

No, ho mangiato troppo.

Questo è vero, ma ti manca anche Mike.

No.

Sì.

No.

«Ti riaccompagno a casa?» Il cecchino s'introduce nel mio dialogo mentale.

«Sìiiiii» e ammetto a me stessa che Mike mi manca, e pure tanto.

«Va bene, va bene, non c'è bisogno di urlare.»

Devo smetterla di parlare da sola.

Appena salgo in auto, ricevo una telefonata di Pasquale.

«Anì, se sta a divertì?»

«Sì, il tenente Serbelloni è un ottimo accompagnatore. Mangia anche lui come un camionista», provo a farlo sentire in colpa per aver spifferato le mie abitudini alimentari.

«Aò, allora avete vuotato la dispensa der ristorante!» Si fa una risata e prosegue per la sua strada. «E mo', do annate?»

«A casa, dove dovremmo andare?»

«A casa? A e undici de sera ve n'annate a casa? Che è Anì, me se trasforma in zucca o in sorcio a mezzanotte? Me passi er cecchino, va, che je dico dove ha d'annà.»

«Ti metto in viva voce, Pasquale.»

«A Serbellò, a missione nun è conclusa, c'hai un artro obiettivo. C'hai da portà a signorì all'Ol Fasciòn, v'aspettano.»

«Ricevuto», fa lo sniper, «comunicare coordinate.»

L'ipotalamo si sveglia all'improvviso e un fiotto d'adrenalina invade il mio sistema arterioso. Adoro questo linguaggio.

«Ar palazzo de l'arte, o conosci?»

«Negativo.»

«Il locale vicino al Parco Sempione?» Mi sembra di avere capito.

«Brava Anì, proprio quello. Annate lì e ar buttafori je fate er nome mio. C'avete un tavolo riservato.»

«Ricevuto.»

«Me raccomando, fatevi vedè pebbene, che ci stanno i paparazzi. Er generale ve manda i saluti suoi.»

«Obiettivi da abbattere?» Chiedo sull'entusiasmo del momento.

«No», la voce di Pasquale è perplessa, «nessuno, c'avete da ballà e basta.»

«Roger, passo e chiudo», concludo e mi rivolgo a Filippo.

«Peccato, speravo fosse arrivato il momento di vederti prendere la mira sulla Liberti.»

Lui ride e parcheggia secondo lo stile lanciato dal maresciallo Sannitri: dove ce sta 'na bicicletta, ce posso sta pure io.

L'Old Fashion è all'interno del Palazzo dell'arte, ma gli unici capolavori che vedo qui sono i frequentatori. Le donne sono tutte bellissime, altissime, impostatissime e, quasi tutte, rifattissime. Gli uomini, invece, sono un campionario che spazia dall'accuratissimo al burinissimo. Un locale che si può descrivere solo a superlativi, per la normalità, qui non c'è posto. Il tenente in divisa ed io in abitino di seta, con cappottino carino e freddino, che je venisse un colpo pure a Armani, suscitiamo curiosità come due animali rari. Il buttafuori ci squadra per una manciata di secondi. Non sa che davanti a sé ha una macchina da morte e una penna avvelenata. Non immagina che, nonostante i circa centoventi chili di muscoli portati su un metro e novanta, potrebbe finire a terra stecchito con tanto di necrologio in un batter di ciglia. Però conosce il maresciallo, il cui nome lo fa aprire in un sorriso dove brillano due canini d'oro.

Figo, devo ricordarmi di suggerirlo al generale.

Seguiamo il colosso dalla dentatura aurea fino al nostro tavolo. Oddio, tavolo, diciamo un parallelepipedo sufficiente ad appoggiarci sopra un bicchierino da liquore. Accanto, due poltroncine ideate da Aulent-olo, il designer dei sette nani.

«Che cosa prendi?» Urla Filippo per farsi sentire sopra la musica sparata a tanti di quei decibel che mi è impossibile perfino sentire i miei pensieri.

«Quello che prendi tu», taglio corto per risparmiare le corde vocali.

Intorno a noi, altre postazioni pigmee, sotto di noi, a una manciata di gradini di distanza, la pista da ballo. Forse un laboratorio. Qui testano la capacità di equilibrio del genere femminile su tacchi simili a rampe di lancio per missili, provano la portata massima del lurex a contenere seni da oltre sette chili a poppa. Studiano il volume esatto del suono con cui ridurre in melma il cervello umano, indagano sulla massima pressione possibile che un tessuto può esercitare sull'apparato riproduttivo maschile e, per finire, stilano un campionario di sottospecie umane. Arrivano i drink. Sollevo il bicchiere in un brindisi muto e butto giù una sorsata per riprendermi. Esofago incenerito. Boccheggio in cerca d'aria, le lacrime mi strabordano dagli occhi e il cervello fischia.

«Stai bene?» Sento Filippo perché si è spostato accanto a me e parla direttamente al mio orecchio.

È ridicolo, pare seduto su una di quelle seggioline che si vedono negli asili. Se le mie ginocchia sono in bocca, le sue arrivano alla fronte.

«Ma che diavolo hai ordinato?»

«Che cosa hai detto?»

«Che cosa hai ordinatoooo?» Grido più forte.

Niente, il tenente ruota la mano con indice e pollice stesi. Non ha capito. Il linguaggio del corpo entra in automatico. Entra non si può dire.

Unisco la punta delle dita e muovo il polso avanti e indietro, con l'altra mano punto i bicchieri. Che cosa hai ordinato?

Il tenente fa spallucce e indica il locale. Lo speciale della casa? Potrebbe essere. E intanto che lo assaggio con precauzione per capire se si tratta di carburante avio o propellente missilistico, sento un bel calore che mi sale lungo le membra.

Ora la musica è un revival di successi anni Ottanta. Sulla pista c'è stato un cambio generazionale e noi, con le ginocchia davanti agli occhi non ce ne siamo accorti. È entrata una squadra di ragazzoni in camicia bianca che spinge un carrello con sopra una torta. Per guardare devo sporgermi in avanti, ma le ginocchia mi si conficcherebbero nello sterno. Tocca aprirle, con buona pace della multa. Infilo il busto tra le suddette e socchiudo gli occhi. Serbelloni accanto a me fa altrettanto. La torta non è una torta, bensì un duomo, il duomo di Milano, con tanto di Madonnina che la brila da luntan. La folla di non più giovani, che però finge benissimo di esserlo, si apre e passa un signore, molto elegante in abito doppiopetto scuro, a bottoni dorati come i canini del buttafuori, e camicia che sotto le luci blu brilla più del faro di Alessandria in una notte di tempesta. La donna che, tre passi indietro, lo accompagna è di una bellezza strepitosa, il suo chirurgo dovrebbe esser messo al fianco di Michelangelo per aver scolpito un tal capolavoro. La coppia arriva al duomo, lui le cinge la vita con un braccio e con l'altra mano zittisce il pubblico adorante. Il cecchino ed io siamo sui blocchi di partenza di una discesa libera, raggomitolati a uovo, orecchie puntate e concentrazione a mille.

«Amici e amiche», esordisce il signore sul sagrato del Duomo.

Come la Tigre. Saranno parenti?

«Sono felice d'avervi qui con me all'Old Fashion, il locale più bello di Milano.»

La folla urla e applaude.

«Soprattutto questa sera», doppiopetto botton d'oro fa una pausa.

Perché proprio questa sera? Che cavolo è successo proprio questa sera? La curiosità mi spinge a una falsa partenza, Serbelloni fa in tempo ad agguantarmi per il vestito e riportarmi in posizione prima che cada faccia avanti.

«Questa sera rimarrà nella storia, sarà ricordata in eterno.»

Storia? Eterno?

«Colpo di stato?» Sussurro a Filippo.

«Dichiarazione di guerra?» Rilancia lui.

«Una serata che sarà per sempre cara al mio cuore.»

Nel senso di cuore amore o cuore patriottico?

«Questa sera...», silenzio di tomba, nemmeno un quack, e dire che di oche ce ne sono in giro.

«Questa sera io e Svyatoslava ci siamo fidanzati!»

Il boato della folla è coperto dal sibilo dei razzi che partono dalle guglie del duomo e illuminano la coppia che si bacia appassionatamente. All'anulare di lei brilla qualcosa il cui fascio di luce, opportunamente direzionato e compresso, potrebbe segare in due una lastra di piombo.

Serbelloni ed io rimaniamo immobili, busto incastrato tra le ginocchia e testa in avanti, due tartarughe giganti che allo zoo osservano il pubblico. Ci guardiamo per un attimo.

«Abbattili», gli ordino come solo papà saprebbe fare.

«Sarà un piacere, signora», risponde il cecchino.

Sono le due passate da poco quando il tenente ferma l'auto sotto casa mia. Aspetto che faccia il giro per aprire la portiera e prendo la mano che mi porge. Procedura Palladio standard.

«Mi sono divertita», sorrido. «Peccato solo non aver fatto fuori l'elegantone e fidanzata.»

«Peccato, davvero! Una macchia sul mio curriculum», ride anche lui. «È ora che tu vada a letto, altrimenti il generale mi degrada. Buona notte, Anita, è stata proprio una bella serata» e si sporge in avanti per baciarmi una guancia.

Non ci riesce. È strappato all'indietro da una forza misteriosa. Ma Filippo Serbelloni, il cecchino, non è un uomo normale, i suoi riflessi sono almeno dieci volte più pronti di quelli di qualunque essere umano. Si gira veloce, agguanta un braccio sopra al gomito e fa leva. L'uomo attaccato al braccio non può far altro che piegarsi in avanti per alleviare il dolore. In quel momento la luce soffusa dell'ingresso gli illumina il volto.

«Mike? Che cosa ci fai qui?»

Serbelloni molla la presa all'istante e si sposta all'indietro, posizione di riposo. Attende ordini.

«I've said you I would have been here in twenty hours, I do it in eighteen. Who's that man?»

Le palpebre mi si spalancano e il cuore batte. Ha detto che

sarebbe arrivato entro venti ore e allo scoccare delle diciotto è qui! Adoro la puntualità militare. Lo abbraccio stretta prima di fare le presentazioni. Lo stringo al cuore perché la sua vicinanza lo fa gioire e battere con un ritmo swing che avrei voglia di ballare e di cantare.

«Bravissimo», lo elogio con una carezza sulla guancia.

Ammicco a Filippo e aggiungo:

«Andiamo sniper, la serata non è ancora finita.»

In salotto da me, Sinatra canta e il bourbon che ha portato Mike scalda e aiuta a sciogliere le lingue. Sciogliere le lingue saranno almeno cinquecento euro.

«Dai, Annie, dimmi che ti è successo» e indica i miei vestiti.

Il colonnello Ewing ha imparato l'italiano nel paio d'anni che ha passato nelle basi Nato in Italia, lo parla anche piuttosto bene, se non fosse per la pronuncia terrificante. Racconto la sordida vicenda cui, mio malgrado, sono stata coinvolta. Parto dalla telefonata di quell'incompetente della mia ex agente, passo da Amsterdam, faccio visita alla Tigre e arrivo alla scelta del fidanzato. Mike ride insieme a Filippo. Continuano a ridere anche quando ho terminato, si ripetono le mie avventure e ridono. Sarà che ho un talento comico che non conoscevo o sono comica io? Bel dilemma, dovrò rifletterci a fondo.

«Davvero hai dovuto togliere i tuoi appunti dal tanga dello spogliarellista?» Quest'uomo riesce a far fuori una mosca che vola a settecentocinquanta metri, ma fatica a credere che la figlia del general Palladio abbia commesso ravanamento pubblico.

«Sì, col terrore di trovarli illeggibili.»

«My God, Annie, sei incredibile» e Mike mi tira a sé e mi scocca un bacio che nelle intenzioni doveva finire sulla tempia. Invece mi prende su un orecchio con una schioppettata da lupara. L'effetto è che mi si chiude un occhio e si apre la bocca, smorfia che suscita l'ilarità del cecchino che, lacrimando, abbandona la compagnia. Domani, dopo che il generale avrà assegnato le consegne, ci aggiorneremo.

Rimango sola con Mike. È implicito che sarà mio ospite per la notte.

«Posso cambiare musica?»

«No problem.»

Tanto sono sorda da un orecchio. Un fischio acuto mi perseguita. Lui armeggia con la sua sacca da viaggio, ne estrae un CD. Frank Sinatra esce di scena e lascia al posto a un fruscio.

Traccia rovinata? Postumi da bacio auricolare? Ascolto meglio. No, la traccia è a posto e il fischio è sparito. È il vento. Un vento leggero, come lo *shamal* quando soffia di buon umore e accarezza la pelle, caldo e profumato di sabbia e spazzi immensi.

«Mi piaci, Annie.»

«Perché sono elegante?» Indico l'abitino scicchino scicchino.

«No, mi piacevi già infagottata in mimetica, giubbotto antiproiettile e casco in testa.»

Sorrido. Me lo faccio mettere per iscritto e poi lo sbatto in faccia a mamma e alle ragazze.

Mi attira a sé prendendomi una mano. Alzo il mento per guardarlo, è un bel pezzo più alto di me.

Un muezzin richiama alla preghiera.

A Milano? Zona San Babila? Qualcosa non va, forse qualcosa di terribile dopo gli attentati di Parigi. Il cuore innesta la marcia e accelera.

Mike sorride e socchiude gli occhi sornione, un gatto davanti a una ciotola di latte fresco.

Muezzin. Di nuovo il richiamo alla preghiera e all'improvviso le mie sinapsi reagiscono allo stimolo uditivo e un'onda mi travolge. Sopra di me il cielo della Persia, davanti a me un uomo che mi corteggia da quasi due mesi, intorno a noi il deserto da cui si alza la voce cantilenante dell'imam che dirige la moschea del villaggio a tre chilometri dal campo degli americani. I nasi si toccano e le labbra si sfiorano. Respiriamo la stessa aria calda e sabbiosa. La sua mano è ruvida sulla mia nuca quando mi attira a sé e mi bacia. Non mi sottraggo. Non potrei neppure se volessi. Mi sono trasformata in una medusa, un organismo unicellulare che fluttua senza peso. Il muezzin prega che è un piacere, Mike appoggia la fronte alla mia e mi tiene il volto tra le mani.

«Vieni», dice. «Abbiamo qualcosa in sospeso da iniziare.»

Non importa se vieni non si può dire, non importa nemmeno se siamo in territorio nemico e il buon senso direbbe di non abbassare la guardia.

Sono ubriaca? In territorio nemico a casa mia?

Fa niente, non m'importa di niente, solo della mano calda che stringe la mia e del desiderio che è cresciuto in me.

Mike si chiude la porta della camera alle spalle. In Iraq aveva tirato giù la zip della tenda.

Aspetto l'esplosione, ma non accade nulla. Non accade nulla che meriti di finire sui giornali, nei libri o nel notiziario del mattino. Non accade nulla che non sia già successo miliardi di volte tra un uomo una donna, e proprio per questo continua a conservare una magia speciale, che nessuna Vanessa Liberti riuscirà mai a rovinare.

Però buttiamo giù una lampada, rovesciamo una sedia e fracassiamo il comodino.

Sesso, sesso, sesso.

'Sto povero dinosauro, qualcosa doveva pur fare, no?

Mi sveglio. La guancia appoggiata al torace di Mike va su e giù al ritmo del respiro lento e profondo. Sgattaiolo via dal suo abbraccio e mi alzo. Chiudo in silenzio la porta alle mie spalle. L'alba non è ancora spuntata, è solo un accenno di grigio sullo skyline di cemento.

Mi sento svuotata, eppure colma di un sentimento nuovo, che scalda l'anima e mi fa sorridere. Forse aveva ragione Liala, una donna si sente completa quando ha un uomo al suo fianco. L'uomo giusto, mi correggo, con quello sbagliato ti senti a pezzi. Nella mia vita si è appena concluso un ciclo, avrebbe dovuto concludersi tempo fa, ma Saddam ci aveva messo lo zampino. È terminata una fase e non mi sono spaventata, ne sono felice, è il naturale evolversi della vita. Non so che cosa accadrà domani di me, francamente non so neppure se sarò viva, ma adesso sono felice, e questo è quello che conta. Felice e pronta a combattere la mia battaglia contro tutto ciò che insozza l'amore e annessi e connessi. Non ho voglia di guerre, non ho voglia di rincorrere guerriglieri o eroi, non ho neppure voglia di saltare da un aeroplano a tremila metri. Ho voglia di crogiolarmi nell'amore di Mike, di stare nelle sue braccia, di farmi baciare, amare, coccolare e accarezzare da lui.

E di sparare in testa a Vanessa Liberti. Superfluo dirlo.

L'orizzonte assume una tonalità più chiara di grigio, guardo l'orologio, le sei di mattina.

Sul tavolino sono rimasti i bicchieri e un pacchetto di sigarette. Ne accendo una. Di norma fumo solo se ci sono bombardamenti in corso. Questa è un'eccezione, e poi un bombardamento è avvenuto poche ore fa, e io sono appena risorta dalle mie ceneri.

«Anita! Che cosa fai, fumi?»

Oddio, il generale!

«No, papà.» Negare su tutta la linea.

«E allora cos'è quella che hai in mano?»

«Questa?» E spengo la sigaretta nel vaso di un tronchetto della felicità. Pazienza se gliel'ho rovinata.

«Ti sei messa a fumare? Non sopporti lo stress?» Mi fissa con occhi laser.

Non è concepibile che un Palladio mostri alcun segno di cedimento.

«No.»

«Annie?» Una voce dal nulla e il cuore perde un paio di battiti.

«Chi ha parlato?» Il generale drizza la testa e punta le orecchie come radar.

«Nessuno.»

Ti prego, ti prego Signore, fa che Mike si riaddormenti, prometto che la Liberti non soffrirà. Giuro che sarà un'esecuzione rapida.

«Ti dico che qualcuno ha parlato, ti ha chiamato Annie.»

«Sarà stato il pappagallo dei vicini, papà.»

Sì, sì, il pappagallo, idea geniale.

Sannitri appare alle spalle del generale.

«Ma i vicini nun c'avevano er cane?»

Pasquale, fanculo.

«Annie?»

«Di nuovo. Chi ha parlato?»

«Non ho sentito.»

«Ecchè, signorì, è sorda? Hanno chiamato sì che hanno chiamato.»

Appare anche il cecchino. Speriamo che mi spari così esco da 'sta situazione. Che vergogna, sono pure mezzo nuda.

«Chi ha chiamato?»

«E quello che vorrei sapere» e il generale porta le mani dietro la schiena.

Madonnina mia, ti prego, fa che non vada di là.

«Ma no, papà, ti sei sbagliato...» e non concludo la frase.

Alle mie spalle la porta della camera si apre ed esce Mike, con indosso solo i pantaloni del pigiama. La giacca è indosso a me. Le sopracciglia di papà si raggrumano in un cespuglio che mette paura.

«Chi è quest'uomo? Cosa ci fa in casa tua? Perché tu indossi metà del suo pigiama?»

Gli occhi di Sannitri sono così spalancati che i bulbi oculari potrebbero saltar fuori da un momento all'altro. Lo sniper ammicca e nasconde un sorriso. Lui conosce tutta la storia e si gode lo spettacolo.

«Chi è quest'uomo?» Il ruggito è quello di un leone mangiauomini.

Deglutisco.

«Colonnello Ewing, generale, lieto di conoscerla.»

Mike è alle mie spalle, non mi volto a guardarlo, ma di certo è sull'attenti con lo sguardo fisso davanti a sé.

«Colonnello? Lei è un militare?»

«Sì, signore, corpo dei marines degli Stati Uniti d'America, signore.»

«Ma sì, generà, nun se ricorda? Anita l'ha conosciuto a Baghdad», Pasquale interviene per trarmi dalla graticola.

«Sannitri.»

«Signorsì, taccio.»

«Buongiorno a tutti», l'apparizione di mamma è un miracolo.

Squadra i presenti nella sala, il mio abbigliamento e quello di Mike.

«Credo di essermi persa un passaggio. Ieri era lui il tuo fidanzato» e indica Filippo che si mette sull'attenti. «Ora non ne sono più tanto convinta. Anita, per favore, mi spiegheresti?»

Mi correggo, l'arrivo di mamma è un incubo, di quelli da notte insonne con i peperoni farciti che ti ballano il cha cha cha sullo stomaco.

«Ecco, appunto, ci vorresti spiegare?»

È un attimo, solo un battito di ciglia, non me ne accorgo nemmeno, eppure accade proprio questa mattina.

Mi ribello.

«Che cosa devo spiegarvi? Che ho quarant'anni e la mia vita è stata sconvolta da una deficiente che divulga pornografia per amore? Che cosa volete sapere di Anita? Volete sapere come ci si sente a girare il mondo dietro alle guerre? A mettere per iscritto quanto siano cattivi, spietati e macellai gli esseri umani? Ebbene, ci sente maledettamente soli, così soli che la notte è impossibile dormire e allora scrivo. Scrivo, così esorcizzo i fantasmi che mi seguono, e la paura, quella che ti stringe le budella e ti fa mancare l'aria. Paura di perdere le persone che si amano perché un pazzo si è svegliato male e fa esplodere una bomba. Lo capite? Papà, tu devi capirlo, anche tu sei stato in guerra. E non importa se i miei libri vendono milioni di copie e i miei articoli vincono premi, diavolo. Mi sento sola come un cane. Mi dispiace se in qualche modo vi ho offeso, non avrei mai voluto. Lui è Mike, ci siamo conosciuti a Baghdad, ci saremmo messi insieme allora, ma non ne abbiamo avuto il tempo. È l'uomo che mancava nella mia vita e me lo sono fatta scappare già una volta, perché sono stata codarda. Di solito il destino non è così generoso ed io non commetto mai lo stesso errore.»

Sono sfinita, prosciugata e svuotata. Mi berrei un goccio di bourbon, se ne avessi la forza.

«Madò, Anì, m'ha fatto piagne» e Pasquale si asciuga le lacrime con il dorso della mano.

Il cecchino non potrebbe sparare, con quei lucciconi agli occhi. Mamma, femmina, cerca il fazzoletto nella tasca del generale.

«I really love you, Annie» la voce di Mike giunge da lontano.

Una nuova vita mi sta chiamando, aspetto solo il responso di papà. Ha la mascella contratta e scommetto che dietro la schiena si sta martoriando le dita. Una lacrima, una sola, la sola che ho mai visto versare da lui, tracima dalle ciglia e scivola. Seguo la sua corsa lungo la guancia, fino al mento. Si allunga e, infine, cade, precipita e si dissolve sul parquet. Quando sollevo lo sguardo, il generale ha le braccia aperte che mi rinchiudono in un bozzolo.

«Sono orgoglioso di te, bambina, più orgoglioso di quanto lo sia mai stato di me stesso.»

«Grazie, papà, grazie.»

«Li mortacci! Anvedi come c'ha ridotti tutti, Anita nostra.»

Benedetto Pasquale e la sua romanità che ci riporta al presente, ognuno rimesso al proprio posto.

«Sannitri, vai a fare il caffè e tu, Serbelloni, tira il fiato, non mi serve un cecchino morto.» Il generale spara ordini lasciandosi dietro la commozione.

«E no, Filippo, lei ci serve vivo. Mi sa che deve preparare la carabina», mamma attira l'attenzione indicando un iPad.

Pagina Facebook di Vanessa Liberti.

C'è un video.

Play.

«Cribbio, siamo noi» e per noi intendo io, Mike e lo sniper, quando ci siamo incontrati ieri notte davanti al portone di casa.

Tre minuti e cinquantasette secondi di fruscio, le parole sono echi lontani. Termina e il silenzio è una coltre di neve ghiacciata. Appare in quel momento un post: per essere una santarella, Anita Palladio se la spassa.

«La ammazzo, giuro che l'ammazzo», digrigno i denti e il muscolo sotto l'occhio sinistro trema.

«Lo dicevo che il cecchino ci serviva vivo», conclude mamma.

Riuniti in cucina, tutti con una tazza di caffè in mano, potremmo essere una famiglia di mafiosi. Del resto abbiamo anche un killer e nei progetti valutati c'era anche quello di sciogliere la Liberti nell'acido. Non se ne può far nulla perché la signora è di stazza importante e bisognerebbe farla a pezzi prima d'infilarla in un bidone. Il pensiero mi dà una soddisfazione maligna. Fosse così semplice e soprattutto legale! Approfitto dell'uscita di Pasquale per andare a prendere il cellulare. Temo che esploda quando apro Whatsapp. I Librai Liberi hanno visto il video e sono corsi ai ripari, hanno iniziato un contrattacco virtuale. Il post di Vanessa rimbalza in rete insieme ai commenti dei lettori di tutta Italia. È avvilente.

È possibile che una come la Liberti possa trascinarmi nel fango da dove è spuntata? Sì, è possibile. Un vecchio adagio recita: se metti una mela marcia in un cesto di mele buone, le vedrai marcire tutte. Incoraggiante.

Mi massaggio le tempie e penso al progetto dei Librai. Chissà se Maurizio ha preparato una bozza di contratto. Apro l'e-mail e scartabello tra decine di lettere di cui non mi frega nulla fino a che la trovo. Bravo avvocato Gualtieri, due volte bravo. La prima perché mi descrive come ha reagito Carla Bassetti allo scioglimento del contratto. La traditrice è passata dall'ira, al pianto alle suppliche quando ha realizzato che l'accusa di truffa non è solo una minaccia campata per aria. E poi c'è il contratto. Atto di costituzione della Ventidue spa.

Lo stampo e sulla mia palla antistress lo leggo con attenzione. L'oggetto sociale è il riassunto in legalese, lingua da tribunale, del nostro sogno, il Club della conoscenza. Esperti dei più disparati campi, da quello alimentare a quello editoriale, passando per l'abbigliamento e l'arredamento, che collaborino per un fine comune: mens sana in corpore sano. L'uomo è corpo, anima e mente e come tale va trattato. La Ventidue Spa è una società per azioni che rispecchia una società civile pulita, meritocratica, che fa attenzione a quello che mette nella mente. Perché qualunque cosa seminiamo nelle culture, prima o poi genererà dei frutti. La prova lampante di ciò che sosteniamo io e questi ventun cavalieri dall'armatura candida è sotto gli occhi di tutti. Integralismo islamico.

Se ai vostri figli, fin dalla più tenera età, insegnate a suon di dogmi religiosi che ogni occidentale è un nemico mortale, che l'occidente è la terra di satana e minaccia il vostro mondo e le vostre famiglie, state certi che avrete adulti pronti a farsi saltare in aria pur di contribuire alla disfatta delle forze del male.

Anche senza raggiungere tali limiti di parossismo, la cultura di una nazione influisce sulla psiche dei propri cittadini, è sufficiente una continua e incessante ripetizione di temi e modelli. Quando letteratura, televisione, giornali e film, insomma, quando il mondo mediatico passa messaggi come quelli della Liberti o della Tigre, inni al debosciamento cerebrale e dei costumi, che razza di società vi aspettate? Una volta i bambini volevano fare l'astronauta, il pilota, l'inventore, perfino Superman, le bambine, invece, sognavano Carla Fracci, Rita Levi Montalcini, Grace Kelly o Catherine Hepburn. Adesso vogliono fare solo il calciatore e la velina, e mi pare pure che non abbiano le idee ben chiare su quale sesso possa fare cosa. Non c'è nulla di male a voler essere una star del calcio o una subrette, ci mancherebbe, ma possibile che sia la risposta più comune? Nessuno vuol più andare su Marte o scoprire il continente perduto? Non ci sono più i voli pindarici della fantasia? Questo è normale? O forse sbriciolando piano piano i sogni e fornendo dei surrogati, si riesce a creare una società programmata, dove il libero pensiero è una lapide sulla tomba di Platone?

Di là rumoreggiano, il generale deve essersi assentato. Torno all'oggetto sociale della costituenda società. Lo rileggo con attenzione e insieme al sole che, finalmente ha deciso di spuntare sopra le nuvole, sento sorgere in me l'idea giusta. Scrivo un e-mail, allego l'atto costitutivo e una lista di date possibili per trovarci da un notaio e firmare. La spedisco ai Librai Liberi e in copia al mio avvocato. Clicco invio e sono felice.

Che nel fango ci rimanga la Liberti, io voglio volare come

un'aquila, librarmi in alto, nel cielo azzurro dove i più grandi pensatori della storia dell'uomo hanno volato.

E cagarle in testa.

Casa mia è silenziosa, strano. Ultimamente è affollata e trafficata come un porto di mare ed io sono stata in balia di questo via vai. Mike è uscito con lo sniper, non in ricognizione. Purtroppo. Sono solo andati in centro a far colazione nel bar più affollato, lì troveranno gli amici paparazzi di Pasquale che li immortaleranno in atteggiamenti amichevoli e li seguiranno nel negozio di abbigliamento dove Mike comprerà il tight per le nozze. Mamma è stata tassativa: cerimonia vecchio stile. Avrebbe voluto anche i cavalli bianchi. Ha desistito quando ho affermato che se lei avesse portato gli equini, io sarei arrivata paracadutandomi. Papà l'ha dissuasa, solo perché è a capo di una divisione corazzata e non aerotrasportata. Se fossi voluta arrivare su un carrarmato, avrebbe smosso le montagne per accontentarmi. Il piano del maresciallo Sannitri, il nostro esperto di tattica mediatica, prevede che io appaia all'ora di pranzo, per incontrare futuro sposo e testimone di nozze.

Pazzesco è dir poco, non c'è nessun matrimonio in programma e nemmeno ci sarà. Tutto una bufala per arginare il fiume di infamità della penna più zoccola d'Italia.

Il mio colonnello americano, prima di uscire, mi ha abbracciata e guardata in fondo all'anima. Ha visto nubi di tempesta aggirarsi nel mio animo, sa che la paura di soffrire è lì in agguato, pronta ad aggredirmi al suo primo passo falso. Mi ha baciato e sussurrato: sesso, sesso, sesso! Da dinosauro intelligente e sensibile. Se avesse usato un concetto da limbico e neocorticale, del tipo ti amo, facciamo progetti insieme? Sarei fuggita, con buona pace della mia ribellione.

Scrivo, butto giù pensieri inconcludenti, idee rivoluzionarie, cancello e torno alla logica, studio le parole, cerco definizioni sul dizionario e rido. Rido perché sono comica, di una comicità umana e terrena, che non ha nulla di finto. Sono comica perché parlo con me stessa e non sono mai d'accordo su quello che dico, perché ho una paura tremenda di ritrovarmi a pezzi come con Pietro, il bastardo della maestrina. Ma ho anche la voglia irrefrenabile di saltare al collo di Mike e urlargli ti amo.

Ecco. Proprio così. E il cellulare squilla. Devo documentarmi, ma sospetto che le onde su cui viaggiano le chiamate debbano essere in qualche modo attirate da quelle cerebrali, perché come escogito qualcosa, e necessito di silenzio per elaborare, il maledetto suona.

Alfredo Morandi, l'editore.

«Buongiorno Anita, come stai?»

«Bene, grazie, e tu?»

«Ti ho visto in Tv, domenica pomeriggio. Non vorrei sembrarti curioso, ho anche atteso qualche giorno sperando di venirne a capo» e fa una pausa, una serie di puntini sulla pagina bianca. «Non ci sono riuscito. Com'è che sei finita dalla Tigre insieme alla Liberti?»

Curiosità lecita.

«Ti pare che io e la signora del sesso avremmo potuto incontrarci alla Cattolica?»

«No, messa sotto questo punto di vista, effettivamente no.» Non è convinto, ma si rassegna. «Hai per caso sentito Carla? L'ufficio contratti non riesce a trovarla.»

«No, non la sentirò più e nemmeno tu la sentirai più parlare a nome mio. Ho rescisso il contratto, non è più la mia agente.» Sono così contenta che rimbalzo leggera.

«Osti! E quanto ti viene a costare?» Esclama col portafoglio.

Ora, è giusto spezzare una lancia a favore dell'editore. Alfredo è un uomo di lettere della vecchia scuola, dove il risparmio, le scelte oculate e le spese ponderate, erano per una casa editrice, importanti quanto la scelta degli autori da pubblicare. Va da sé che la penale di rescissione su un contratto è una di quelle cose che lo mandano in fibrillazione.

«Niente, anzi, ci guadagnerò.»

«Stai scherzando?»

«Assolutamente no. Credo che la cretina incompetente preferisca pagare e levarsi dai piedi piuttosto che essere denunciata per appropriazione indebita e truffa ai miei danni.»

«Ma per davvero?» Pover'uomo, lo vedo sprofondare nella poltrona con gli occhi nel vuoto.

«Sì, e per concludere, adesso è l'agente della Liberti» e tamburello con le dita sulla scrivania.

Mentre parlavo gli occhi si sono spostati su quanto ho scritto questa mattina e non vedo l'ora di continuare.

«Alfredo, se non c'è altro, io avrei una certa ispirazione...»

«Solo una cosa, hai messo le scene di sesso ne Il Papiro? Così lo passiamo all'editing e prepariamo il contratto.»

La palla si comprime e mi spara verso l'alto.

«No, non aggiungo nessuna scena di sesso. Il romanzo va bene così. Se vuoi discutere sulla disposizione dei capitoli storici e moderni o vuoi darmi suggerimenti grammaticali, lessicali e di sintassi, parliamone quanto vuoi. Ma scene di sesso non ce ne saranno. Punto.»

«Anita», esala in un rantolo, «così mi metti in croce con quelli del marketing e della contabilità. Che cosa ti costa scrivere seimila battute da infilare qua e là?»

«Ti ascolti quando parli? Alfredo Morandi, l'editore che ha pubblicato la Fallaci, Forsyte, Irvine e Umberto Eco, dice: descrivi una mezza dozzina di scopate e infilale random nel manoscritto?»

Ho colpito il bersaglio. L'ho centrato in mezzo agli occhi da quattro isolati di distanza e al telefono. Lo sniper sarebbe orgoglioso di me.

«Anita, sono tempi duri...»

Non lo lascio proferire un altro suono. E non perché duri non si può dire.

«E saranno sempre più duri, se continueremo a sottostare alle regole che gente senza scrupoli ci impone. Alfredo, ribellati.» Non so se la palla sopravvivrà.

«Non posso.»

Alle mie orecchie suona come un tunf, il rumore di una pietra che si chiude su un sepolcro.

«D'accordo. Ci sentiremo quando scadranno i diritti degli altri libri. Non credo sia il caso che continui a pubblicare per te. Buona giornata.»

Appoggio la testa al piano della scrivania e piango. Mi ha assalito una tristezza infinita, speravo che il cuore di Alfredo Morandi fosse più grande del portafoglio dell'amministratore delegato. L'essermi sbagliata mi ferisce di più che aver perso uno dei migliori editori della nazione. Singhiozzo e rimbalzo.

Niente ferisce, avvelena, ammala, quanto la delusione. Perché la delusione è un dolore che deriva sempre da una speranza svanita, una sconfitta che nasce sempre da una fiducia tradita cioè dal voltafaccia di qualcuno o qualcosa in cui credevamo. E a subirla ti senti ingannato, beffato, umiliato. La vittima d'una ingiustizia che non t'aspettavi, d'un fallimento che non meritavi. Ti senti anche offeso, ridicolo, sicché a volte cerchi la vendetta. Scelta che può dare un po' di sollievo, ammettiamolo, ma che di rado s'accompagna alla gioia e che spesso costa più del perdono.

Oriana supera il mio sconforto e arriva al cuore. Le lacrime si fanno brucianti. Quando un'intera società ti delude, sei avvelenato fino all'anima, sei disidratato dall'ottimismo.

«Anì, che fa? Nun la posso vedè piagne!»

E sono stretta tra le braccia di Pasquale. Caro vecchio fedele trasteverino amico. Quante volte mi hai consolato? Quante volte mi hai disinfettato le ginocchia sbucciate? Quanti gelati ci siamo mangiati io e te di nascosto? Quante sere hai passato a leggermi la favola della buona notte con il drago che ar cavaliere je metteva er pepe ar culo? Ti voglio bene, maresciallo Sannitri, ti voglio bene e reagirò anche per te e per tutte le brave persone che ci sono al mondo. Lotterò per cambiare questo sistema distruttivo che si è innescato, perché è la cosa giusta da fare.

Se non noi, chi? Hanno detto i Librai Liberi per convincermi. Già, se non noi, chi?

Mi asciugo le lacrime e mi sciolgo dall'abbraccio da grizzly affettuoso.

«A marescià, annamo va, che c'ho da faje un culo così a la borgatara e a tutte quelle de a razza sua.»

Occhio per occhio, dente per dente.

Io, alla Liberti, strapperei occhi e denti uno per uno, e non perché sono ebrea e rispettosa delle scritture, ma solo perché quella donna riesce a tirarmi fuori dalla grazia di qualunque Dio. La sua pagina Facebook oggi è dedicata a me. Una serie di post fatti di emoticon sorridenti, con lingua di fuori, che ammiccano, che sorridono, che arrossiscono e se avesse avuto anche quelli che trombano avrebbe messo pure quelli. E pago volentieri cento euro di multa. Le faccine, che le evitano di scrivere e mostrare quanto è ignorante, sono intervallate da fotografie scattate ieri sera all'Old Fashion. Un intero servizio fotografico mio e del cecchino.

«Pasquale», gli indico lo schermo, «sei sicuro che i paparazzi siano amici tuoi?»

«Sti fiji d'una mignotta!» Mi porge una tazza di caffè fumante appena scaturito dalla moka di cui è un artista. «Signorì, famo 'na cosa. Mo' faccio un paio di telefonate e vedo che se pò fa. Nun se preoccupi, Anì, ce pensa Pasquale suo» e si rinchiude in cucina.

Medito e appare una nuova foto. La Liberti ha postato un selfie con il nuovo romanzo di Carlo Donati tra le mani. O forse tra le gambe, non capisco come abbia potuto scattare una foto in quella posizione. È al volante di un'auto e l'inquadratura è dal basso verso l'alto. Forse voleva apparire più slanciata, peccato che il ginocchio in primo piano potrebbe essere quello di un cavallo da tiro, troppo grosso per un purosangue. Forse gliel'ha scattata Donati incastrato tra i pedali.

Adesso lo scrivo.

No, non devi scendere così in basso.

Ma se non scendo io al suo livello, quando salirà mai lei al mio?

Anita, ci sono altri modi.

Vero. Chiamo Serbelloni, le spara da un chilometro di distanza.

L'omicidio non è la soluzione giusta.

Rapimento e successiva sparizione?

No.

Segregamento?

No.

Fulminata con una scarica elettrica?

Nemmeno.

Avvelenata!

Per favore! Vuoi macchiarti di omicidio?

Ma che omicidio e omicidio! Sarebbe un favore all'umanità, il primo passo verso un mondo migliore. Annegamento? Esplosione? Soffocamento?

«Signorì, c'abbiamo d'annà. I fidanzati suoi l'aspettano.»

La battuta del maresciallo mi scivola addosso. Infilo anfibi e giaccone termico. Ho già indosso maglione, cargo e una rabbia diabolica.

Il traffico, come del resto i miei vestiti, sarebbe perfetto per Kabul. Pasquale fa slalom tra veicoli e agita il braccio fuori dal finestrino. Chissà come fa mio padre a leggere il giornale mentre il suo autista rischia la patente, la loro vita e quella di tutti i malcapitati che lo incrociano.

«Gli amici miei m'han detto che e foto su feisbùc nun sono loro. A borgatara deve averce er fotografo personale.»

Ecco chi le ha scattato la foto per il catalogo di bestie da tiro!

«Stai dicendomi che mi fa seguire da un paparazzo?»

Questa poi! La cretina lasciva che ordisce un complotto alle mie spalle è una fantasia che la mente non riesce a concepire. Eppure, pare proprio che sia così.

Il suono di un messaggio spezza il mio stupore.

Paola chiede se, tra i miei numerosi impegni pre-nozze, posso partecipare con lei alla presentazione di una nuova autrice. Di digitare non se ne parla, capace che Pasquale inchioda ed io mi spalmo sul cruscotto. Uso la nuova tecnologia e detto.

Certo, ça va sans dire.

Chi è Sandy?

Non la conosco.

Hai scritto che vieni con Sandy.

No, ho dettato un'altra cosa e il telefono ha capito Sandy.

A ecco, ero già in crisi. Pensavo a un nuovo fidanzato.

Sarebbero tre, allora.

Tre?????? Me ne mancano due.

Il cecchino, il marines e Sandy.

E da dove esce il marines?

L'ha portato Sandy.

Fanculo. Scusa, ti ho scritto ti amo e il corettore ha cambiato.

«Signorì, faccia ridÈ pure me!» Se c'è una cosa che Pasquale non sopporta è essere escluso da una sana risata.

Per tutto il resto non gliene importa nulla, ma sull'allegria è un presenzialista inveterato.

«Idiozie tra amiche, non ti sei perso nulla.»

Non ne è convinto e si chiude in un silenzio fatto d'imprecazioni rivolte a tutti e a nessuno in particolare. I mortacci e le animacce, insieme a sorelle, madri e mogli zoccole e infedeli, accompagnano i miei pensieri fino al ristorante dell'incontro a tre. Quattro se ci sarà anche Sandy e, per non scoppiare a ridere, emetto un suono a metà tra un colpo di tosse e un lamento che mi vale un'occhiataccia del maresciallo. Mi salva il cellulare. Il mio avvocato.

«Buone notizie, spero», lo saluto.

«Vieni bene in fotografia, la Liberti ha pubblicato su Facebook un servizio su di te.»

«Falle causa», ringhio. «Sommergila d'ingiunzioni e diffide, fai quello che vuoi ma fai qualcosa! Quella donna mi sta rovinando la vita.»

«Anì, che me vò fa diventà sordo?»

Alzo la mano per scusarmi e ascolto.

«Ogni cosa a suo tempo e poi mi sembra che col giochetto delle foto hai iniziato tu», puntualizza.

Vero, me lo ero scordato. Però, però... e un'idea prende forma. Bella, allettante e vendicativa. La giusta risposta alla mossa della Liberti. Ascolto distratta Maurizio. La Bassetti ha accettato la rescissione del contratto senza addebitarmi la penale. In cambio io, da generosa quale sono, le ho chiesto la restituzione del maltolto. Non lo rivoglio indietro, voglio donarlo a un'associazione umanitaria con un biglietto: il crimine e gli idioti pagano anche gli interessi.

«Per la costituzione della Ventidue SPA, invece», questo attira la mia attenzione, «l'appuntamento è sabato alle dieci e trenta in ufficio da me. Un amico notaio mi fa il favore di lavorare il week end con un piccolo sovrapprezzo.»

«Ci saranno tutti e ventuno?» Chiedo improvvisamente felice.

«Tutti quanti. Ci vediamo sabato. Buona giornata, Anita.»

Sono proprio contenta, la sola idea di incontrare i Librai Liberi mi carica di energie positive.

«Aspetta Maurizio, controlla le date dei contratti con Alfredo Morandi, non voglio più pubblicare per lui.»

«Hai mollato Morandi?» Rispondono in stereo lui e Sannitri che nel frattempo ha parcheggiato.

«Esattamente, ho licenziato l'agente, lasciato l'editore e mi sono fidanzata con due uomini, tre se tengo conto di Sandy, tutto in meno di settantadue ore.»

«Anita, cosa ne pensi di un viaggio in Siria? O forse in Africa, ci sarà bene una guerra civile laggiù. Vai, stai un po' sotto i bombardamenti e torni a casa come nuova.»

Il suggerimento contiene della verità, il meglio di me l'ho sempre dato come inviata dal fronte, sono una Palladio, no? Tuttavia, questa volta è diverso.

«Sono perfettamente in me, Maurizio. Tanto in me che ho deciso di rivoluzionare la mia vita e, già che sto facendo disordine per poi riordinare, cambio anche il mondo.»

Pasquale mi apre la portiera e poi applaude. Il mio avvocato tace, che per un legale è cosa rarissima.

«Non sto scherzando, Maurizio. Tu tieni sempre il cellulare acceso. Ci si vede sabato da te. Buona giornata.»

«Se l'avesse sentita papà suo! Una Palladio, una vera Palladio! Brava Anì, se nun o cambia lei 'sto monno 'e merda chi ce la pò fa?»

Pasquale è assolutamente fazioso, ma io lo adoro lo stesso, e per me la sua parola è Vangelo.

«E allora, Pasquà, trovami qualcuno di fidato da mettere alle costole della borgatara. È arrivato il momento di sporcarsi le mani.»

Sannitri ha un fremito.

«Va bene, ma nun l'ho famo sapè ar generale, capace che ce sbatte a Peschiera insieme.»

Mi batto la destra sul petto a suggellare il patto.

Il ristorante è affollato. Devo scrutare tra la gente in attesa di un tavolo fino a che scorgo Mike. È di profilo, ha una ruga che gli solca la fronte mentre ascolta quello che dice il cecchino. Non è più un ragazzino, lo dicono i fili grigi che gli argentano le tempie e la ragnatela di rughe intorno agli occhi dalle iridi quasi nere. Il cuore accelera e nello stomaco si alzano in volo centinaia di farfalle. Le sento sbattere le ali, impazzite e sospinte in un turbine dal vento caldo che mi solleva. Nonostante abbia fatto delle parole la mia vita, trovo difficile descrivere questa sensazione, che poi credo sia amore. Mi è passata la fame e sono bloccata qui, a fissare l'uomo dei miei desideri manco avessi visto la Madonna. Ho le mani sudate e un caldo d'inferno dentro il giaccone termico. Lo tolgo e un cameriere si avvicina. Mi squadra e fa:

«Desidera?» Trascina la a un po' troppo per i miei gusti.

«Sono attesa da quei signori laggiù» e indico i miei fidanzati.

«Davvero?» Scuote la testa. Non capisco se è disgustato dal mio abbigliamento o da me.

«Davvero. Posso andare ora?» Cerco di essere conciliante, nonostante la pazienza stia gocciolando via a ritmo sostenuto.

«E no, aspetti qui. Vado a io.» Secco, astioso e maleducato. La pazienza è un fiume in piena che se ne va.

«A fare cosa?» Domanda lecita, mi pare.

«Come a far cosa?» Allarga le braccia e mi squadra da capo a piedi, di nuovo, questa volta con evidente disgusto.

Alza perfino la voce. Adesso gli rifilo una ginocchiata sui gioielli di famiglia e vediamo se la finisce di fare lo stronzo.

«Annie! Annie!» Mike mi ha visto e reclama attenzione. «Annie, dear», due passi e mi raggiunge. «Sei bellissima, miss Palladio.»

«Palladio? Anita Palladio?» Il cameriere ha appena capito che dovrebbe imparare a guardare oltre alle apparenze. «Prego, prego, signora Palladio, si accomodi, è un onore per noi.»

E no, non ce la faccio, non ce la faccio proprio.

«Bontà sua! Mi pareva di non essere gradita», lo lascio alle spalle e vado a sedermi. Alla buon'ora!

Devo chiamare Giulia, lei è un'esperta di astrologia, e di sicuro sa se nelle ultime settimane i miei pianeti si sono allineati nella congiunzione più rognosa dell'ultimo millennio. Se metto in fila le persone che, senza che io facessi alcunché, mi hanno maltratta o rotto gli zebedei raggiungo un centinaio di metri. Chissà se con un colpo solo il cecchino riuscirebbe a trapassarli tutti. Quasi glielo chiedo, ma mi pare brutto e in più qui si pranza gomito gomito con degli sconosciuti. Sconosciuti e curiosi che, nonostante la vicinanza forzata, per ascoltare meglio si protendono pure. Già che ci sono aggiungo anche loro e Serbelloni di sicuro fa un record.

«Vuoi del vino, Annie?» Il volto di Mike spazza le nubi.

Sorrido e annuisco. Perché ero arrabbiata? Lo ricordo a stento, come a fatica riesco a conversare e a seguire i discorsi. Sono emozionata, felice e ho sempre più caldo. Dopo un piatto di bucatini alla carbonara il maglione finisce sullo schienale della sieda. Rimango in maglietta verde militare, made in Esercito Italiano.

«Trasferta a Kabul?» Mi prende in giro Filippo.

«C'è poco da scherzare, sniper, con quella talebana della cultura, meglio trovarsi pronti al peggio.»

Mike mi sfiora la tempia con le labbra e mi stringe una mano, la lascia solo quando servono la cotoletta, la famigerata orecchia d'elefante. I vicini si sporgono senza ritegno, ascoltano le nostre opinioni su tre tipi di attacchi, missilistico, aereo o terrestre.

«Lei cosa ne pensa? Mi pare interessata all'argomento», mi rivolgo alla signora che, se si allunga un altro poco, mi cadrà in braccio.

«Io?»

«Sì, lei. Crede che, in caso di dichiarazione di guerra a un'ipotetica nazione, sia meglio attaccare con i missili, con l'aeronautica o con le truppe?»

«Missilistico», risponde il marito con una sicumera da schiaffi.

Filippo e Mike assistono in silenzio.

«Motivi la risposta», insisto pignola.

«Ma, non saprei, forse...» Lo interrompo con evidente disappunto.

«Caro signore, la guerra è un affare preciso, fatto di strategie stilate a tavolino e studiate nel dettaglio. Non è adatto ai profani e ai loro forse e non saprei.» Lo polverizzo con un'occhiata e proseguo. «Missilistico, se il paese che vuole attaccare non ha per lei alcun valore, lo rade al suolo e basta. L'uso del bombardamento aereo comporta sì qualche distruzione ma, se ben gestito, non provoca troppi danni. Le truppe, invece, si usano nel caso in cui lei, caro il mio stratega da ristorante, voglia appropriarsi del paese e non di un ammasso di macerie.»

«Chiarissimo, grazie», sorride schivando i miei occhi, la boria di prima svanita.

«Di nulla. E ora possiamo tornare a farci gli affari nostri?»

Ma cazzo! E sono anche cento euro, possibile che l'universo mondo sia interessato a me? Non può fare una pausa e andare a guardare le idiozie che scrive la Liberti su Facebook? Tipo quella che Filippo mi ha messo davanti agli occhi.

Mi salta un embolo, questa è la volta giusta. Non ho ancora terminato di pranzare e già sul social network è postata la mia foto, vestita come a Kabul, e ti pareva, insieme a due uomini. La Palladio flirta o va in guerra? Recita il post che segue.

Mi guardo in giro con sospetto, dov'è il fotografo? Dov'è quel somaro che ha scattato la foto? Maledizione! Il mio stesso trucco mi si ritorce contro. Scruto i volti delle persone in cerca del colpevole, al posto degli occhi ho un mirino laser con tanto di griglia. Come lo inquadro, lo incenerisco, giuro.

E fa nulla se la coscienza mi rimorde perché questo gioco sporco l'ho iniziato proprio io, non me ne frega niente della correttezza e del senso dell'onore. In amore e in guerra tutto è permesso. Io quella lì l'ammazzo.

Chiedo scusa e vado a fare una telefonata.

«Hai trovato l'amico giusto per il lavoro?» Interrogo Pasquale. «La borgatara mi ha già fotografato e pubblicato. Dobbiamo fare qualcosa.»

«Nun se preoccupi, Anì, nun se preoccupi. Mo', quando esce, se faccia una camminata verso casa e passi davanti ar Duomo, ha capito?»

«Davanti al Duomo, va bene.»

Non so cosa succederà davanti al duomo, ma se il maresciallo ha detto che non me devo preoccupà, io non mi preoccupo. Spero solo che non saltino fuori l'elegantone e la Svetalapesca e le guglie non esplodano in fuochi d'artificio.

Il tenente Filippo Serbelloni è rientrato in caserma, Mike ed io passeggiamo verso casa. Ha un braccio sulle mie spalle e di tanto in tanto mi sfiora la tempia con un bacio. Da noi si solleva un'aurea di felicità, la stessa che avvolge i ragazzini quando Cupido li ha centrati con i suoi dardi d'amore. Io devo averne sette o otto piantati tra le scapole, ciò nonostante, non posso fare a meno di occhieggiare la strada. È probabile che il fotografo al soldo della Liberti ci stia seguendo.

«Dear, il tuo uomo è quello con la giacca vento verde scuro.»

Sorrido. E beh, non si diventa colonnello senza un istinto del genere. Lo bacio sulla guancia e scorgo il paparazzo a una cinquantina di metri da noi. Finge di guardare con interesse una vetrina d'articoli per bagno, di sicuro lo fanno pensare alla sua mandante, e intanto armeggia con il cellulare. Di Pasquale nemmeno l'ombra. Continuo a camminare verso il Duomo. Il freddo non è invitante e la nebbia che s'ispessisce nemmeno. Auto e persone appaiono e svaniscono in un'atmosfera irreale. Guido Mike verso la mole bianca e marmorea che spunta appena dal chiarore lattiginoso, rabbrividisco nel giaccone termico. Con indosso il cappottino carino e smilzino avrei già rimediato un paio di focolai ai polmoni. Il Duomo esce all'improvviso dal nulla, ci fermiamo quasi intimoriti dall'imponenza e accanto a noi passano due ragazzi. Ragazzoni. Due ragazzoni di papà. Sogghigno e mi stringo a Mike, lo abbraccio proprio, così con la testa appoggiata alla sua spalla riesco a vedere cosa succede dietro di me. Giacca verde, causa scarsa visibilità e inappropriata apparecchiatura fotografica, ha dovuto accorciar le distanze per non perderci. I boys del mio vecchio lo affiancano, scorgo una mano che gli strappa il cellulare e un'altra che lo agguanta per il cappuccio. Poi la bruma milanese inghiotte la scena con parole spezzate.

«Ma che ca...» e un silenzio ovattato chiude il sipario.

«E bravo il maresciallo!» Mike mi prende il mento tra due dita e mi solleva il viso per baciarmi.

E sì, non si diventa colonnello senza intuito.

«Che dici, Annie? Torniamo a casa prima di perderci nella tundra?»

Non può che trovarmi d'accordo, tanto più che sento l'ispirazione crescere in me. Allunghiamo il passo in cerca del calore del movimento, non parliamo. Il silenzio tra me e Mike non è mai stato un problema. Forse quando ci si conosce in territorio nemico la capacità di comunicare con uno sguardo o un gesto diventa una necessità. O più semplicemente, e molto più poeticamente, quando due anime si riconoscono le parole sono superflue. Cerco il modo per spiegare il concetto senza sdolcinatezza, ma non trovo il modo. L'amore è un sentimento talmente complesso che segue regole proprie, è difficile se non impossibile, imbrigliarlo nella logica e nella razionalità. L'amore è il Che Guevara dei sentimenti, il Nelson Mandela delle emozioni. Non tollera l'ingiustizia di essere accantonato, esige l'attenzione del mondo sulla sua immensa potenza, si ribella a ogni costrizione e alla prigionia reagisce con la rivolta del corpo. Difatti, all'improvviso, come dentro di me ci fosse un'altra persona, una donna innamorata, mi fermo e bacio Mike. Ne ho sentito la necessità, un impulso incontenibile ad appoggiare le mie labbra alle sue, respirare la medesima aria e assaporare il sapore stesso della sua vita. Mi stringe.

«We waisted a lot of time», sussurra.

Abbiamo perso un sacco di tempo.

«Anita Palladio, mi concedi un'intervista?»

La voce di Zanuso, giornalista del Corriere della Sera e amico di vecchia data, ci sorprende sotto casa.

«Solo perché sei tu, Lapo, non la concederei a nessun altro», rispondo.

Mio caro Mike, mi sa che sprecheremo un'altra oretta, ma la guerra è sempre la guerra e i ritmi, da che mondo è mondo, li detta lei.

Sono in salotto con il giornalista. Mike è nello studio a leggere il libro cui sto lavorando. Il fatto che gli permetta di guardare un lavoro non terminato la dice lunga sui miei sentimenti per quest'uomo. Mi fido, lo rispetto e lo stimo, e credo, ancora non ne sono così certa, lo amo.

«Mi spieghi come è finita la signora dell'avventura dalla Tigre con la Liberti?»

Stessa domanda di questa mattina. Potrei propinare la medesima risposta, ma non lo faccio. Un articolo sul Corriere è un'occasione che non va sprecata, anzi, è proprio un colpo di fortuna inaspettato che va colto al volo. Ragiono veloce, come mi ha insegnato papà giocando a Risiko.

Mi dava sessanta secondi, mai uno di più per dichiarare la mossa. Con una media di tre partite a settimana, dai sette a ventitré anni, si capisce come sia in grado di prendere decisioni lampo. Se si sapesse che la mia incredibile competenza in materia di guerre, guerriglie, strategie e tattiche militari derivasse in buona parte da un gioco, la mia reputazione crollerebbe in tempo reale. O forse no, visto come gira il mondo ultimamente. Guardo Zanuso e racconto. Riassumo il mio pensiero sulla moralità comune, spiego il perché ho deciso di scendere in campo per battermi contro la letteratura spazzatura e il degenerare della cultura in genere. Non lo faccio in termini astratti o con concetti filosofici, non sono un vecchio trombone che pontifica. Sono un essere umano del terzo millennio (di essere anche una donna l'ho scoperto ieri notte), conosco il linguaggio giusto per farmi capire Urbi et Orbi. Lo sorprendo, lo leggo nei suoi occhi che si fanno ancora più attenti quando arrivo alla costituzione della Ventidue SPA. E qui mi blocco, folgorata da un'idea. Mi scuso e vado nello studio. Mike è seduto sulla mia palla, rimbalza e ride.

Vuoi vedere che siamo proprio fatti uno per l'altro?

Uso l'iPad perché sarebbe un delitto rovinare a un uomo un momento di puro divertimento e scrivo un e-mail ai Librai Liberi. L'oggetto sociale della costituenda società deve essere modificato, abbiamo bisogno qualcosa di più ampio raggio. Mi spiego. Non si parte alla conquista dell'ex URSS senza abbondanza di carrarmati, aerei, truppe e missili e, fondamentale, una tempistica perfetta. Se attacchi solo dal fronte ovest, capace che i cosacchi si riorganizzino in Siberia e ti colino a picco la Gran Bretagna. Quindi, si deve attaccare l'intero perimetro in contemporanea. Spedisco in copia all'avvocato, bacio Mike sulla testa e mi accorgo che i capelli tagliati cortissimi nascondono un accenno di piazza. La maledizione dei militari. Uno zampillo di tenerezza sgorga dal mio cuore. Lo abbraccio, almeno ci provo perché non è facile trovare il rimbalzo giusto.

Non si fa distrarre.

«Wonderful, it's absolutely comic» e prosegue a leggere.

Bonghi, bonghi, bonghi, la palla gli fa da colonna sonora.

L'amico giornalista sta scrivendo, concentrato su un taccuino grande come un pacchetto di sigarette. Vai a capire la gente! Con tutta la tecnologia che c'è in circolazione potrebbe dettare l'articolo qui e in redazione lo riceverebbero bello che pronto per andare in stampa. Invece lui si ostina a usare una Moleskine. Manie da giornalista, forse peggiori di quelle da scrittore, lo so perché io le ho tutte, e di entrambi i generi.

Mike ride talmente forte che Zanuso si distrae, alza la testa e mi vede.

«Perché ride?»

«Sta leggendo il mio nuovo romanzo», rispondo guardando l'orologio.

«E da quando scrivi roba comica?» Il suo stupore è serio, conosce bene la mia bibliografia.

«Da quando mi hanno invitata dalla Tigre con la Liberti.» Eccola la risposta che cercavo. E con questa l'intervista è conclusa.

26 – SESSO, SESSO, SESSO O AMORE?

In questa stagione e con questo tempo, a Milano la luce è un ricordo impolverato dal tempo. Ho acceso una sola lampada e sono incassata sul divano, portatile in grembo e mani sulla tastiera. La schiena urla e chiede la palla che la fa felice, ma quando l'ispirazione chiama, bisogna rispondere.

Ispirazione: estro, potenza creativa, afflato, linfa, vena, lirismo, liricità, così la definisce il dizionario. Non saprei dirlo con certezza, non mi sono mai soffermata a rifletterci sopra. Io so che le parole si affollano al mio cervello e premono per uscire. È un processo strano, alchemico direi. Migliaia di termini, legati l'un l'altro in una storia, esigono di essere scritti, non proferiti, come temessero che diventare suoni articolati li farebbe disperdere e li condannasse a un'eternità d'oblio. Il ticchettio delle dita sulla tastiera è l'unico suono che filtra nel mio mondo. I pensieri sono allineati come un plotone in parata, non aspettano altro che sfilare uno dopo l'altro perché io li consegni alla carta e poi al mondo. Sempre se pubblicherò. Ma questo è un dettaglio di nessuna importanza, al momento. Quando una donna è incinta pensa al parto, non all'università che frequenterà il pupo. In questo stadio il libro è allo stato fetale, la testa, gli arti e il corpo sono già ben formati, ma richiedono ancora del tempo per svilupparsi e definirsi, a tutti gli effetti, una creatura. Per ora è nutrito solo dall'ispirazione, quel miracolo che dall'intelletto fa fluire idee e immagini, personaggi, luoghi e trame. Le dita si bloccano, rimangono sollevate. Un pensiero si affianca e prosegue di pari passo con gli altri. Una specie d'intuizione a doppio binario, uno nella realtà, l'altro nella letteratura.

Mike mi sorprende che scrivo e prendo appunti in contemporanea. Non potrei fermarmi nemmeno se lo volessi, questo lui lo capisce e mi lascia sola. Non è che nel bel mezzo di un bombardamento ti puoi chiamare fuori. Lo sento armeggiare in cucina, mi piacerebbe aiutarlo per condividere con lui un momento di quotidianità, ma la storia continua a sgorgare come acqua sorgiva. Non c'è verso di mollare la tastiera. Abbandono il colonnello ai fornelli e lavoro, con passione, dedizione e gran divertimento. Non avevo mai scritto un romanzo brillante. Non avevo mai lasciato galoppare la fantasia, che ho sempre rinchiuso in schemi ferrei di complotti costruiti e studiati alla virgola. A causa del progressivo riscaldarsi di zone di guerra che, a memoria d'uomo non sono mai state in pace, di Al Qaeda e dell'Isis, l'attività di giornalista ha influenzato in modo determinante la mia scrittura. Gli ultimi libri, infatti, sono un fantapolitico e uno storico. Una ventata di novità di sicuro non mi farà male. E poi, più scrivo, più sono cosciente che l'ironia mi permette di dire quello che voglio senza sembrare una rediviva dell'esercito della Salvezza.

«Annie, come on, it's dinner time.»

Mi riscuoto. Le otto passate. Un profumo invitante giunge dalla cucina. Lo seguo naso all'aria, tale e quale a un setter, arrivo davanti alla pentola e ho la bava alla bocca. Risotto.

Risotto? Come risotto? Che cosa ne sa un americano di Dallas – Texas che ha passato la vita sotto le armi di come si cucina un risotto? E ha anche apparecchiato in sala da pranzo, tovagliette di lino verde e un servizio che neppure sapevo di possedere. Sono stupefatta, lo ammetto. Mike mi piazza un bicchiere di vino rosso in mano e una manata sul fondoschiena con l'ordine di sedermi. Questa sera è lui la regina dei fornelli. Brindiamo prima di assaggiare.

«Alla vita», dice lui.

«Alla vita», concordo io e spero di non rimettercela con il risotto made in USA.

E invece è buono, ma proprio buono, di una bontà cremosa fatta di amido e formaggi sapientemente girati e amalgamati con il brodo.

«Dove hai imparato a cucinare così?» La curiosità trova uno spazio tra una forchettata e un'altra.

«Dubai, dal cuoco italiano all'ambasciata. Mi ha insegnato anche a preparare l'amatriciana, il pollo alla diavola e il manzo alla Strogonoff.»

«Apperò, quasi quasi ti assumo», lo provoco.

«Quasi quasi accetto», risponde lui.

Ci guardiamo in silenzio leggendo tra le parole non dette e quelle camuffate, ma è troppo presto per dire le cose come stanno. Prima vorrei capire di cosa sto parlando.

La cena continua a stupirmi. La seconda portata consiste in uova sbattute con prosciutto e zucchine, il tutto confezionato a omelette, arte che richiede una certa maestria per ripiegare la frittata senza sbriciolarla. A giudicare dal risultato, Mike la padroneggia. Ottimo, tutto ottimo. Ora tocca me sparecchiare, ma non mi lascia sola e così, mentre infilo piatti e pentole nella lavastoviglie, lui prepara il caffè e ascolta. Gli parlo della Ventidue SPA e dei Librai Liberi che mi hanno tolto un velo dagli occhi. Presta attenzione al progetto che a questo punto è diventato grandioso, forse un tantino grandioso, me ne accorgo mentre lo espongo. L'ottimismo scala la marcia e rallenta. Metto un CD di rhytm and blues e ci sediamo sul divano. Sono depressa. Mike mi prende tra le braccia.

«Sai cosa dissero a Walt Disney?»

Lo so perfettamente, eppure scuoto la testa aggredita da qualcosa che sta facendo a pezzi la mia determinazione e il mio sogno.

«Che era un'idea da pazzi disegnare un fumetto di un topo, non sarebbe piaciuto a nessuno.»

«Già, proprio a nessuno», faccio del sarcasmo.

L'esempio è di certo potenziante, ma per tirar su di morale me in questo momento ci vorrebbe un crick.

«Ford costruì la prima automobile quando ancora non esistevano le strade, gli dissero che non avrebbero mai avuto successo. Il telefono fu giudicato troppo difettoso per diventare uno strumento di comunicazione utile, devo continuare?»

«Sì, per favore», mugugno.

Magari al milionesimo esempio di successo, mi sarò convinta.

«Ascolta, Annie, è un progetto magnifico e mi pare che tu e i tuoi ventun soci sappiate bene quello che volete fare. Qualcosa di rivoluzionario e assolutamente controcorrente. Io credo che questo mondo abbia bisogno d'idee così e ancor più di gente disposta a credere nei propri sogni.»

L'ottimismo segna una tacca sul termometro dell'entusiasmo.

«Lo credi davvero?»

«Sì e credo anche che hai fatto bene a mollare agente e editore. Jeez!», se ne esce con un'esclamazione USA. «Tu sei Anita Palladio, la signora dell'avventura, non una che deve sciupare lenzuola per farsi pubblicare. Hai la reputazione dalla tua, sei stimata e rispettata nel mondo dell'informazione globale, i tuoi libri sono tradotti in sedici lingue e venduti in ventun paesi, ti conoscono in all the world. Che diavolo di dubbi ti vengono, Annie? Lotta per quello che credi giusto, non lo hai sempre fatto?»

Già, vero, solo che a volte, tutto ciò che mi sembrava facile e realizzabile un attimo prima, in un batter di ciglia diventa solo un volo pindarico della fantasia che mi ha portato in alto per poi farmi schiantare al suolo. Tuttavia la stretta pessimistica si allieva. I Librai Liberi non saranno tutti pazzi a propormi un progetto del genere e accettare gli ampliamenti che ho apportato grazie alle stesse considerazioni che Mike ha appena elencato. No?

Mi rilasso al tocco leggero delle dita tra i miei capelli. Sono colpita dalla profonda empatia che c'è tra noi e dalla sensibilità di Mike. Sa dire le parole esatte al momento giusto e comprende perfettamente la mia natura, quella che mi ha spinto a diventare una freelance. Sono un'avventuriera, un termine che evoca esplorazioni e viaggi interminabili, misteri da risolvere e storie da inseguire. Quest'uomo mi conosce meglio di quanto mi conosca io. Seguo l'impulso di baciarlo, lo stesso dei ragazzini seduti sulle panchine. Solomon Burke canta un blues languido, le note scivolano su di noi che amoreggiammo sul divano, la candela tremola sul tavolino distorcendo le ombre. Un attimo di tenerezza che scalderà il cuore negli inverni dell'anima.

Non ce ne accorgiamo, sono arrivati in silenzio, spuntati dal nulla, famelici e incattiviti dalla prigionia forzata. Due T-Rex si fronteggiano nel salotto di casa mia.

Sesso, sesso, sesso!

Nevica.

Non me lo aspettavo quando sono sgusciata fuori dal letto e dalle braccia di Mike. Anche se è notte fonda e il mondo dorme ancora, il silenzio non è lo stesso degli altri giorni. È una calma quasi irreale, che s'infila nelle orecchie come cotone idrofilo. Un fruscio di fiocchi che da bambini riconosciamo sempre, da adulti, quando la magia è già stata cancellata dalle nostre anime, abbiamo bisogno della conferma degli occhi. Li chiudo e rimango in ascolto. È un suono così leggero che lo si percepisce solo con il cuore, una musica che parla di spazi infiniti, di aria limpida e di vita semplice. Esco sul terrazzo con una tazza di caffè fumante in mano, lo sorseggio tra i brividi e fisso il bianco che ha cancellato la città. Una gomma enorme passata da una mano pietosa su un mondo pieno di sbavature e macchie, in origine un gran bel disegno che, anni d'incuria e intemperie umane, hanno trasformato in una bruttura da arte post-atomica contemporanea. Soffio sulla tazza e una nuvoletta di vapore caldo si allontana e si perde tra i fiocchi. Rientro, inforco la palla e rimbalzo piano.

Bonghi bonghi bonghi, in sordina, per non svegliare l'uomo che mi fa battere forte il cuore e dorme nel mio letto.

Bonghi bonghi bonghi, per pensare a quello che sarà della mia vita, senza un agente e senza un editore.

Bonghi bonghi bonghi, per immaginare cosa faremo io e i Librai Liberi.

Bonghi, bonghi, bonghi.

Lo amo.

Troppo presto.

Rimbalzare ha un effetto stimolante sulle conversazioni quotidiane che si svolgono nel mio cervello.

Lo ami da quando lo hai incontrato a Baghdad.

Mi piaceva, sì, ma amarlo mi pare troppo.

A un essere umano bastano tre secondi per innamorarsi.

Già, e una vita intera per pentirsene.

Perché hai paura?

Non ho paura.

Sì.

No.

Loop negativo.

Scrivi, Anita, scrivi, mi dico in un mantra.

Appoggio le dita sulla tastiera, e lascio gli occhi fuori dalla finestra, in mezzo ai fiocchi che vengono giù fitti e grossi come batufoli. Ticchetto sui tasti, abbozzo parole, ma le uniche che vale la pena di leggere sono due: ti amo.

Ed è l'amore a portarmi in dono l'ispirazione e la determinazione necessaria per raccontare quello che provo. Ma non lo scrivo. Torno a letto e m'insinuo nelle braccia di Mike. Lui mi accoglie stringendomi e incastrando la mia testa tra la sua e la spalla.

«Ti amo», lo sussurra appena.

E la neve cade sopra un seme che nel mio cuore preme per germogliare. Sbadiglio e chiudo gli occhi.

S'ha d'aspettare primavera.

27 – LA COSTITUZIONE

La nevicata del secolo ha paralizzato l'Italia per due giorni, ma non i media.

La nevicata del secolo ha paralizzato l'Italia per due giorni, ma non i media.

La vicenda Palladio-Liberti detiene gli onori della cronaca e vive di vita propria senza che io possa fare nulla. I giochi sono già stati fatti e non resta che aspettare. Sarà la classifica di domenica a decretare la vincitrice tra me e lei, tra un mondo che vuole migliorare e uno che, invece, insiste a tornare nel mesozoico, l'era dei dinosauri.

L'investigatore che ha assoldato Pasquale ha riempito la mia posta elettronica di foto della mia antagonista e di Carlo Donati che potrebbero andar bene per un fotoromanzo porno. Sono inutili perché Facebook e Twitter sono intasati da immagini simili, autoscatti improbabili e selfie orridi che ritraggono i due nei momenti più disparati. Con una come la Liberti è quasi impossibile sferrare un colpo basso, con lei dovrebbero essere colpi striscianti, altrimenti non andrebbero a segno nel fango dove si rotola. Del vecchio amore, Fabrizio Spinnatini, capo editor della Erianni Editori, non c'è più traccia.

Paola, la spia all'interno del sistema, ha saputo che la borgatara prepara un nuovo libro. Si vocifera, sarà pubblicato dalla Corti Edizioni, la stessa per cui pubblica il re del thriller. Che caso fortuito! Giulia ha aggiunto che un tizio, che lavora in amministrazione alla Erianni, le ha confidato che *Notte di sesso*, nonostante il quinto posto è stato un flop editoriale e non pubblicheranno altro della signora.

E per accorgersi che non era un libro da pubblicare dovevano leggere le critiche degli addetti ai lavori? Chi ha preso la decisione finale? Il pipino di un editor?

E rido per i cento euro della multa che mi appioppo. In

un'altra vita, tutto questo bailamme mi avrebbe provocato un colpo apoplettico, in questa solo un ghigno che Mike trasforma in un sorriso. Lasciala fare, mi dice, non appena il dinosauro si addormenta sfinito. Lasciala scavare la sua fossa e, quando sarà pronta, tu non farai altro che spingerla dentro. Una bella immagine che mi conforta.

Sì, Vanessa cara, raccogli pure consensi e sbeffeggiami storpiando il mio nome di battaglia, che di sicuro ti travasa la bile ogni volta che lo senti. La signora dell'avventura, la freelance, giornalista e scrittrice che ha avuto la copertina del Time tre volte, dai cui libri hanno girato tre film, il quarto in arrivo. Sì, cara Vanessa, scavati una bella tomba con la pala della tua volgarità, comprati una bella cassa foderata della tua ignoranza boriosa e fatta del miglior legno di scortese arroganza. E affida la tua memoria all'eternità ignominiosa cui la tua cieca presunzione l'ha consegnata. Amen.

Rileggo. Senza volerlo, guidata da una mano celeste, inizio il capitolo ventisette con l'epitaffio della Liberti.

Due giorni e due notti chiusa in casa con Mike e la tastiera. Un continuo passaggio da un'era a un'altra. Battaglie nelle foreste preistoriche di Jurassic Park, discussioni infinite nel Peripato di Aristotele, e alla fine mi ritrovo qui, davanti allo studio Maurizio Gualtieri - legali associati. Sono in anticipo di un paio d'ore sull'appuntamento, ma io e i Librai Liberi dovevamo assolutamente incontrarci. Ci sono delle idee da valutare insieme e, soprattutto, la voglia di parlarci quattrocchi, anzi quarantaquattrocchi. Avrò coniato un nuovo termine? Avrò anch'io la mia parola d'autore riconosciuta universalmente come serendipità di Horace Walpole, il cui significato, scommetto una cena, è conosciuto da un italiano su cinquecento? Neologismo che indica la fortuna di fare felici scoperte per puro caso e, anche, il trovare una cosa non cercata e imprevista mentre se ne stava cercando un'altra. In pratica, il mio caso. Chi avrebbe potuto immaginare d'incontrare persone del genere dalla Tigre? Dai, nemmeno George Lucas, che di fantasia ne ha da regalare. Sono fortunata, non v'è dubbio. Al di là del fatto che ho sempre portato a casa la pelle da situazioni in cui mi quotavano cento a uno, ho conosciuto ventuno anime il cui sentire si armonizza perfettamente con il mio. E sul pianeta terra, anno 2015, non è cosa da poco.

Abbiamo invaso e occupato il bar di fronte all'ufficio di Maurizio, una caffetteria di quelle di una volta con annesso laboratorio di pasticceria. Abbiamo lasciato fuori Milano che sonnecchia sotto la coltre di neve e il cielo che ne promette altra e ci siamo stretti intorno a tre tavolini che a mala pena sostengono tazze, tazzine, bicchieri e brioche per un plotone. Siamo chini in avanti e ascoltiamo a turno chi sta parlando. Massoni che complottano alla luce del sole, rivoluzionari che pianificano, fratelli che si preoccupano.

Ecco, fratelli. Questi sedici uomini e cinque donne si vogliono bene, lo capisco da come si tengono per mano e si appoggiano uno alla spalla di un altro. Quando, non senza la paura di essere presa per una pazza idealista, ho riassunto la mia visione della Ventidue SPA, le loro mani si sono cercate e strette e sui loro volti si è aperto un sorriso tale che avrei voluto indossare gli occhiali da sole. Roberto ha esclamato, con gli occhi di un bambino felice: benvenuta. Gli altri hanno quasi crepato le vetrine con un urlo. Mi piacciono queste persone, sono esseri liberi. Se ne fregano che il barista ci ha fissati come un branco di mentecatti, se ne fregano se la società ci ha imposto di non mostrare mai i nostri sentimenti, se ne fregano se il progetto che hanno messo in piedi e a cui mi hanno chiesto di partecipare è faraonico, se ne fregano di tutto, tranne che dell'umanità. Sono impregnati, imbevuti di umanità, trasuda dai loro gesti, dai loro sguardi e contagia chiunque si fermi tra loro per una manciata di secondi.

Non riesco a impedire alle lacrime di riempire gli occhi. Tiro su col naso e cerco il fazzoletto fingendo un improvviso raffreddore. Una mano mi stringe una spalla e, salamadonna cosa succede, si rompe una diga e singhiozzo. Piango senza ritegno sulla spalla di Gabriele che mi stringe. La barba mi pizzica l'orecchio. Sono in un limbo dove non ero mai stata. È un posto accogliente, si respira un'aria buona, quella delle mattine di primavera in campagna. Mi sento protetta in questo momento di debolezza, non giudicata e nemmeno schernita.

«Anvedi, piange pure la signora dell'avventura. E meno male, mi pareva d'esse una donnetta.» Stefano, occhio assassino e barba disegnata.

«Sai che conforto per duri come noi», ride Andrea, l'aria del bravo ragazzo con una chioma nera.

«Mo' non saprei, io non piango mai.» Davide, un accento emiliano che è uno spettacolo e il fazzoletto in mano che asciuga lacrime dagli occhi a mandorla.

«Anita, guarda che è meglio piangere che tenersi un groppone in gola. Tra di noi non è un problema», ride Vittorio con gli occhi verdi dietro gli occhiali e una sfumatura mantovana. «Ad andare in giro con questi qui, almeno un piantino al giorno te lo fai.»

«E che cosa c'è di meglio di una sana lacrimata? Svuota da brutti pensieri e cattive emozioni.» Lea, occhi verdi che ti fulminano e profumo di Roma.

«Risveglia la divinità che c'è in noi.» Brigitta, faccino da tigrotta.

«Anche una risata, e noi ce ne facciamo tante.» Dario, volto pacato e voce che sa di Gorizia.

Mi sciolgo dall'abbraccio e Gabriele mi dà un bacio in fronte.

Dietro le lenti degli occhiali l'azzurro umido delle iridi risplende.

«Anita Palladio, siamo onorati di averti come socia.» Fabrizio, toscano da morire.

«Es l'energia de l'universo che ci ha fatto incontrare.» José Antonio, peruviano di Treviso.

«Da quale pianeta arrivate?» Chiedo non so nemmeno perché.

«Dallo stesso tuo», risponde Alexander, capelli grigi e un sentore di Calabria.

«Desiderate altro?» La voce nasale e il tono scocciato della signora che è spuntata dal nulla è una secchiata gelida su questo convivio di bei sentimenti.

Tutti gli sguardi si puntano su Luca, sguardo azzurro e bischero. Lo osservo anch'io. Si alza in piedi da attore consumato.

«Ma ammore, spetta un attimo che ti diciamo subito! Cosa prendete? Un altro caffettino così poi siamo belli pimpanti dal notaio?»

La bisbetica alza gli occhi al cielo.

«Amore, guarda, io ti aiuto con le tazze vuote e tu ci porti ventidue caffè con latte caldo e freddo a parte. Va bene? Così non devi stare a ricordare altro» e si accinge al lavoro che le ha promesso di fare.

Sono seduta in mezzo a venti stregatti che ne fissano un altro.

«Ma no, si figuri. Stia seduto», voce mielosa. «Paolo, Paolo», urla in direzione del retro, «vieni qui a sparecchiare.» Si rivolge di nuovo a Luca, pare non ci sia nessun altro. «Adesso le porto subito i caffè» e se ne va leggera e frizzante.

«Ammmore, grazie» le grida dietro lui.

Sono esterrefatta, mai visto un cambio così repentino d'atteggiamento. Nemmeno mia madre che è più lunatica delle maree.

«Ma vai, sei tu er conquistatore!» Lo acclama Gustavo, portamento fiero e detentore della romanità.

«Non gliene resiste una», si finge geloso Davide, a metà tra un manager e un musicista rock.

«Potere dell'amore», si gongola il conquistador con una faccia da trasmettere in mondo visione per dare il buongiorno all'umanità.

Come si fa a non credergli? Con po' di gentilezza si ottengono dei miracoli. È tutto qui, alla fine. Siamo come barche sperdute nel blu infinito e non sempre la navigazione procede liscia, a volte c'è bonaccia, a volte il vento in poppa, spesso c'è tempesta e il blu non è più blu, ma nero. Nero come le paure, oscuro come il futuro, buio come bui sono i tempi in cui viviamo. Un atto di gentilezza è un lumicino nel nulla, una candela nel mondo che per un attimo rischiara quest'oscurità medievale. Solo adesso mi pare di comprendere il vero significato dell'amore, la forza più potente del mondo.

Te tu sei un genio! Commenterebbe la Fallaci. Come avrebbe potuto Ghandi smuovere le folle?

E poi Vanessa Liberti fa successo perché scrive porcate da porno di terza categoria. Ma fammi il piacere, va!

Ore dieci e trenta, ha ripreso a nevicare. Il notaio arriva in ritardo. Anche noi lo eravamo, non per le condizioni della strada, ma perché fuori dal bar, dove la signora ha abbracciato e baciato sulle guance rosse Luca, ci siamo presi a palle di neve.

Ha iniziato Mattia, un faccino da modello, ha riempito il bavero di farina gelata a Federico, occhi azzurri e sorriso facile. Lui ha reagito con una palla che è finita in faccia a Maria che, prima di iniziare a ridere per non fermarsi più, ha centrato me sulla nuca. Ne ho afferrato una manciata e l'ho lanciata su Chiara che muoveva le mani sulle orecchie come fossero antenne radar. Da lì in poi è stata rissa. Abbiamo abbandonato il campo di battaglia fradici, alle nostre spalle, un tratto di strada era battuto e pulito come un campo da golf.

Ora siamo seduti intorno a un tavolo riunioni rotondo, abbiamo tutti l'aria dei ragazzini beccati in flagranza di reato. Silenzio. Sento gli anfibi gocciolare sul pavimento di marmo. Il notaio, un orso bruno in completo doppiopetto e scarpe stringate, legge tra sé l'atto di costituzione con la fronte corrugata. Maurizio ne ha una copia davanti e ammicca alla mia direzione.

Il grizzly termina e alza lo sguardo. Ha ancora gli occhiali in punta di naso. Fa scorrere lo sguardo arcigno intorno, passa su di noi con l'altezzosità del funzionario pubblico investito del potere divino. Però riesce a intimorirci tutti.

«E così», l'orso parla.

È la prima volta che lo sento. Quando è arrivato ha ringhiato qualcosa, ma pensavo fossero suoni inarticolati dovuti alla rabbia metereologica.

«E così, voi volete costituire la Ventidue SPA.»

Annuiamo.

«Una holding.»

Annuiamo di nuovo.

«Che diventerà la casa madre di altre società.»

Annuiamo ancora.

Se espone tutto il progetto a una frase alla volta, per l'anno prossimo di questa stagione dovremmo aver finito. Ma il notaio sa come tenere a bada i propri clienti. Ha percepito l'insorgere dell'impazienza e l'ha freddata solo aggrottando un po' di più la fronte. Nel farlo gli si sono scoperti i canini.

«Società che si occuperanno dei settori merceologici più disparati, dall'alimentazione all'editoria.» Sorride.

Madonna che effetto! Questo qui non ha mai visto un dentista nella sua vita.

Non credo che sia questione di budget, ha indosso abito e scarpe che costano come un'utilitaria, è proprio scelta.

Te pensa cosa si può fare con il libero arbitrio! Puoi perfino scegliere di farti una coltivazione di funghi in bocca, figo.

Impietrita dallo splendore zafferano della dentatura, annuisco insieme agli altri.

«Sapete che potrei credere a una costituzione di stampo mafioso? Una holding capo gruppo maneggia decine di società che fungono da lavatrice per la malavita.» Ride così sguaiato che farebbe il paio con la Liberti.

In fondo allo stomaco mi si forma un nocciolo, duro, bollente, fastidioso.

«Perché ride?» Domando e lo fisso negli occhi.

Se guardo i denti, vomito.

«Perché rido?» Ridere non ride proprio più.

Si leva gli occhiali e li appoggia con cura accanto all'atto costitutivo che in alcuni punti ha sottolineato in malo modo. Il suo sguardo è allineato al mio.

«Vi siete visti? Avete idea di cosa comporti la gestione di una holding? E a che scopo, poi?»

Una calma olimpica è scesa sulla sala. Il notaio orso bruno si trasforma in uno dei tanti, nell'ennesimo ladro di sogni che uccide le idee prima ancora che nascano, le fa abortire con quella boria di chi pensa di esser seduto in braccio al Padre Eterno. Il nocciolo nel mio stomaco è incandescente, erutta bile bollente. La sento salire nell'esofago e non faccio nulla per arginarla. Anzi, penso al progetto dei Ventidue, penso all'entusiasmo, ai buoni propositi, alla fatica che siamo disposti a fare per raggiungere un obiettivo grandioso. Un faro nelle notti di tempesta dell'anima.

«Mi dica, signor notaio», mi alzo e sono il generale Marco Aurelio Palladio. Non ho la divisa, ma anfibi e coraggio sì. «C'è qualcosa d'illegale nel voler costituire una holding che per oggetto sociale ha la detenzione di società di servizi e di diversi settori merceologici?»

«No, certamente no», replica con un tono da saccenza olimpica.

«Quindi, il fatto che io e i miei futuri soci non abbiamo l'aspetto e le competenze giuste per la costituzione non rientra nelle disposizioni negative della legge.»

Tutti gli occhi sono puntati su di me, Maurizio suda. Lui mi conosce e sa cosa precede la mia pausa. Anni e anni di discorsi paterni alle truppe mi hanno forgiata un'oratrice affilata.

«Ora, il fatto che lei sia così esperto di costituzioni societarie di stampo criminale, e per giunta conosca dei loro affiliati perfino i gusti in fatto di abbigliamento, non depone certo a suo favore, signor notaio. Si potrebbe supporre che questi individui siano suoi clienti abituali.»

«Che cosa intente dire?» Appoggia le mani sul piano dell'immensa tavola rotonda e si erge a spalle aperte.

Se pensa d'intimorirmi, dovrebbe provare a fronteggiare il generale in una delle sue giornate no.

«Intendo dire che la sua competenza in materia di stereotipi non è richiesta e neppure la sua boria. La costituenda Ventidue SPA la pagherà per i suoi servigi notarili, non per l'analisi del look. Quindi, signor notaio, se non ha trovato impedimenti di natura legale, ci usi la cortesia di fare il suo lavoro e procedere.»

Sta zitto, mi fissa con odio cui risponderei con un uppercut da mandarlo a gambe all'aria. Spingo i palmi sul tavolo e ascolto il cuore battere come un tamburo.

«Il problema è vostro» e come niente fosse inforca di nuovo gli occhiali.

Maurizio sospira e con un mezzo sorriso ammicca.

L'orso legge le nostre generalità e l'atto costitutivo integrale. Ci vogliono un paio d'ore per terminare la procedura. Ci passiamo la penna di mano in mano, insieme alla Mont Blanc mi arriva una scossa di energia pura. Sono l'ultima a siglare. Rimango a fissare il foglio zeppo di firme e le lacrime salgono agli occhi. Il primo passo è fatto. Guardo i miei soci e nei loro occhi vedo la stessa umida soddisfazione. Il grizzly raccoglie i documenti e se ne va con Maurizio. Non si degna neppure di salutare. Lo faccio io.

«Signor notaio», lo apostrofo a voce alta per farmi sentire sopra la baraonda festosa, «nell'oggetto sociale possiamo inserire: la Ventidue SPA ha lo scopo di cambiare il mondo?»

Esce sbattendo la porta.

Meno uno. Le guerre si vincono una battaglia alla volta.

La telefonata di Pasquale mi costringe ad abbandonare La telefonata di Pasquale mi costringe ad abbandonare l'allegra brigata e a uscire in strada. Non nevica più, ma tira lo stesso vento che a suo tempo scompigliò la barba di Gengis Khan.

«Anì, nun potrà credere a la fortuna sua!» Il maresciallo sprizza entusiasmo. «Domani c'ha d'annà dalla Tigre con la borgatara.»

Devo aver sentito male.

«Non ho capito.»

«Domani c'ha d'annà dalla Tigre co a borgatara», urla pensando a un difetto di telefonia.

Le spalle s'incurvano e la mano libera cade lungo il fianco.

«Perché?» Piagnucolo infelice.

Non voglio incontrare quelle due.

«Come perché? Anì, che s'è bevuta er cervello? C'ha d'annà a dir la sua! Che vò? Che 'a Messalina si prenda 'a scena sua?»

«Sei sicuro sia una buona idea? Non vorrei inflazionare lo schermo.»

In Tv ci vado spesso solo se c'è un conflitto d'interesse nazionale in corso. Di guerre ce ne sono sempre, ma non tutte interessano.

«Nun se tratta de inflazionà gnente, c'è da pijarla a schiaffoni così se ne stà muta e torna ne a fogna da dove ariva.»

Però, Vanessa Liberti ha il potere di fare arrabbiare la gente, non solo me. Rifletto investita da una raffica che mi assalta in un attacco frontale. Mi spinge all'indietro e mi leva il respiro ghiacciandomi i polmoni. Pasquale ha ragione. Non si può lasciare in giro un dinosauro, un nuovo Godzilla che passeggia tra i ruderi e le macerie della nuova civiltà perduta. Almeno Atlantide è stata tolta dalla faccia della terra nell'arco di una notte, qui, invece, ci aspetta la morte per stillicidio.

«Va bene, mi hai convinto, ci vado.»

«Brava bambina!» Il generale esclama in sottofondo.

«Te lo dicevo, Aurelio», mamma si aggiunge a lui.

«Dove sei, Pasquale?»

«A Parma.»

«Con 'sto tempo? Papà aveva una riunione?»

E perché mamma è con lui? Non sono divorziati?

«No, che riunione, a signora voleva annà all'opera ar Regio e papà suo l'ha accontentata.»

Il vento deve aver avuto brutti incontri sulle alpi perché infuria su Milano senza pietà. Solleva la neve ancora farinosa e la schianta su ciò che trova, sulle poche auto che circolano, sulle facciate delle case, sui lampioni e su di me. Non sento più le labbra, le dita che reggono il cellulare devono già essere cadute. Vorrei approfondire, ma suono la ritirata come Napoleone davanti all'inverno russo.

«Salutameli. Ci vediamo domani.»

Rientro al ristorante. Lo shock termico è terribile. La circolazione si attiva all'improvviso, il sangue si decongela e riprende a circolare. Spilli infuocati mi trafiggono, vorrei buttarmi di testa in una vasca bollente, invece raggiungo gli altri con le guance più rosse di quelle di Heidi.

«Dear, you're frozen» e Mike reagisce come da manuale.

Mi massaggia la schiena e le braccia con tal vigore che sento le costole scricchiolare e la testa che oscilla fuori controllo.

«Do do domani va va vado da dalla Ti Ti Tigre.»

«Fantastico», esclama Paola. «Così le dai il colpo di grazia.»

La fisso come posso. Con i rimbalzi, su e giù, non ho problemi, ma con gli scossoni, destra e sinistra, non riesco a centrarla.

«Mi Mi Mike, sto bene, gra gra grazie. Sono calda adesso.»

«Uh uuuhhhh», ululano Giulia e metà dei Librai Liberi.

Il gioco dei doppi sensi è destinato ad avere un successo mondiale.

«All right, cento euro» e Mike - Quoque tu? - commina la

sanzione.

Al caffè abbiamo elaborato una strategia. Venticinque cervelli che lavorano su uno stesso fine sono in grado di ideare soluzioni inimmaginabili. Un brainstorming da scompigliare convenzioni e regole, un flusso ininterrotto di pensieri che ne trascinano mille altri. Scorrono a valle, qualcuno s'arena, altri affondano, ma quelli che arrivano al mare sono i migliori. Quelli destinati a diventare azione.

Usciamo nella tormenta che ha ripreso a soffiare dalle steppe del nord manco fossero dietro l'angolo. I saluti sono soffocati dalle urla del vento, le guance e le labbra fanno male quando s'incontrano per un bacio. Ci lasciamo nel gelo con i cuori caldi che traboccano di bei sentimenti.

Mike prepara un te mentre io rimbalzo un po'. Non è che sia stata una grande idea con quello che ho mangiato, ma qualcosa dovevo pur fare per contrastare la rabbia che mi è montata alla vista del giornale scandalistico. È stata la mia giornalaia a sventolarmelo sotto il naso. Maledetta me che mi sono fermata a comprare il Corriere.

«L'ha vist?» Mi ha apostrofato in milanese stretto sbucando da sotto una coltre di giacconi. L'indice, storto e guantato, puntato verso il giornalaccio. «Quela lì l'è propri una vergona.»

Una vergogna sì, penso con il risotto che sale all'esofago e ridiscende al pancreas. La solita foto da boudoir, ma la maitresse non è sola. Dietro di lei, in abiti scuri, cravatte regimental e cervelli andati a male, Carlo Donati, la nuova fiamma, Vincenzo Caproni, il capo editor della Corti Edizioni, e dulcis in fundo, Giovanni Danetti, il direttore editoriale. Titolo: Tutti gli uomini della Liberti. Sottotitolo: Non ho bisogno d'andare in guerra per ottenere quello che voglio.

«Ti basta aprire le gambe, baldracca!» Lo urlo senza accorgermene.

Mike mi fissa con il vassoio in mano.

«Prendi un tè e calmati», ordina.

Scendo dalla palla della schiena felice e dello stomaco sottosopra. Ancora non riesco a bere e rimbalzare, conto di farcela per l'anno prossimo.

«Perché ti sei arrabbiata? Dovresti essere felice, si sta gettando spazzatura addosso da sola. Ti evita di giocare al suo gioco.»

Da un punto di vista personale, non fa una grinza. La signora sta urlando ai quattro venti che la sua carriera è iniziata e prosegue perché concede le grazie alle persone giuste. Non un gran biglietto da visita rispetto al mio patinato di copertine internazionali, articoli che hanno fatto la storia e best sellers mondiali. Tuttavia, da un punto di vista sociale, la cosa assume un aspetto inquietante.

Non è così che si raggiunge il successo, in nessun campo. Non è giusto, va contro uno dei principi migliori che l'uomo ha escogitato. La meritocrazia, un sistema di valutazione e valorizzazione degli individui, basato esclusivamente sul riconoscimento del loro merito. La Liberti, attraverso social network, stampa e televisione diffonde il messaggio contrario.

Non è così, non deve essere così. Ci sono centinaia di persone pronte a seguire il suo nefasto esempio, disposte a prendere scorciatoie illecite per arrivare in cima. Quando uno di loro ce la fa, gli altri si moltiplicano ed escogitano modi sempre peggiori. Ecchè, io no? È il loro grido di battaglia. Se passate da Montecitorio ne sarete assordati.

Ma le altre migliaia di persone che lavorano sodo, che si spaccano la schiena ogni santo giorno che Dio manda in terra, che credono ancora nella giustizia terrena e divina, che cosa dovrebbero fare? Rimanere inermi davanti allo sfacelo del mondo in cui credevano?

Cerco di spiegarlo a Mike. Qui non c'è in gioco Vanessa Liberti scrittrice. Non sono così stupida da credere che la mia concorrente, prima o poi, non sarà inghiottita di nuovo dal mare delle firme sconosciute che hanno avuto un attimo di gloria immeritata. Non sono così pessimistica da credere che potrà mai lasciare un segno tangibile della sua misera esistenza nella letteratura. Ma sono perfettamente cosciente, invece, che l'esempio che sbandiera, purtroppo, troverà terreno fertile e germoglierà se qualcuno non lo estirperà.

«Domani offro alla borgatara un bicchiere di diserbante», concludo.

Mike mi abbraccia, mi tiene stretta.

«Sarà una lunga battaglia», commenta pensieroso con il mento tra i miei capelli. «Ma sono certo che troverai molti alleati. Già ne hai parecchi, io per primo.»

L'appoggio di qualcuno, degli alleati come dicono i soldati, è fondamentale. Sono coloro che puntellano l'autostima, tengono a bada dubbi leciti e no, fungono da pretoriani delle certezze e, quando serve, ti raccolgono con il cucchiaino e con pazienza ti rimodellano in forma umana.

«Grazie, Mike. Sono felice che tu sia entrato nella mia vita.»

«Ci sono sempre stato, Annie, da quando ti ho conosciuto.»

«È vero, e anch'io c'ero per te, solo che non lo sapevo», sbocconcello una frase. «Se avessi avuto bisogno di me, sarei corsa, ma non è la stessa cosa.» Mi siedo eretta così arriva più sangue al cervello e forse riuscirò a esprimere la felicità in cui volteggia il mio cuore.

«Non è come adesso. Adesso è diverso, so che sei mio ed io tua. Ti sento fino in fondo all'anima. Comprendo i tuoi pensieri nascosti, leggo il tuo viso e tu fai altrettanto con me. Io credo di amarti, Mike, credo di amarti profondamente.»

Vedi che l'ossigeno fa miracoli? Ho detto quello che provo in maniera semplice, senza giri di parole e, grandissima gioia, senza la paura di trovarmi un giorno in ginocchio a rantolare di dolore come per il bastardo della maestrina.

Fisso negli occhi il mio colonnello made in USA e il mondo è rosa, di un bel rosa brillante, stessa tonalità di quello di Edith Piaf. Avvicino le labbra alle sue.

«Mi rendi un uomo felice, Annie. Speravo di sentirtelo dire, perché anch'io ti amo.»

Le labbra si toccano, non è un bacio, è il nostro modo di suggellare questo momento, di conquista per lui, di rinascita per me. Rimaniamo così, avvolti dalle tenebre biancastre, le nostre anime acciambellate una sull'altra. Non mi muoverei più, vorrei che il tempo si fermasse in questo preciso momento di pace e comunione totale. Però, c'è qualcosa che mi fa drizzare le orecchie, non saprei definirlo con esattezza, ho la sensazione che qualcuno mi osservi. Giro solo gli occhi e li poso su Mike.

Cribbio, è un T-Rex!

Ma che T- Rex.

Ci sveglia Pasquale, ore sei e sette minuti primi.

«Anì, che disturbo?»

Guardo la sveglia.

«No», gli sbadiglio.

«Ha già visto er giornale?»

«No.»

Che cacchio mi frega del giornale quando ho un sonno che mi piomba le palpebre.

«Aspetti, je passo a papà suo.»

«Anita» dice lui e io sono già fuori dal letto.

«Ciao papà» e vado in cucina a preparare il caffè.

Tanto, dopo il generale, chi riesce più a dormire?

«Io e tua madre ci tenevano a essere i primi.»

«Bello, ma a fare che?»

Il tour al Jurassic Park è stato stancante, ammetto.

«A congratularci con te. Sei al primo posto nella Top Ten.»

Al primo posto, rimugino, della Top Ten. Ah.

«Al primo? Papà, sono al primo?» Saltello sul parquet gelato.

«Sì, Anita, al primo, ma le buone notizie non sono finite.» Fa una pausa, io sforno ipotesi, una mi piace da morire: Vanessa Liberti scomparsa, forse rapita dagli alieni.

«La Liberti è scesa al settimo.»

Non buona come la mia, ma per Bacco, una gran bella notizia!

«Brava la mia bambina!» Mamma si è impossessata del telefono. «Non avevo dubbi, tesoro. Questa sera festeggeremo insieme.»

«Se sopravvivo dalla Tigre», commento e una piccola nube passa sul buon umore.

«Mi raccomando, soldato, niente prigionieri». Il generale si rimpossessa del cellulare e arringa la truppa.

«Sissignore, nessun prigioniero.»

Fine delle comunicazioni.

Silenzio.

Sono in stand by, ci metto qualche istante a realizzare appieno. Mi affaccio ai vetri ghiacciati e, intontita, guardo fuori. Non vedo nulla, solo bianco, di un chiarore che ferisce gli occhi e passa le palpebre chiuse.

Numero uno. Soddisfazione.

Non è la prima volta, non dico di esserci abituata, ma sono già salita quassù. È un gran bel posto, l'aria è limpida e lo sguardo spazia libero fino all'orizzonte.

Numero uno. Sono in cima.

La scalata, questa volta, me la sono giocata in modo diverso. A suon di foto scandalistiche e interviste impossibili, sono stata flessibile e ho adattato la strategia alla battaglia. In verità vi sono stata costretta dal generale, da Paola e da Giulia. Col cavolo che da sola andavo a frugare nelle mutande di Fred!

Numero uno. Più su non si può.

Mike mi abbraccia.

«Good morning, sweet heart» e guarda con me il mondo come era al principio di tutto.

E invece sì che si può salire un po' di più.

L'ho appena fatto.

Mancano due minuti alla diretta e sono seduta alla sinistra del trono. Alla destra, ça va sans dire, l'eletta, Vanessa Liberti.

Pasquale mi ha scaricato furibondo all'ingresso dello studio meno di dieci minuti fa. Non c'è stato verso di farmi arrivare un attimo prima. Nemmeno tutto l'oro del mondo avrebbe potuto convincermi a passar un minuto in più nel Colosseo del futuro. Se devo fare il gladiatore, allora entro quando è il mio turno. Fine delle contrattazioni. Il tragitto in auto è stato tutto un rimbrottare romanesco, un ridire trasteverino su ogni cosa, perfino sul mio abbigliamento. Ma anche qui, non mi sono smossa. Ci vado come dico io, io sono Anita Palladio e mi vesto come voglio. Kabul style. Fine delle comunicazioni. Il maresciallo si è chiuso in un silenzio ostile.

Ora, però, seduto tra i miei ventuno soci ha il sorriso sulle labbra e si batte la mano destra sul cuore. Sono con te, significa. Voglio bene, un bene dell'anima, a questo condensato di capitolinità che mi ha fatto da baby-sitter, accompagnatore, tutore, istruttore, confidente e anche da mamma e papà.

«Due minuti alla diretta», la voce del deus ex machina.

Le due star entrano tra le ovazioni del pubblico. La Tigre sfoggia un tailleur pantalone che, non fosse di due taglie in meno rispetto la sua, sarebbe molto elegante. Così pare solo esplosivo. La Liberti indossa uno dei capi di biancheria disegnati da lei, almeno credo. Perché se fosse un abito, dovrebbero consentirlo solo sulle statali e vietarne l'uso prima di mezzanotte. Anche l'una, va.

Parte la sigla e con lei anche un paio di decibel d'udito. Il pubblico applaude e, udite udite, la Tigre parla.

«Amiche e amici, benvenuti a questa nuova puntata di "Cose tra noi". Oggi abbiamo una novità, le stesse ospiti di domenica l'altra.»

Tecnicamente una novità prevede, per l'appunto, una novità. Se le ospiti sono le stesse non è che sia proprio una gran novità, forse è uno strappo alla regola di invitare sempre persone diverse. Quindi, Babbara, ti saresti dovuta esprimere meglio.

Forse sono un pochino acida.

Un filo prevenuta sì, dai.

Effettivamente.

«Alla mia destra, Vanessa Liberti, autrice del best seller *Notte di sesso*», pausa per raccogliere gli applausi.

Bellina, va che la tua amichetta lì è già scesa al settimo e se tanto mi dà tanto, settimana prossima nessuno si ricorda più di lei come scrittrice, ma solo come pornostar.

«Alla mia sinistra, Anita Palladio, fotoreporter e scrittrice, autrice di Terra Infuocata.»

Ah sì? Ma allora zoccola pure tu sei? Insorgo con una sicilianità inaspettata.

«Grazie, Barbara. Ma io non sono una fotoreporter, sono una giornalista. Il grande pubblico, prima che come scrittrice, mi ha conosciuto come inviata dal fronte.»

«Brava, la numero uno sei, la numero uno, pure er Corriere lo dice.» Pasquale strilla come un ossesso, ma anche i ventuno Librai non scherzano niente.

La Tigre si è già innervosita. Sento il suo cervellino dire: nel mio studio una claque e non per me? Non posso sopportarlo non posso, non posso!

E invece, cara la mia bella presentatrice, ti tocca, eccome se ti tocca.

«Forse è il caso di ricordare che Terra Infuocata di Anita Palladio è al primo posto dei dieci libri più letti nella Top Ten del Corriere», commenta saputella.

Forse è il caso? Ma va che sei proprio stronza.

«Bene, oggi voglio parlare di Facebook. Sai cos'è Anita?»

Sono solo le mani alzate di Pasquale a gesticolare in un no impazzito che mi fermano dal frantumarle il naso. Non sta bene, per lo meno in diretta. Accavallo le gambe e mi sporgo verso il pubblico.

«Facebook?» Sono pensierosa. «Facebook? Cos'è? Un social network? Sai, nella caverna dove vivo non ho nemmeno la luce elettrica.»

Mi guarda con odio, mentre il pubblico ride.

«Intendevo se hai un profilo», secca, in pratica disidratata.

«Barbara, forse gli articoli su di me ti hanno un po' deviata.» In realtà sei proprio scema dalla nascita. «Io vivo a Milano, anche se per motivi di lavoro sono spesso in zone poco civilizzate. Comunque sì, ho un profilo su FB.»

Si gira di scatto, io guardo il pubblico e faccio spallucce. Ridono. Le si rigira, io le sorrido angelica. Si gira di nuovo ed io allargo le mani nel gesto universale del non capisco. La gente ora ride per davvero.

«Anita, che fai? Mi fai le boccacce?» Sibila la serpe.

«Le boccacce?» Rido. «Oddio, non ci avevo pensato. Sono anni che non ne faccio una» e gliela mostro in diretta.

Delirio di applausi e risate. Lei ingoia bile e scopre i denti in un sorriso. Socchiude gli occhi per minacciarmi. Li socchiudo anche io, ma non sussurro, lo dichiaro chiaro e forte: oggi ti riduco in cenere, nessun prigioniero. E lei capisce, perché adesso non mi dà più le spalle, se ne sta di traverso sul trono per tenermi d'occhio. Passano un paio di minuti in cui mi distraggo per non stare a sentire le idiozie di quella in biancheria intima da bordello del porto dei primi dell'Ottocento. Spero che una stecca del corsetto si spezzi e le perfori un polmone. Guardo nel monitor davanti a me, ci sono anch'io. Cargo chiari, camicia bianca e anfibi, però sono seduta da parata. Caviglie incrociate a sinistra e ginocchia unite a destra. Il generale Patton in versione Grace Kelly. Più Patton che la divina Grace, però.

«Oggi sei vestita in modo diverso.»

E qui ti volevo, Barbarella mia.

«Beh, fuori c'è un metro di neve, non mi pareva bello uscire con le decolté tacco dodici.»

Risate spontanee.

«Potevi cambiarti qui», insiste.

«Non ne ho avuto il tempo. Quando scrivo perdo la cognizione del tempo.»

«Un nuovo libro?» Urlano dal pubblico.

Rispondo prima che qualcuno me lo impedisca. Chi me lo dice che nascosto tra le luci che fanno cinquanta gradi all'ombra non ci sia un tiratore scelto?

«Sì, un genere diverso dai miei abituali.»

Un coro si alza curioso. Sorrido e scuoto la testa. Il pubblico rumoreggia, lei, la divina, prende le sue parti.

«Anita, non puoi non accontentare i tuoi fan!» Esclama giuliva.

Sei proprio sicura, Babbara? Perché se racconto la trama del nuovo libro, magari la tua amichetta qui si offende. Sempre se la capisce.

«Dai, Anita» e si mette alla testa dei coristi che scandiscono il mio nome.

E va bene, mi avete convinto. Raccolgo le idee e fisso Pasquale, sta facendo il T-Rex. Cioè, non è che ha aggredito una donna sopraffatto da un istinto bestiale, sta solo muovendo le braccia avanti e indietro con i gomiti attaccati al busto. È un'illuminazione. Qui e adesso si decideranno le sorti della battaglia e l'istinto mi suggerisce che non vincerò con la mia competenza in cose di guerra e politiche militari internazionali. Non mi sarà d'aiuto nemmeno l'esperienza di scrittrice. Qui ci vuole un attacco di sorpresa ed io ho un asso nella manica.

Guardo il pubblico.

«Lo sapete che gli esseri umani hanno tre cervelli?»

Un mare di teste ad anfiteatro oscilla su e giù, destra sinistra.

«Ve bene, ve lo spiego in due parole», mi alzo. «Permetti, Barbara?» E senza attendere il suo regale consenso, che tra l'altro mi negherebbe con gioia, inizio a camminare davanti al palco del trono.

Chi conosce il generale Marco Aurelio Palladio individuerebbe in me la stessa postura e gli stessi gesti, movimenti studiati per tenere l'attenzione focalizzata su di sé. Silenzio, occhi e telecamere su di me. Se mi facessero un occhio di bue potrei cantare New York New York. Mi blocco, sollevo una mano con l'indice puntato al cielo.

«Primo cervello, il rettiliano. Nato duecentocinquanta milioni di anni fa. Ha funzioni di pensiero elementari, genera gli impulsi a mangiare, dormire, difendersi e riprodursi. Secondo, il limbico che genera l'affettività e terzo, il neocorticale che proietta l'uomo nel futuro, con questo ragiona, progetta e si pone domande sull'esistenza.»

Le fronti si corrugano, una domanda aleggia sullo studio: che cacchio dice?

«Che, hai scritto un trattato di neurologia?» La Liberti tenta di guadagnarsi la scena.

«Conosci la parola neurologia, Vanessa? Che brava, non immaginavo» e le do le spalle. Pasquale, i Librai e un po' di pubblico ridono.

«In ogni essere umano i tre cervelli adempiono alle funzioni per cui si sono sviluppati.»

«Scusa, Anita, ma non ci sto capendo nulla.» La Tigre.

«Non avevo dubbi, Barbara. Adesso ti chiarisco il tutto con parole semplici» e con un gran sorriso mi piazzo proprio davanti a lei. Oscurata.

«Mi spiego meglio. Se fossimo dotati solo del rettiliano, ci esprimeremmo in modo elementare. Diremmo fame, sonno, scappa, combatti e sesso.» È arrivato il momento di calare l'asso. Tengo i gomiti attaccati al corpo e porto le mani all'altezza del mento, per calcare un po' la mano mi stampo in faccia un ghigno jurassico. «Sesso, sesso, sesso», voce roca e profonda. «Sesso, sesso, sesso.»

Sull'ultimo dittongo dell'ultima terzina, c'è l'esplosione. Ridono tutti. Pasquale, i Librai, il pubblico al completo, i tecnici dietro luci e telecamere. Sesso, sesso, sesso. Un grido ancestrale si solleva gioioso dallo studio, corre nell'etere e raggiunge gli italiani davanti alla tv. Sesso, sesso, sesso. Posso sentire l'Italia che ride. Perfino la regina sul trono e la sua ancella imitano il T- Rex.

Il ghiaccio non si è solo sciolto, si è liquefatto. Posso navigare in acque tranquille, sospinta da un aliseo di soddisfazione. Oltre alla vela del divertimento, alzo anche quella della morale e dell'educazione, mentre il gonfalone dei valori sventola gagliardo. È arrivato il momento del colpo di grazia.

«Che strana è la mente umana!» Esclamo e allargo le braccia manco fossi Cristo che fissa Ipanema dal Pan di Zucchero. «Che meraviglioso strumento abbiamo avuto in dono, talmente meraviglioso che ne sappiamo usare forse il tre per cento. Come avere una Ferrari e andare in giro a trenta allora.» Ultima risata e conclusione. «Parla di questo il nuovo libro, racconta la storia di persone che hanno trovato un equilibrio tra amore, valori e sesso. Anzi, sesso, sesso, sesso» e concludo con un T-Rex degno del British Museum.

Vien giù il Colosseo. La Babbara ride a bocca spalancata e si spella le mani.

«Amiche e amici, Anita Palladio!» Urla il mio nome.

La signora ha un istinto formidabile nel capire su quale carro saltare. Io, sono ormai istrionica, m'inchino, faccio una riverenza e torno al mio posto, composta. Caviglie incrociate a sinistra, ginocchia chiuse a destra.

Il resto della trasmissione scorre via, come acqua in uno sciacquone.

La mensa ufficiali mi accoglie con un applauso scrosciante. Pare che l'Esercito Italiano abbia gradito la mia performance televisiva. Di sicuro ha fatto notizia, perché i telegiornali della sera hanno mandato in onda la registrazione di me che spiego il dinosauro. Sesso, sesso, sesso.

«Anita, sei stata geniale» è l'accoglienza di papà.

«Esilarante», aggiunge mamma.

Paola e Giulia non parlano, dinosaureggiano. Eccolo qui il termine che mi porterà dritto filato nei dizionari. Vedo già la definizione. Dinosaureggiare: parola d'autore coniata da Anita Palladio. Indica un comportamento dettato dalla prevalenza del cervello rettiliano su quello limbico e neocorticale. Agire in preda a impulsi primitivi. Imitare la postura di un T-Rex. Esempi di persone dinosaureggianti: Vanessa Liberti.

Mike entra nascosto da un fascio di tulipani. Si è ricordato l'unica conversazione a proposito di fiori che abbiamo avuto. Hilton di Baghdad, il rifugio dei giornalisti mentre la guerra infuriava. Una parete del bar dipinta alla maniera araba, un arabesco continuo da terra al soffitto. Al terzo whiskey di pessima qualità e alle quattro e mezza del mattino, dopo otto ore di bombardamenti, senza alcun motivo apparente avevo detto che mi piacevano i tulipani, li adoravo per la loro semplicità. Incredibile cosa escogita la mente umana per fuggire dall'orrore.

E ora lo stesso uomo che ascoltò i miei vaneggiamenti, mi offre un mazzo di colori splendenti. Mi rende felice, di una felicità innocente, la stessa che si prova da bambini davanti a una scoperta. Lo amo, ne sono certa in questo momento e glielo comunico con un casto bacio davanti a una sala gremita di gente che mi fissa.

Chissenefrega!

La cena è fantastica. Papà deve aver detto allo chef che si festeggiava la battaglia di Vittorio Veneto, perché le portate sono un susseguirsi di capolavori culinari, pietre miliari che costellano lo stivale da nord a sud e testimoniano l'assoluta grandezza dell'Italia in cucina. Mi crogiolo coccolata e vittoriosa. Vanessa Liberti è solo un ricordo che incomincia a sbiadire.

Sono in piedi dalle quattro. Non che abbia dormito molto

con un T- Rex al fianco. L'adrenalina non la finisce di pompare e hai voglia a rimbalzare per tenerla a bada. Scrivere era l'unica alternativa possibile, così mi sono messa al lavoro. Sono quasi alla fine del libro, la parte più delicata, quando si tirano le fila del discorso e i personaggi recitano le battute conclusive. Il cellulare è sul silenzioso, solo lo schermo lampeggia di chiamate non risposte e messaggi. È da ieri sera che vanno avanti, giornalisti ed editori, tutti vogliono l'esclusiva sul nuovo romanzo di Anita Palladio. Alfredo Morandi mi ha fatto recapitare un fascio di rose rosse che manco Vanda Osiris l'ha mai ricevuto e un biglietto: Signora dell'avventura, puoi perdonarmi?

Non lo so. Non so se lo perdonerò di avermi abbandonata nel momento del bisogno, di non aver combattuto con me questa battaglia contro la letteratura spazzatura. Non so nemmeno se parlerò con qualcuno degli altri dell'industria editoriale, di sicuro non con la Corti Edizioni. Anzi, spero che falliscano dopo la buffonata della foto dove la dirigenza e l'autore di punta fanno i boys della borgatara.

Scrivo e non penso a pubblicare, seguo la fantasia col solo piacere di farlo e quella mi porta dove non avrei mai immaginato. Non sono più sul set del romanzo, ma in un sogno. Una nuova casa editrice, nuova in tutti i sensi, dalla costituzione al tipo di libri pubblicati, un inno alla meritocrazia letteraria. Mi affascina, irretisce e conquista. Mi lascio sedurre da una visione che potrebbe diventare un punto di svolta.

Rimetto le dita sulla tastiera. Scrivo un'e-mail dove riassumo l'idea e la invio ai miei soci. Poi ne scrivo altre, a Paola e Giulia in primis, e di seguito a una dozzina d'autori amici, scrittori d'animo e di professione. Alle sei ho terminato. Rimbalzo contenta e l'aroma del caffè mi solletica le narici. Mike mi chiama dalla cucina. Ne sorseggio una tazza sbirciando fuori dalla finestra su una città imbiancata che anche oggi non vedrà il sole. Pazienza, brillo abbastanza io in questa mattina di pace e amore, stretta tra le braccia dell'uomo che amo.

Drin, il campanello. Pasquale, ma che ve lo dico a fare?

«Anì, buongiorno e pure a te Mike» e lascia sul tavolo una pila di quotidiani per versarsi una tazza di caffè dalla moka. Ne prende un sorso e per poco non lo sputa nel lavandino. «Ecchè è sta ciofeca? Nun la bevete, che ve fa male. State boni che ve lo prepara Pasquale vostro 'no caffè come si deve.»

Io sfoglio le pagine che puzzano di stampa fresca.

Anita Palladio tiene l'Italia incollata al televisore con uno share d'ascolto da finale Italia-Germania.

La signora dell'avventura monopolizza la nazione con la sua simpatia.

Palladio contro Liberti, non c'è storia.

Il trionfo della Palladio a "Cose tra noi".

Aspetto che il caffè gorgogli e che il maresciallo lo versi seguendo il suo rituale di commenti romanici. Effettivamente è buono, molto più buono di quello di Mike, ma è questione di DNA, se non sei italiano, la caffettiera non dà il meglio di sé. Sembrerebbe che quell'oggetto di metallo possieda un'intelligenza che gli impedisca di sprecare aromi e gusto per qualcuno che non possieda il palato raffinato che solo gli italici possiedono.

Sei schifosamente nazionalista.

È vero.

Giusto, fai bene.

Il buone umore è tale che mi metto perfino d'accordo con me stessa. L'ispirazione ne approfitta e mi trascina via.

30 – SETTE MESI DOPO: LE NOZZE

Guardo la classifica del Corriere, *La signora dell'avventura* è uscito da quattro settimane e da tre non si muove dal primo posto. Vanessa Liberti è svanita, polverizzata dalla rapida ascesa e dalla ancor più rapida discesa. In un mese, la casa editrice Il Vento Antico, capitale sociale posseduto a metà tra la Ventidue SPA e Paola e Giulia, ha recuperato l'investimento di partenza e iniziato a macinare utili. Il successo è tale che perfino Hollywood ha drizzato le orecchie. Sulla scrivania di Maurizio c'è un contratto per l'acquisto dei diritti cinematografici che aspetta solo la mia firma, dopo che il suo team di legali avrà inserito la clausola che sarà l'autrice stessa, cioè io, ad avere la parola definitiva sulla sceneggiatura. Non mi piacerebbe veder trasformare una commedia brillante in un porno soft, che poi chissà cosa vuol dire. Sono al top della mia carriera, ho oltrepassato la vetta e sono in orbita, la mia immagine è ovunque. Mi hanno chiesto perfino di fare da testimonial di un detersivo. Il ciack era questo: foresta, un fiumiciattolo in primo piano. Zoom su di me che lavo una camicia nell'acqua verdastra. Voce fuori campo: la signora dell'avventura non può fare a meno di Puf, il detersivo che protegge l'ambiente. Ma quelli del marketing che droga usano? Peyote? Crack o sniffano la benzina? Non mi sarei prestata a una pagliacciata del genere nemmeno se mi avessero ricoperto d'oro, invece i Librai Liberi mi hanno convinto. Il cospicuo compenso non è transitato sul mio conto in banca, è finito direttamente su quello della Fondazione Ventidue che lo ha investito nella costruzione di un ospedale in Sudan, inaugurazione prevista a fine anno. L'unica condizione che ho posto è che lo spot fosse girato in una casa normale dove lavavo la camicia in un lavandino. Che sono Anita Palladio, la signora dell'avventura, si capisce dall'abbigliamento: Kabul primavera estate.

Stessi abiti che indosso per la pubblicità dei locali *La Fre-*

quenza. L'idea della ristorazione unita a socialità e cultura si è fatta realtà e poi catena. La Ventidue SPA ne ha già aperti sei in città diverse ed entro la fine dell'anno abbiamo altre sei inaugurazioni cui presenziare. Non sono veri e propri ristoranti, sono nidi accoglienti dove mangiare cibi genuini di produttori agricoli che hanno sposato i nostri ideali, leggere buoni libri scritti dagli autori della nostra casa editrice e ascoltare conferenze tenute dai miglior formatori del paese con cui abbiamo stretto alleanze potenzianti. Trasmettiamo solo musica 432Hz, frequenza inferiore a quella normale, la stessa che nasce dalla risonanza del nostro organismo con l'universo e di conseguenza stimola energia e dona un senso di pace. Manco a dirlo, funziona che è un piacere. La gente si trova così a proprio agio nei nostri ritrovi che abbiamo richieste di franchising da ricoprire l'Europa.

Forse il notaio orso bruno aveva ragione. Il suo istinto urside aveva intuito che i Ventidue sarebbero diventati una *famigghia*. Infatti, l'ultima volta che l'abbiamo incontrato, ci siamo vestiti tutti da gangster solo per fargli un dispetto.

«Anì, che fa, nun è ancora pronta?» Pasquale entra ed esce da casa mia come un turbine di vento, non sempre gradito.

«Mancano due ore, posso prendermela comoda», replico e gli preparo un caffè.

Uso la macchinetta che mi hanno regalato quando ho incontrato Clooney in una pubblicità che ha permesso l'acquisto dell'attrezzatura di una sala operatoria. Giornata interessante. Paola gli ha fatto l'imitazione del T-Rex e lui non ha più smesso di ridere. Cinque minuti di riprese durate quattro ore perché il bel George sghignazzava che non lo si poteva guardare.

«Madò, Anì, er caffè nun se fa così», però lo centellina con soddisfazione. «Vada a prepararse, faccia a brava, che altrimenti chi lo sente a papà suo!»

Il generale è in fibrillazione per le nozze. Ieri sera ha costretto Mike a dormire da lui, le tradizioni sono le tradizioni, ha sostenuto. Non ho idea a quale rituale si riferisse, secondo me non voleva rimanere solo.

Cellulare. Messaggio di mamma: non arrivare in ritardo, sai che tuo padre non lo tollera. Mi sa che è giunta l'ora che mi smuova da questo raggio di sole caldo che trapassa le tende e si conficca nella mia schiena. Siamo a fine giugno e il tempo è una meraviglia.

Mi alzo controvoglia e vado alla vestizione. Per il gran giorno ho scelto un abito semplice di seta celeste, con scarpe e borsa in tinta. Niente strascico né sottogonne, poco indicate per età e soprattutto per me. Mi do un filo di trucco, giusto un ritocco che faccia capire che sono tirata a lucido come richiede l'occasione.

Pasquale mi accoglie con un sorriso e gli occhi umidi.

«Nun me par vero, Anì, nun me par vero!»

A chi lo dici maresciallo, a chi lo dici.

Fortuna che è domenica e il traffico non è all'altezza della sua fama, perché Pasquale, in arte "er mejo de a sgommata", non si fermerebbe nemmeno davanti a una carica della cavalleria templare. Cerco di sballottare senza sciupare il vestito, in pratica sono appesa alla maniglia di cortesia con i piedi che quasi bucano la carrozzeria, da tanto sono puntati. Percorriamo il tragitto con un coro verdiano a tutto volume, forse sarebbe più indicata la cavalcata delle Valchirie, ma chi ha il coraggio di staccare una mano e cercarla tra i CD? Così ascolto il Bella figlia dell'amore in silenzio. Prego, anche, Signore, non vorrai farmi morire il giorno delle nozze, no?

E arriviamo sani e salvi. Noi, le sospensioni dell'auto e i pneumatici no di certo.

Il generale è una belva sul sagrato del Duomo. Il suo stato maggiore al completo e una folla di ufficiali sono già dispiegati in due ali che conducono a Palazzo Reale dove si celebrerà il matrimonio. Gli invitati arrivano a gruppi e sono smistati dal maestro di cerimonia, un sergente maggiore addetto all'addestramento reclute che sussurra come un tifoso in curva al momento del gol. Papà non degna nessuno di uno sguardo, a me elargisce una ramanzina.

«Ti pare l'ora di arrivare? Hai dimenticato la puntualità?»

Potrei fargli notare che sono in anticipo di mezz'ora ma, pover'uomo, è così sconvolto che non ne ho il coraggio. Pasquale, più furbo di me, si è già dileguato.

«Generà, vado a controlla' se er sindaco è già arrivato» e si è dissolto lasciandomi con la patata bollente e graduata.

Individuo Filippo Serbelloni, il cecchino, mi avvicino per salutarlo e gli sussurro:

«Non è che hai un proiettile sedativo per mio padre?»

Non osa ridere, ma i suoi occhi brillano prima di ammiccare.

«Anita», il richiamo.

«Sì, papà.»

«Che ore sono?»

«Le undici e quarantacinque.»

«Grazie.»

«Prego» e osservo la piazza.

Bella, non ho altro aggettivo per definirla. Bella come deve esserlo stata ai tempi di Ludovico e Beatrice, bella come la deve aver vista Leonardo in una mattina estiva, col sole caldo e il cielo lattiginoso. Il Duomo biancheggia e domina spazio e tempo, al suo cospetto siamo formiche, destinate a essere inghiottite dall'eternità, mentre lui, marmoreo e gugliuto (altra parola d'autore?), si avvia ai settecento anni con l'aria di un ragazzino.

«Anita.»

«Sì, papà.»

«Che ore sono?»

«Le undici e cinquanta.»

«Grazie.»

«Prego» e guardo le auto blu che arrivano con la scorta di Polizia. Ministro e sottosegretario alla difesa fanno un cenno in direzione di mio padre, ma lui è troppo concentrato a scavare un solco nel selciato a furia di passi. Rispondo io sventolando la manina.

«Uè, regina d'Inghilterra», Paola mi è arrivata alle spalle. Per poco salto fuori dai tacchi per lo spavento. «Tua madre sta arrivando con Mike.»

È giunto il momento.

«Papà.»

«Anita? Che ore sono?»

«Le undici, cinquanta minuti e trenta secondi.»

«Grazie.»

«Prego. Papà, mamma sta arrivando.»

«Dobbiamo andare. Che ore sono?»

«Le undici e cinquantun minuti.»

«Grazie.»

«È andato il tilt?» Fa Giulia che ci ha raggiunte. Ha la testa piegata di lato e lo sguardo al cielo quando lo incoraggia. «Su, su, generale, ne ha viste di peggio in vita sua. Ci rivediamo al rinfresco per un brindisi.»

Le ragazze se ne vanno e ci lasciano soli.

Mio padre mi prende sottobraccio e le due ali d'onore scattano sull'attenti.

Non è che mamma ha voluto la marcia nuziale, no, vero?

Avanti, march. Passo deciso, da veri Palladio, sfiliamo tra posture marziali e divise impeccabili. Si rischia l'accecamento da quanto luccicano bottoni d'oro e scarpe nere. Raggiungiamo l'ingresso di Palazzo Reale e saliamo le scale scortati da un drappello scelto di soldati semplici. Sono emozionata, lo ammetto. Sostiamo davanti alla porta e il maestro di cerimonie saluta il suo generale.

«Congratulazioni, signore. Anche a lei, signora.»

Sorrido e continuo a far le veci di papà. Come ha fatto a ottenere sei medaglie al valore lo sa solo Dio, visto lo stato in cui è ridotto. Ha perfino un velo di sudore sulla fronte. Prendo un Tempo dalla borsetta e glielo asciugo. Il mio cuore trabocca d'amore per lui. È il mio papà, proprio come quando avevo cinque anni. E in quel momento il sergente maggiore apre le porte. Un istante prima che io possa togliere un pezzo di carta appiccicato alla fronte del generale.

Cribbio, adesso cosa faccio?

Niente, cosa vuoi fare? Hai cinquecento occhi puntati addosso che vuoi fare?

Ma papà non può andare in giro con la carta che gli sventola dalla fronte!

Mi scervello alla ricerca di una soluzione e mi perdo anche l'emozione della camminata verso Ferdinando Seppìa, con l'accento sulla i, che ci aspetta in fascia tricolore. Il sindaco ha ripetuto la storia dell'accento ad nauseam, ma non si può fargliene una colpa. Vista la somiglianza con un calamaro gigante, nel suo caso l'accento fa veramente la differenza, ittica. Nelle prime file, lord Greenwood, l'ex marito di mamma, sorride e inchina la testa in direzione del generale. Questi britannici sono formidabili, mai che portino rancore. Al massimo ti bombardano come hanno fatto con le Falkland, però ci mandano un principe a farlo. Se non è classe questa!

Prima di lasciare il braccio di papà mi allungo in punta di piedi per baciarlo sulla guancia, con l'altra mano, gli strappo la carta dalla fronte che mi si appiccica alle dita. Strette di mano con il primo cittadino che si ritrova sul palmo un pezzo di fazzoletto tutto bagnato.

Che colpa ne ho io se 'sta carta è peggio della moschicida?

Mi guarda con sospetto, io lo ignoro. Mamma è arrivata. Indossa un delizioso tailleurino color avorio che mette in risalto il suo personalino.

Come diavolo parlo? Sarà la vista di Mike al suo fianco che mi fa mancare qualche battito e senza ossigeno il cervello fa quello che può. Sarà che papà è impietrito che nemmeno uno stoccafisso è tanto rigido, ma mi sento zuccherosa, un po' lacrimosa e molto felice. Mia madre, completamente padrona della scena, conduce il suo accompagnatore fino a noi, gli lascia il braccio e si affianca a papà.

Io e il mio fidanzato ci sorridiamo e ci sediamo tenendoci per mano.

«Signore e signori», esordisce il sindaco che, nel momento di distrazione generale si è pulito la mano sullo schienale di una sedia. «Siamo qui riuniti per celebrare delle nozze, l'incarico più piacevole di un primo cittadino.»

La sala ride, papà s'innervosisce. Ferdinando Seppìa, con l'accento sulla i, prosegue esprimendo la fortuna che gli è toccata in sorte nell'essere stato scelto come officiante di un tal matrimonio.

Papà si agita nervoso, mamma gli posa la mano su un braccio per placarlo.

Adesso è il turno dei riconoscimenti ufficiali. Non è che il primo cittadino di Milano può far finta di non aver visto i pezzi grossi arrivati da Roma per l'occasione, così li elenca, dal primo all'ultimo. Se scoppiasse una guerra, basterebbe stendere le mappe sui tavoli del ricevimento, lo stato maggiore della difesa italiana è presente al gran completo per le nozze Palladio.

Il generale sta raggiungendo il punto d'ebollizione, mamma aumenta la pressione della mano. Che diamine, è un generale, detesta menar il can per l'aia.

Seppìa, con l'accento sulla i, finalmente si decide.

«E ora passiamo alle promesse.»

Mike stringe la mia mano, ricambio con un groppo in gola. L'emozione mi ha appena artigliato e temo non abbia intenzione di mollare la presa.

«Se dunque è vostra intenzione unirvi in matrimonio, esprimete il vostro consenso.»

Madonna che emozione! Ho gli occhi pieni di lacrime e un magone che mi strozza.

«Vuole lei, Marco Aurelio, prendere la qui presente Angela Sofia come sua sposa?»

«Sì, lo voglio», tuona papà.

«Vuole lei, Angela Sofia, prendere il qui presente Marco Aurelio come suo sposo?»

«Sì, lo voglio», cinguetta mamma.

«I testimoni hanno sentito?» Calamàro, con l'accento sull'ultima a, guarda verso me e Mike.

«Sì», rispondiamo commossi.

«Alla presenza dei vostri testimoni, dei familiari e degli amici, scambiatevi le promesse e gli anelli.»

Ascolto prima papà e poi mamma che si giurano amore e rispetto per la seconda volta nella loro vita. La prima io non c'ero, ma sono felice di essere qui oggi e di sapere che a casa Palladio tutto tornerà come un tempo. Il generale che finge di comandare e sua moglie che se lo gira sul mignolo con Pasquale al suo completo servizio. Gli anelli, le stesse vere che hanno indossato per anni, ritornano sui rispettivi anulari.

Io non trattengo più le lacrime, il maresciallo Sannitri è uno straccio, manca poco che singhiozzi.

«Con il potere di cui sono stato investito, vi dichiaro marito e moglie», declama infine il Sindaco allargando le braccia a croce.

Gli sposi si baciano e tutti i santi vanno in gloria.

Fuori dal palazzo Reale il sole splende da ferire gli occhi. Li socchiudo e cammino mano nella mano con Mike. Stiamo insieme, come possono stare insieme un militare in carriera e una giornalista. Ci si vede a singhiozzo e in posti che non entreranno mai a far parte di mete destinate al turismo, ma a noi piace vivere pericolosamente. Lui è un marines ed io sono sempre la signora dell'avventura. L'amor che move il sole e l'altre stelle ha grandi aspettative per il futuro, io attendo.

So che la vita è esatta, non sbaglia mai.

Per il resto: sesso, sesso, sesso...

... ma solo per amore.

FINE

RINGRAZIAMENTI

Scrivere questo libro è stata un'avventura cui non sarei sopravvissuta senza l'aiuto di Patrizia Emilitri e Lilli Luini, amiche di vita e di penna.

Poiché erano certe che sull'argomento non fossi per nulla documentata, mi hanno aiutato nella ricerca. Arrossisco ancora al pensiero di alcune discussioni creative.

A loro i miei più sinceri ringraziamenti, non mi sono mai divertita tanto. Forse solo a Parigi su un ponte, ma questa è un'altra storia.

Ringrazio Luca e Lapo, perché qualunque sia la trama e dovunque io finisca con la testa per inseguirla, rimangono sempre al mio fianco.

Ringrazio mia madre, perché legge in diretta e mi aiuta a mantenere la rotta.

Ringrazio i fratelli, perché da quel momento la mia vita è cambiata.

E per finire, grazie a voi che state leggendo.

A tutti, buona vita.

Raffaella Bossi legge moltissimo, scrive tanto e, se fa altro, pensa al prossimo capitolo. Trasforma le proprie conoscenze in personaggi, a volte capita che li uccida. Viaggia per non rimanere a corto di ambientazioni. È una donna fedele, ma solo al marito, mai ai generi letterari: è passata dal romanzo storico, al thriller politico, all'avventura, ma commedia, umorismo e satira sono i suoi cavalli di battaglia. Al momento scrive cozy mystery che divertono lei e anche i suoi lettori. Il suo entourage di fiducia sono tre boxer.

ALTRI LIBRI DELL'AUTORE

Serie: Delitti e profumi
In fragranza di reato
Un'indagine fragrante
La miglior fragranza
In fragranza di shopping

Come rubare un milione di dollari e vivere felici
Come sopravvivere a una guerriglia e guadagnarci un resort
Il Doge
Il marchio dell'oro nero
Il Re della piadina

Le avventure di Brando Guelfi
Il serpente piumato
La torre rovesciata
La conchiglia sacra

UN MESSAGGIO DA RAFFAELLA

Caro lettore,

vorrei ringraziarti di cuore per aver scelto di leggere *La signora dell'avventura*. Spero che questa avventura letteraria ti abbia trasportato e affascinato, proprio come è successo a me mentre la scrivevo. La tua opinione conta davvero tanto per me e, se hai trovato questa lettura piacevole, mi farebbe un enorme piacere se volessi dedicare qualche minuto per lasciare una recensione. Le tue parole possono fare la differenza, aiutandomi a raggiungere nuovi lettori e diffondere la passione per le storie che amo raccontare.

Se desideri rimanere aggiornato sulle mie prossime pubblicazioni, ti invito a seguirmi su Amazon. Ti basterà cliccare sul mio nome per accedere alla mia pagina autore e premere il pulsante "Segui". Se stai leggendo su un Kindle o tramite l'app Kindle, troverai il pulsante "Segui" alla fine del libro, dopo l'ultima pagina.

Mi piacerebbe molto interagire con te e ascoltare le tue impressioni! Puoi contattarmi facilmente tramite la mia pagina Facebook, su Instagram, o direttamente attraverso il mio sito web. Se preferisci, puoi anche scrivermi via e-mail all'indirizzo ella@raffaellabossi.com. Sarò felice di risponderti e continuare a costruire questa splendida connessione con ciascuno di voi.

Grazie ancora per il tuo prezioso tempo e sostegno.

Ti auguro una vita ricca di avventure, gioia e nuove storie da scoprire.

Con affetto,
Raffaella